THOMAS ROCHE & ALISON TYLER

Heiße Spiele nur für sie

Buch

»Es mag ja sein, dass das Spiel mit Lebensmitteln ein alter Hut ist. Alles schon von A bis Z durchexerziert. Bis ins kleinste Detail. Aber ich muss ganz offen gestehen, dass mich das nicht im Geringsten interessiert. Die schönsten Dinge sind eben mitunter bereits oft ausprobiert worden. Ist der Einsatz von Schlagsahne abgegriffen? Vielleicht schon – aber vielleicht auch nicht. Womöglich überfällt jeden Liebhaber gelegentlich das Verlangen, einmal ein unanständiger Küchenchef zu sein, und zwar in einer Küche, in der keinerlei Regeln gelten. Oder mit einem ganz besonderen Gericht eins zu werden – einer gediegenen Hauptspeise, einer ganz speziellen Köstlichkeit, an der man sich delektieren kann.

In genau so einer Verfassung befinde ich mich heute Abend. Ich verspüre dieses brennende, gierige Verlangen, mit meinen Händen und meinem Mund und deinem sinnlichen Körper zu spielen. Ich brenne darauf, dich in ein köstliches Dessert zu verwandeln …«

Autoren

Das Autorenpaar Alison Tyler und Thomas Roche gelten als Garanten für hocherotische Geschichten der Sonderklasse.

Außerdem lieferbar:

Alison Tyler & Thomas Roche,
Heiße Speile nur für ihn (36308)

Thomas Roche &
Alison Tyler

Heiße Spiele nur für sie

Aus dem Englischen
von Bärbel Arnold

BLANVALET

Die Originalausgabe erschien unter dem Titel
»Hers. 30 Erotic Tales Written Just for Her«
bei Pretty Things Press, Point Reyes, Kanada

Umwelthinweis:
Alle bedruckten Materialien dieses Taschenbuches
sind chlorfrei und umweltschonend.

Der Blanvalet Verlag ist ein Unternehmen
der Verlagsgruppe Random House.

1. Auflage
Taschenbuchausgabe Juli 2005

Umschlaggestaltung: Ifa Bilderteam
Satz: Buch-Werkstatt GmbH, Bad Aibling
Druck und Bindung: GGP Media GmbH, Pößneck
Verlagsnummer: 36307
UH · Herstellung: HN
Printed in Germany
ISBN 3-442-36307-1
www.blanvalet-verlag.de

Leidenschaftliche Mädchen sollen mit Bedacht lieben,
da sie wahrscheinlich doch nicht bleiben;
niemand kann einen Kuss in Worte fassen;
Zeilen können trügen.

Fulke Greville, Lord Brooke

Für Tracy
TR

Für Sam
AT

Inhalt

Vorwort

Ich habe Alison Tyler nie persönlich kennen gelernt, aber ich bin mir sicher, dass sie eine Frau ist, der ich nie eine Absage erteilen könnte. Als sie mich kürzlich bat, das Vorwort für ihr neues Buch zu schreiben, fühlte ich mich ungeheuer geschmeichelt – und sagte sofort zu. Ms. Tyler und Thomas Roche bieten in diesem Gemeinschaftswerk eine Sammlung lebendiger, anregender und reizender Kurzgeschichten, die, oberflächlich betrachtet, auf die weibliche Leserin zielen. Allerdings werden auch die meisten Männer Spaß beim Lesen der Geschichten haben. Offen gesagt, scheint mir diese Sammlung von Kurzgeschichten für jeden geeignet, der über einen gesunden Appetit auf Sex verfügt – und den haben wir doch hoffentlich fast alle.

Um Ihren Appetit zu stillen, sollten Sie unbedingt »Heiße Spiele« kosten, eine Sammlung erotischer Geschichten, bei denen Ihnen das Wasser im Munde zusammenlaufen wird. Es kommen jede Menge glaubwürdige, wenn auch oft umtriebige und ein wenig ungezügelte Charaktere vor, die sich gelegentlich in ungewöhnlichen Situationen wiederfinden. Überdies ist es in der Regel ihre Leidenschaft, die diese Leute in etliche ungewöhnliche Situationen hineinschlittern lässt. Infolge dessen wird das Gewöhnliche – einfache alltägliche Dinge, Objekte, Ereignisse und Schauplätze – in diesen

Geschichten ständig zum Außergewöhnlichen. Die Autoren scheinen suggerieren zu wollen, dass nichts sehr lange gewöhnlich bleibt, wenn man sein Leben mit Leidenschaft lebt. Und dies ist eine äußerst ermutigende Sicht der Dinge, die vielleicht auch den Beifall unserer Vorfahren gefunden hätte – das Leben und die Freiheit zu genießen und sich der Leidenschaft hinzugeben.

Die Geschichten sind in vielerlei Hinsicht spannend und humorvoll, sie sprudeln nur so vor Begierde und Verlangen und beinhalten eine Vielfalt weiterer Gefühle und Sehnsüchte. Genau genommen hat diese anregende Sammlung erotischer Kurzgeschichten für jeden etwas zu bieten, und das ist vor allem der ungehemmten Fantasie und der ungezügelten Kreativität der beiden Autoren zu verdanken. Durchgängig stehen vor allem Liebe, Sex und überwältigende Orgasmen im Vordergrund, wie das bei guten erotischen Geschichten auch sein sollte. Schließlich braucht jede gute Geschichte einen Höhepunkt.

Ich habe »Heiße Spiele« wirklich mit großem Vergnügen gelesen und es ziemlich hart gefunden – wenn Sie das Wortspiel bitte entschuldigen wollen –, das Buch aus der Hand zu legen. Ich empfehle Ihnen, die Geschichten zu lesen, wenn Sie allein sind – oder vielleicht noch besser, wenn Sie sich mit jemandem ins Bett kuscheln, den Sie wirklich mögen. Sie sollten sich beim Lesen unbedingt zurücklehnen, sich entspannen und das stimulierende Werk zweier Meister, die ihr Handwerk verstehen, in vollen Zügen genießen.

Mike Ostrowski
Korrespondent des *Playboy Magazins*

Seite zehn des Handbuchs für Angestellte

»Wir sollten aufhören«, sagst du in deinem typischen zuckersüßen, ein wenig selbstgefälligen Ton. »Wirklich, ich meine es ernst.« Der verschmitzte Blick in deinen wunderschönen großen Augen lässt nicht den geringsten Zweifel zu, welche Antwort du von mir erwartest. Ich brauche keine weiteren Belehrungen, aber du fährst trotzdem fort. »Es verstößt gegen die Vorschriften«, fügst du hinzu und starrst auf den Boden, als wärst du von deinem eigenen ungezügelten Verhalten schockiert.

»Was verstößt gegen die Vorschriften?«, frage ich sanft. »Das hier?«

»O ja«, stellst du klar und tust plötzlich so, als würdest du dich zieren. »Es ist nicht in Ordnung, absolut nicht.«

Ich drücke dich jetzt gegen die Wand deines Büros, sodass deine Handflächen flach auf der Holzvertäfelung liegen. Dann schiebe ich deinen kurzen schwarzen Rock über deine üppigen Hüften. Ich lasse mir Zeit, denn ich will diesen Anblick in Ruhe auskosten.

»Oder das?«, hauche ich, meinen Mund an deinen Hals gedrückt und bereit, zärtlich zuzubeißen. Du spürst meinen heißen Atem auf deiner Haut, und das lässt dich erbeben.

»Ja, genau das«, beharrst du. »Es ist einfach absolut inakzeptabel.«

»Ah«, seufze ich. »Ich glaube, ich verstehe. Du willst mir sagen, dass ich das hier nicht tun sollte …« Während ich rede, schiebe ich sanft dein fliederfarbenes Satinhöschen zur Seite. Ich liebe dieses Höschen. Der schwarze Spitzensaum törnt mich total an, und die Art, wie es sich perfekt und wie angegossen um deinen Po schmiegt, treibt mich regelrecht zum Wahnsinn. Ich weiß genau, dass du das Höschen nur für mich angezogen hast, und das macht mich noch härter als ich sowieso schon bin. Die Vorstellung, dass du deine gesamte Kollektion an lasziven Dessous durchgesehen und dich dann für dieses scharfe Stück entschieden hast, bereitet mir echte Wonne.

Manchmal gönne ich mir den Spaß, dein Höschen heimlich in meiner Jackentasche verschwinden zu lassen und später mit nach Hause zu nehmen, um damit zu spielen. Doch an diesem Nachmittag ziehe ich es dir nicht aus; ich schiebe den glatten, geschmeidigen Stoff nur ein wenig zur Seite, was meine Fingerspitzen sofort dazu verleitet, auf deiner Klitoris eine kleine Melodie anzustimmen. Für einen Augenblick gelingt es mir, dass du deine Coolness vergisst. Das Streich- und Klopfspiel meiner Finger lässt deinen Atem stocken, als dich die erste Woge der Lust überkommt.

Jetzt ist es mit deiner Beherrschung vorbei, oder? Meine Finger sind glänzend nass, als ich mich aufrichte und vor dir stehe, dir in die Augen sehe und deine Säfte von meinen Fingerspitzen lecke.

»Oh, mein Gott!«, stöhnst du. Der Anblick lässt deinen ganzen Körper erbeben, und du kannst nichts dagegen tun. Es bereitet dir ein unbeschreibliches Vergnügen, mir zuzusehen, nicht wahr? Mir zuzusehen, wie ich deinen süßen Nektar schlecke.

»Und *das* soll ebenfalls nicht in Ordnung sein?«, frage ich und lange erneut unter deinen Rock, um meine Fingerspitzen mit frischem Nachschub von deinem honigsüßen Saft zu benetzen. Das erste Naschen hat meinen Appetit geweckt.

»Doch, nicht aufhören!«

Dein Wunsch sei mir Befehl. Ich halte dich mit einer Hand fest, damit du mir nicht entgleitest, dringe tief mit meinen Fingern in deine süße Möse ein und beschere dir einen erstklassigen Fingerfick. Ich will, dass du reif und bereit für mich bist, wenn ich meinen Schwanz raushole. Aber erst einmal musst du so gut wie möglich geschmiert werden, denn ich werde dich hart durchvögeln. Härter, als du es dir im Moment vorstellen kannst. Ich werde dich so gegen die Wand rammen, dass dir Hören und Sehen vergeht und du dein kokettes Gehabe schlagartig vergisst. Und ebenso vergisst, mich mit deinen Schlafzimmeraugen zu becircen. Oder sollte ich sie besser »Sitzungszimmeraugen« nennen?

»Ich weiß nicht«, sage ich, während ich auf die Knie gehe und mein Gesicht direkt vor deiner Möse positioniere. Ich atme tief ein und genieße den Geruch deines Geschlechts. Der Duft macht mich ganz schwindelig vor Begierde. »Wenn Angestellte nicht miteinander anbandeln dürfen, dann solltest du mich vermutlich nicht deine Möse lecken lassen.«

»Hör auf damit!«, weist du mich eilig zurecht.

»Was soll das heißen?«, ziehe ich dich auf. »Willst du etwa andeuten, dass wir auf die Vorschriften pfeifen sollen? Das wäre der übrigen Belegschaft gegenüber nicht fair, meinst du nicht auch?«

»Ich sage nur …«, setzt du an, doch du kannst deinen Gedanken nicht zu Ende führen, weil meine Zunge sich bereits durch deine nasse Spalte schlängelt und dich auf süße Weise verwöhnt. Ich weiß, wie ich es dir am besten besorge. Ich kenne die kleinen Tricks, auf die du so stehst. Ich lasse meine Zunge ein paar Mal geschmeidig um deine Klitoris kreisen, achte aber darauf, das winzige heiße Juwel nicht zu berühren. Vorerst belasse ich es bei dem sanften Umkreisen. Ganz langsam. Und dann, als du gerade denkst, dass du sterben musst, wenn ich dich nicht sofort berühre, wo es dich so verzweifelt verlangt, lasse ich meine Zunge wie mit einem langen Pinselstrich über deine Klitoris gleiten. Du verkrallst dich bebend in meinem Haar und bist bereits so erregt, dass du dir mit Sicherheit schon ausmalst, wie herrlich es sein wird, wenn ich dich kommen lasse. Aber ich lasse dich nicht. Noch nicht. Stattdessen setzt meine Zunge ihre langsamen, trägen Kreisbewegungen fort, die dich in den Wahnsinn treiben und in dir das Verlangen wecken, dich auf dem Plüschteppich auszustrecken und dich stundenlang von mir lecken zu lassen.

»Sag mal«, hauche ich gegen deine empfindlichste Stelle, »was steht hierzu eigentlich auf Seite zehn?«

»Gar nichts«, flüsterst du, und es klingt mehr wie ein Flehen. Dabei warst du diejenige, die davon angefangen hat. Vergiss das nicht, wenn du dir gleich auf die Lippe beißen musst, um deine Lustschreie zu unterdrücken. Du warst diejenige, die das Handbuch aufgeschlagen und mit einem leuchtenden zitronengelben Textmarker die zahlreichen Vorschriften markiert hat, gegen die wir verstoßen.

Ich merke jetzt, dass du gefährlich kurz davor bist zu kommen. Deshalb richte ich mich auf und presse mich an dich. So ficke ich dich am liebsten, von hinten im Stehen, aber erst einmal lasse ich dich meinen Schwanz nur durch meine Hose spüren. Du sollst genau spüren, wie erregt ich bin. Wie bereit ich für dich bin. Als du erneut wimmerst, reiße ich meinen Hosenschlitz auf und hole meine Rute heraus. Du bist in einer perfekten Position – mit gewölbtem Rücken, ideal, um mich zu empfangen. Ich greife nach deiner schwarzen Mähne und ziehe deinen Kopf nach hinten, damit ich dein Gesicht sehen kann, während ich in dich hineingleite. Dieser erste tiefe Stoß ist unvergleichlich. Was für ein erhabenes Gefühl, zu spüren, wie dein Körper mich aufnimmt und umschlingt!

Oh, mein Gott, bist du hinreißend! Als ich in dich eindringe, werden deine Augen erst riesengroß und bekommen dann einen entrückten Blick, als ob du gerade an einem fernen wunderbaren Ort gelandet wärst. Diesem exotischen Ort mit dem Namen »Ich bin kurz davor zu kommen«. Wir kennen uns an diesem Ort beide bestens aus. Und heute werde ich dich sogar an einen noch schöneren Ort entführen – auf eine tropische Insel namens »Wir kommen gemeinsam«.

Draußen im Großraumbüro höre ich die hektisch vor sich hin arbeitenden Sekretärinnen. Ich höre ihre Stimmen und das Geklapper ihrer flinken Finger auf den Tastaturen. Ihr Geschnatter an den Telefonen. Ich höre die tiefen, schroffen Stimmen verschiedener Angestellter, die an unserem Zimmer vorbeihasten. Alle sind in Hektik. Jeder braucht irgendetwas. Doch uns wird niemand stören. Darüber mache ich mir nicht die geringsten Sorgen. Offiziell führen wir beide ein Dienstgespräch – ein wichtiges Gespräch unter vier Augen. Deshalb können wir uns Zeit lassen.

Zeit für all das, was ich mit dir vorhabe. Und das ist eine Menge. Dich heftig stoßen. Dich kräftig durchvögeln. Dich an den Rand des Wahnsinns treiben, weil du keinen Mucks von dir geben darfst. Du darfst nicht laut sein.

Ich will dich eingestimmt und fügsam; entspannt und bereit für das, was als Nächstes kommt. Denn für mich ist die Sache klar, Baby – wenn wir schon gegen die Vorschriften verstoßen, können wir es auch gleich richtig tun. Ich meine, richtig zur Sache kommen. Findest du nicht auch?

Ein bisschen angeschlagen

Unmittelbar nach der Suppe merke ich, dass du unter deinem Cocktailkleid fast nichts anhast. Für deinen Oberkörper war mir das sowieso klar, unter diesem Kleid trägst du nie einen BH. Gerade das macht dieses Kleid so sexy. Selbst für den knappsten BH ist es ein bisschen zu tief ausgeschnitten, und gleichzeitig ist der Stoff nicht dick genug, um die Spitzen deiner Nippel unter dem hauchdünnen Gewebe zu verbergen. Es ist durchaus dezent, aber für eine vornehme Abendgesellschaft wie diese doch ziemlich gewagt. Ich weiß genau, warum du es angezogen hast. Den ganzen Abend konnte ich die Augen nicht von deinen Brüsten abwenden, von dem Anblick deiner sanft gegen den Stoff gerichteten Nippel. Und das ist dir natürlich nicht entgangen, woraufhin sie sich noch deutlicher unter dem Kleid abzeichnen.

Was den Slip angeht, erfahre ich Näheres, als du unter dem Tisch nach meiner Hand fasst. Zuerst halte ich das lediglich für eine zärtliche Geste, doch dann führst du sie in deinen Schoß. Du rutschst auf deinem Stuhl ein wenig vor und lehnst dich leicht zurück, sodass deine Oberschenkel sicher unter der herabhängenden Tischdecke verborgen sind. Anschließend umfasst du meine Hand und platzierst sie zwischen deinen Beinen, direkt an den Satinbändern deiner

Strapse und den hauchdünnen Spitzenrändern deiner Strümpfe. Dann führst du sie behutsam höher.

Zuerst sträube ich mich, schließlich muss mein Hirn erst einmal verarbeiten, was du da tust. Doch als du beharrlich weitermachst, gebe ich meinen Widerstand auf und lasse dich meine Hand unter dein Kleid führen. Im nächsten Moment überkommt mich ein Rausch der Gefühle. Ich ertaste deine weiche rasierte Möse, die schon ganz nass und weit geöffnet ist. Du entwindest meiner Hand einen einzelnen Finger und drängst ihn in dich hinein. Dabei lachst du über einen Witz, der gerade am anderen Ende des Tischs erzählt wird – als ob du deinen erregten Seufzer überspielen wolltest, der dir entweicht, als mein Finger in dich eindringt.

Dann ziehst du meine Hand zwischen deinen Beinen hervor, führst unsere ineinander verschlungenen Finger beiläufig an deinen Mund und küsst sie. So wie du es auch sonst jederzeit machen würdest, ohne dich darum zu scheren, dass wir beim Austausch unserer Liebesbekundungen beobachtet werden.

Diesmal jedoch fährt deine Zunge meinen Mittelfinger hinauf, umschleckt meine Fingerspitze und kostet deinen Saft. Ich bin ziemlich sicher, dass es niemand sieht, und wenn doch, würde diese lüsterne Geste bestimmt missbilligt. Ich allerdings registriere sie sehr wohl. Dann beugst du dich zu mir herüber und küsst mich auf den Mund, ganz kurz, deine Zunge öffnet meine Lippen nur einen winzigen Spalt. Du schmeckst scharf und durchdringend.

Als du meine Hand schließlich loslässt und deine eigene zurückziehst, macht sie einen kurzen Umweg über meinen Schoß und stellt fest, dass ich so hart bin wie du feucht.

»Entschuldige mich bitte«, sagst du. »Ich bin gleich zurück.«

Du verschwindest auf dem Flur hinter uns, und einer unser langjährigen Freunde, der uns direkt gegenüber sitzt, wirft mir einen besorgten Blick zu.

»Geht es ihr nicht gut?«, fragt er.

»Keine Ahnung«, erwidere ich. »Am besten sehe ich mal nach.«

Ich entschuldige mich ebenfalls und drehe mich schnell um, um meinen Ständer zu verbergen. Als sich ein allgemeines besorgtes Gemurmel erhebt, zucke ich mit den Achseln und sage: »Sie hat sich schon den ganzen Tag etwas unwohl gefühlt. Vielleicht hat sie sich irgendwas eingefangen. Ich sehe lieber mal nach, ob sie in Ordnung ist.«

Ich steige die Treppen hinauf, und während ich mich dir nähere, pocht mein Schwanz in meiner Hose. Es ist, als ob ich dich riechen könnte, den Duft deiner unbändigen Lust, der sich mit dem durchdringenden Aroma deiner Möse vermischt, das ich noch auf den Lippen habe. Ich stürme hinauf zur Toilette. Die Tür ist verschlossen.

»Schatz?«, rufe ich besorgt, vor allem für die Ohren der unten Sitzenden. Dann öffne ich die Tür und gehe hinein.

Du sitzt mit dem Rücken an den großen Spiegel gelehnt und mit weit gespreizten Oberschenkeln auf dem Waschtisch, dein Kleid liegt in einem zerknüllten Knäuel neben dir. Ich bin in Windeseile bei dir, küsse dich gierig, während sich unsere Zungen ineinander verschlingen und meine Hand deine Möse findet, die nicht nur nass ist, sondern einem Wasserfall gleicht. Ich lasse zwei Finger in dich hineingleiten, während du durch meine Hose meinen Schwanz umfasst, an meinem Gürtel zerrst und ihn schließlich aufkriegst. Bevor ich meinen Schwanz deinem Griff entwinden kann, ist er bereits in deinen Händen, doch dann sinke ich vor dir nieder, stütze mich auf ein Knie und vergrabe mein

Gesicht zwischen deinen gespreizten Beinen. Zum Glück hast du den Ventilator angemacht, sodass dein unkontrolliertes Gekeuche übertönt wird, das dir entweicht, als meine Zunge zwischen deine geschwollenen Schamlippen gleitet und deine harte Klitoris umspielt.

Plötzlich klopft es an der Tür.

»Bist du okay?«, ertönt eine Frauenstimme.

»Alles klar«, erwiderst du mit vor Erregung heiserer Stimme. »Ich brauche nur noch eine Minute.«

Wir hören sie weggehen, und ich bin sofort wieder bei der Sache. Meine Zunge drängt in dich, und mein Daumen massiert deine Klitoris, während deine Finger wild durch mein Haar streichen. Ich lasse einen Finger in dich gleiten, dann noch einen und drücke kräftig deinen G-Punkt, während sich meine Zunge zu deiner Klitoris vortastet und gierig an ihr saugt.

Du hast meine Krawatte zu fassen gekriegt und ziehst mich mit Nachdruck hoch. Gleichzeitig lässt du dich selber von dem Waschtisch gleiten, drehst dich um und beugst dich vornüber. Dann zerrst du mich näher heran, langst hinter dich und umfasst meinen steifen Schwanz. Ich bin in dir, noch bevor ich dir meine Finger tief in den Mund schiebe und gegen deine Zunge drücke, während ich meinen eigenen Mund schwer atmend gegen deinen Nacken presse und ihn mit neckischen Bissen liebkose. Ich spüre, wie sich dein Körper jedes Mal verkrampft, wenn du versuchst, nicht laut aufzustöhnen, während ich dich von hinten rhythmisch stoße. Mit meinen von deinem Speichel glitschigen Fingern greife ich in dein sorgfältig frisiertes Haar, halte deinen Kopf fest und beiße dir in die Schulter, während ich mit der anderen Hand behutsam deine Nippel massiere. Und dann, als ich spüre, wie du dich dem Gipfel näherst, lange ich hinab und arbeite mich mit meinen Fingern in die Höhle vor, etwas oberhalb von meinem in dich eindringenden Schwanz, genau dahin, wo deine Klitoris mit jedem Stoß verzweifelt pocht und erbebt. Es ist so weit, unser verbotenes Treiben hat uns beide so schnell so scharf gemacht, dass uns so gut wie nichts mehr zurückhalten kann. Du explodierst zuerst; die Muskeln deiner Möse umklammern meinen Schwanz mit unkontrollierten rhythmischen Zuckungen, und nur eine Sekunde später komme auch ich in dir und erbebe vor Erlösung.

Danach bleibt fast keine Zeit mehr für Küsse, doch für einige reicht es doch, während du meine Finger sauber leckst. Ich spritze mir ein bisschen kaltes Wasser ins Gesicht und vergewissere mich, dass es von der Anstrengung, dich zu vögeln, nicht zu gerötet ist. Die Toilettenspülung übertönt ein paar Stöhngeräusche, die uns entweichen, als wir uns noch ein letztes Mal eng aneinander drücken, bevor wir das Bad verlassen.

Ich ziehe mir den Reißverschluss hoch, schließe den Gürtel und lasse dich zurück, damit du dich in Ruhe anziehen kannst. Dann eile ich die Treppe hinunter und komme genau passend zum Hauptgang.

»Geht es ihr gut?«, fragen alle besorgt im Chor.

Gut ist stark untertrieben, würde ich am liebsten antworten, schaffe es aber, mich zurückzuhalten.

»Alles in Ordnung«, erwidere ich. »Sie kommt gleich wieder herunter. Sie ist nur ein bisschen angeschlagen.«

Mehr

Was für ein verdammt hartes Training! Ich hatte Gewichte gestemmt, bis meine Arme und Beine sich wie Wackelpudding anfühlten. Manchmal, wenn mir extrem viele Dinge im Kopf herumspuken, versuche ich meine Gedanken durch hartes Fitnesstraining auszuschalten. Glauben Sie mir, es funktioniert. Ich quäle mich ab, bis ich mich nicht mehr daran erinnere, welche Probleme mir das Leben schwer gemacht haben. In diesem Zustand weiß ich nur noch, dass ich absolut ausgepowert bin und alles aus mir herausgeholt habe. Das ist ein verdammt gutes Gefühl. Nach so einem Training fühle ich mich absolut rein. Heute hatte ich mich getriezt, bis ich fix und fertig war.

Jetzt versuchte ich, unter dem harten Strahl der heißen Dusche wieder zu Kräften zu kommen. Das Wasser prasselte wie ein Kieselsteinregen auf meine Haut. Ich stand mit nach unten gebeugtem Kopf da, atmete tief und langsam durch, und während ich mich unter dem Strahl aalte, drifteten meine Gedanken plötzlich zu der Frau, die mich gerade durch die Hölle geschickt hatte.

Du warst neu im Klub, aber als Trainerin hattest du offenbar bereits Erfahrung. Mit deinem panterartigen schlanken Körper und deinem Drang, die mit dir trainierenden Leute dazu zu bringen, ihre vorgefassten Grenzen zu durchbrechen, hast du mich an mein absolutes Limit getrieben. Das erweckte in mir lustvolle Gedanken. Schon dein Anblick hat mich ganz schön erregt, das stimmt. Aber welcher Mann würde bei deinem fantastischen Aussehen nicht ins Träumen geraten? Allerdings hätte ich dir nicht zugetraut, dass du mich auf so eine Weise anpacken würdest. Ich hätte niemals gedacht, dass du mich genauso hart rannehmen würdest, wie ein männlicher Trainer das könnte.

Aber du hast mich geschafft – und wie! Und jetzt, während der Strahl der Dusche auf mich hinabregnete, hast du mich auf eine vollkommen andere Art heiß werden lassen. Ich konnte nicht umhin, mich zu fragen, ob deine grauen Augen wohl genauso eisern und unerschütterlich bleiben, wenn du einen Liebhaber zu etwas erotischeren Körperbewegungen anstachelst. Meine Fantasie ging mit mir durch, und ich langte mit einer Hand zwischen meine Beine und umfasste meinen Schwanz. Plötzlich wusste ich genau, was ich wollte. Ich wollte mir schnell einen runterholen, mich ein bisschen für das harte Training belohnen. Genau in dem Augenblick sah ich durch die Dunstschwaden, dass jemand direkt vor der Duschtür stand.

Ich drehte hastig den Hahn zu und warf einen Blick in den Umkleideraum. Zu meiner Überraschung und riesigen Freude warst du es … und auch noch nackt.

»He …«, stammelte ich, doch weiter kam ich nicht. Du hast mich angegrinst, bist zu mir in die Duschkabine gestiegen und hast das Wasser wieder angedreht. »Was machst du denn?«, versuchte ich einen zweiten Anlauf, auch wenn das ganz offensichtlich war. Wie es aussah, war meine persönliche Trainerin dabei, mich mit der edlen, vom Fitnessstudio bereitgestellten, nach Hafermehl duftenden Seife einzuschäumen. Ich starrte dich ehrfürchtig an, als du das Stück erst über meinen kräftigen Brustkorb und dann über meinen flachen Bauch gleiten ließt und dich schließlich auf den Porzellanboden der Dusche gekniet und das Stück Seife zwischen meine Beine gepresst hast. Mein Gott, fühlte sich das herrlich an! Du hast das harte Stück Seife fest über meinen Schwanz gerieben, immer rauf und wieder runter. Ich verlor beinahe das Gleichgewicht; um nicht umzukippen, musste ich mich mit beiden Händen an der Duschwand abstützen.

»Gefällt dir das?«, hast du mich gefragt.

Ich nickte und schloss die Augen, während der heiße Wasserstrahl auf uns niederprasselte und deine geübten Finger das Stück Seife ersetzten.

»Sieh mir zu!«, hast du mich aufgefordert. »Ich mag es, wenn man mir zusieht.« Ich öffnete die Augen und sah zu dir hinunter.

Du hattest ganz kurze, gerade bis an die Fingerspitzen reichende Nägel, und sie waren mit einem glänzenden türkisblauen Nagellack lackiert. Die Farbe glich dem Blau des tiefen Wassers im klubeigenen Swimmingpool. Ich starrte dich an, wie du mit der einen Hand meinen Schwanz umfasst und mit der anderen sanft meine Eier geknetet hast. Deine Nägel schillerten auf meiner Haut wie Juwelen. Du kamst näher und hast mich mit geöffnetem Mund geleckt und geküsst. Ich spürte deine nasse Zunge. Dann hast du mich tief in den Mund genommen und deinen Kopf rhythmisch vor und zurück bewegt. Dabei kitzeltest du mich mit deinem kurzen schwarzen Haar.

»Oh, ja, das ist gut«, stöhnte ich. Ich wusste nicht mehr, wie mir geschah. Ich war im siebten Himmel.

Du hast deine Zunge mit extremer Finesse an meiner Latte entlanggleiten lassen, und ich bekam so weiche Knie, dass ich mich mit aller Kraft zusammenreißen musste, um nicht zusammenzusacken. Und, Mann, du warst wirklich verdammt gut, verzaubertest mich mit deinen kundigen Fingern, Lippen und deiner Zunge und entführtest mich dahin, wohin ich mich sehnte. Während das Wasser auf mich niederprasselte und dein nasser Mund mich umschloss, fühlte ich mich, als wäre ich an einem paradiesischen Ort gelandet, an dem Träume tatsächlich wahr werden.

Schließlich durchzuckten mich die Wellen meines Orgasmus. Du rührtest dich nicht, sondern hast meinen Saft geschluckt wie ein Profi. Ich brauchte ein paar Sekunden, um wieder zu mir zu kommen, und währenddessen hast du dich hingehockt und zu mir aufgesehen. Dein Gesicht strahlte Zufriedenheit aus, als ob du stolz warst, deine Sache gut gemacht zu haben. Ich starrte dich mit glasigen Augen an, doch deine hübsche Figur nahm ich dennoch bewundernd zur Kenntnis. Wasser rann über deinen Körper, und du sahst aus, als ob du gerade nackt durch den Regen gelaufen wärst. Du warst schlank, doch zugleich kurvenreich und hattest kleine Brüste, genau passend, um sie mit den Händen zu umfassen. Du sahst so bezaubernd aus, dass ich am liebsten auf die Knie gefallen wäre und dich in meine Arme geschlossen hätte. Um ein Haar wäre das ohnehin passiert, denn meine Beine drohten jeden Augenblick nachzugeben.

Doch du hast mir nicht viel Zeit zum Verschnaufen gelassen. Du wolltest mehr, wolltest ebenfalls auf deine Kosten kommen. Du hast die Duschkabine verlassen und mir bedeutet, dir zu folgen. Wir steuerten zielstrebig das Sofa in der Umkleide an, doch bevor wir weitermachten, sah ich dich mit hochgezogenen Augenbrauen an. »Und was ist, wenn …«, begann ich. Immerhin waren wir in der Männerumkleide, und auch wenn an diesem Nachmittag nicht viel los war, war es doch nicht gerade unwahrscheinlich, dass uns ausgerechnet im falschen Moment jemand überraschen würde.

»Ich habe ein Schild an die Tür gehängt«, beruhigtest du mich. »Mit der Aufschrift: ›Vorübergehend geschlossen. Bitte benutzen Sie die Umkleide im 1. Stock.‹« Dieses Problems entledigt, ließen wir uns in der Neunundsechziger-Position auf dem Sofa nieder. Dein Mund ging schon wieder zu Werke, und du saugtest dich hungrig an mir fest, während ich deine Klitoris leckte und dich näher an mich heranzog. Wir lagen wohlig umschlungen da, noch nass vom Duschen und heiß von unseren sanften Berührungen, und ließen uns Zeit. Ich ging mit großer Bedachtsamkeit vor, leckte und berührte deinen samtigen Venushügel mit äußerster Zärtlichkeit und drang hin und wieder mit meiner Zunge in deine Möse ein, um dich stöhnen zu hören.

Du hast dich meinem Stil angepasst, auf die gleiche Weise mit meinem Schwanz gespielt, wie ich dich verwöhnte. Doch dann intensivierte ich unser Liebesspiel durch eine neue Variante. Ich drang zuerst mit einem Finger in dich ein, nahm dann einen zweiten hinzu, und schließlich kreuzte ich meine Finger blitzschnell, sodass du dich schön ausgefüllt fühltest.

»Mehr«, verlangtest du, halb stöhnend, halb seufzend.

Ich führte schnell einen dritten Finger in dich ein und schließlich einen vierten. Mein Gott, warst du gierig. Du hast mich regelrecht verschlungen, während ich meine Hand vor und zurück gleiten ließ, die Innenwände deiner Möse massierte und tief in dich eindrang. Du hast deinen Kopf zurückgeworfen und gejapst: »Oh, das ist so verdammt gut! Hör nicht auf! Bitte hör nicht auf!«

Plötzlich hast du dich gekrümmt, und vibrierende Wellen durchzuckten deinen Körper. Ich enttäuschte dich nicht und ließ nicht von dir ab, bis die letzten Wogen verebbt waren und du auf das Sofa zurücksankst und an die Decke sahst.

Und was jetzt? fragte ich mich. Was soll hiernach noch kommen?

In diesem Augenblick stießt du das eine Wort hervor, das uns wieder neu in Schwung brachte. Das Wort, mit dem du mich nach jeder Übung im Gewichteraum angefeuert hast:

»Mehr!«

In der passenden Stimmung

Wenn ich in der passenden Stimmung bin, kann mich alles scharf machen. Und damit meine ich im wörtlichen Sinne wirklich alles. Der Klang eines tropfenden Wasserhahns erinnert mich dann an eines unserer glitschigen Wasserspiele von früher, als wir von oben bis unten eingeseift zusammen unter der Dusche standen und du mich, nackt und nass, aufmunternd angelächelt hast, während ich die Rasiercreme auf deinen Beinen verrieben und dich für die Rasur vorbereitet habe. Ich habe ganz behutsam an deinen Waden angefangen und mich langsam, aber unaufhaltsam hochgearbeitet zu deinen Schenkeln, bis ich schließlich deine Schamlippen erreichte …

Oder mir steigt der Geruch einer auf dem Herd köchelnden Tomatensauce in die Nase, und der eindringliche Oreganoduft erinnert mich an unser erotisches Abenteuer auf dem verlassenen Flur in Tony's Restaurant, das mit einem schlichten Kuss begann und schnell zu einer ungestümen Fummelei ausartete, meine Hände unter deinem Kleid und dein Mund an meinem Ohr, in das du mir gierig Anweisungen keuchtest. Wir wollten gerade in der dunklen Ecke des Flurs übereinander herfallen, doch dann hörten wir einen anderen Restaurantgast auf uns zukommen und mussten auf den Parkplatz flüchten, und zwar verdammt schnell.

An diesem Nachmittag ist es weder ein Klang noch ein Duft, sondern es ist ein visueller Anreiz, der mich in Wallung bringt, oder, schlicht und einfach gesagt, eine Zeitschrift.

Und es ist einzig und allein deine Schuld.

Du hast dein Modemagazin zufällig auf einer Seite mit Werbung für ein glitschig aussehendes Haargel aufgeschlagen gelassen, und mir fällt vor allem der Slogan ins Auge: *Sexy. Nass. Heiß.* Vermutlich ist es nicht nur die geschickte Wortkombination, die meine Aufmerksamkeit erregt. Zum Teil macht den Reiz sicher auch das blonde Biest mit dem wuselig-strubbeligen Haarschnitt und dem dicken schwarzen Eyeliner aus, das mich so aufdringlich anstarrt. Dir steht so ein Eyeliner auch gut. Rock'n'Roll-Eyeliner, wie ihn Joan Jett oder Shirley Manson benutzen.

Obwohl ich eigentlich eine Million Dinge zu erledigen hätte, schaffe ich es nicht, das Zimmer zu verlassen. Stattdessen verspüre ich den unwiderstehlichen Drang, an deinem blassrosafarbenen Schminktisch zu stehen und die Zeitschrift durchzublättern. Für eine Millisekunde fällt mir ein gewagter roter Push-up-BH ins Auge – ich stelle mir dich in diesem Spitzendessous vor und male mir aus, wie deine hübschen Brüste über den Rand der Halbschalen quellen. Ich mag es, wenn du betont weibliche Unterwäsche trägst, vor allem unter Outfits, die dies gar nicht erwarten lassen. Zum Beispiel unter einem Overall oder einem T-Shirt, wenn wir das Auto waschen. Wenn wir reingehen und uns umziehen und ich sehe, dass du unter deiner lässigen Kluft die aufreizendsten Stücke trägst, die nichts verbergen und nur darauf warten, dass ich sie dir ausziehe, dann …

Nach einem kurzen Moment blättere ich weiter und stoße auf eine an junge Mädchen gerichtete Anzeige für eine Kosmetikserie mit Erdbeer- und Papayaextrakten, die in mir sofort eine neue Fantasie entfacht: Ich sehe uns beide am Strand, dich in deinem superknappen schwarzen Bikini und darauf wartend, dass ich dich von Kopf bis Fuß mit Öl einreibe. Ich wünschte, ich hätte jetzt eine Flasche Öl zur Hand, damit ich sie mir über meinen Schwanz gießen, ihn einölen und mir vor dem Foto von der tropischen Insel genüsslich einen runterholen könnte – Hängematte, Meer, Sonne und du in meinem Kopf, meine süße Sommermieze.

Mann, bin ich hart, und das nur, weil du dein Frauenmagazin offen für mich hast liegen lassen. Ist das nicht völlig verrückt? Als mir bewusst wird, dass ich mich von deiner Modezeitschrift antörnen lasse, als wäre sie ein Pornoheft, bin ich ein wenig schockiert – aber was soll's!

Ich werfe einen Blick auf die Uhr und stelle fest, dass du in weniger als einer halben Stunde nach Hause kommst. Was du wohl denken würdest, wenn du mich dabei ertapptest, dass ich mich an diesem Hochglanzmagazin aufgeile. Natürlich würdest du mich aufziehen, aber wahrscheinlich würdest du direkt mit einsteigen. Mit diesen Gedanken öffne ich meinen Hosenschlitz und fange an, mich zu streicheln. Ich fühle mich gleich wohler und gehe mit der Zeitschrift zum Bett hinüber und lege mich hin. Während ich mit einer Hand schnell wie ein hin- und herschwingender Kolben meinen Schwanz massiere, blättere ich mit der anderen weiter durch die Seiten.

Jetzt habe ich eine Jeans-Anzeige vor mir. Ich glaube zumindest, dass es Werbung für Jeans ist. Auf dem Bild schmiegt sich ein Mann an eine sinnliche Brünette, die einen BH trägt und ansonsten fast nichts anhat. Wo sind nur die Jeans? Ah, jetzt sehe ich sie. Am äußersten Rand des Fotos, ganz unten auf der Seite, kann man gerade noch den Einstieg in ihre Jeans erkennen, ein blaues Denimknäuel auf dem Boden. Das kommt mir sehr gelegen. Ohne Hose gefällt mir das Model viel besser, aber das, vermute ich, ist wahrscheinlich genau die Botschaft der Werbung – kauf diese Jeans, und dein Mann wird dich vögeln.

Du musst dir natürlich nichts kaufen, damit ich Lust habe, dich zu vögeln. Ob nackt, ob angezogen, ob in Jeans oder in Spitze – wann immer ich dich sehe und wie immer du gerade aussiehst, will ich dich.

Wo also bist du? Wenn du jetzt hier wärst, würde ich dir eine Geschichte erzählen. Ich würde dir ein Bild aus deiner Zeitschrift zeigen und dir die Fantasiesituation genauso beschreiben, wie ich sie vor Augen habe. Deine Jeans liegen ausgezogen in einer Ecke des Zimmers, und du entledigst dich vor meinen Augen langsam deiner Bluse, deines BHs und deines Slips. Ich vergleiche dich nicht mit dem Model, Baby. Für mich bist du viel attraktiver als sie. Ich benutze die Fotos nur als Ausgangspunkt – als eine Art Sprungbrett, von dem aus man in eine neue Fantasiewelt frischer Bilder eintaucht.

Sieh da, jetzt sind wir wieder am Strand. Wie oft die Werbung Strandmotive benutzt! Diesmal ist es eine Werbung für Parfüm, und das Mädchen auf dem Foto hat langes schwarzes, lockiges Haar und wirft sich übermütig in die Brandung. Dabei würde ich dir auch gerne zusehen. Wie du von Kopf bis Fuß nass und sandig wirst, während ich dich fotografiere. Wie die Wellen sanft gegen deine Haut schlagen und du mich dich anschließend abtrocknen und mit meinem Körper wärmen lässt.

Und was haben wir da? Das Motiv einer Spirituosenwerbung, das Mädchen schüttelt einen silberfarbenen pistolenkugelförmigen Martini-Shaker. Es hat seine schmale, pinkfarbene Zunge rausgestreckt, leckt sich die Oberlippe und hat das Kinn in einer unglaublich sinnlichen Weise leicht nach unten geneigt. Ich liebe es, dir zuzusehen, wenn du Martinis zubereitest. Beim Schütteln schwingen deine Hüften im Rhythmus mit, und es macht mir jedes Mal wieder klar, warum James Bond seine Drinks geschüttelt bevorzugt und nicht gerührt. Irgendwie ist dieser Hüftschwung total sexy. Dabei legst du es gar nicht darauf an, mich verrückt zu machen, es ist lediglich ein glücklicher Nebeneffekt. Deine Martinis sind wirklich spitze, und das weißt du auch.

Oh, sieh da … noch eine Alkoholwerbung. Diese verdorbenen Werbedesigner – was haben sie sich eigentlich dabei gedacht? Auf dem Foto sind diesmal zwei Mädchen und ein Typ, die sich alle zusammen auf einer roten Ledergarnitur räkeln. Die Szenerie ist von Kerzen beleuchtet und die Stimmung extrem verführerisch. Aber wer bändelt hier mit wem an? Es handelt sich nicht etwa um eine von diesen altbackenen Wodkawerbungen, denn auf diesem Foto rückt das eine Mädchen ganz nah an das andere heran. Will die Herstellerfirma uns damit sagen, dass das Trinken ihres Alkohols ihren Kunden einen flotten Dreier beschert? Keine üble Vorstellung.

Ich stelle mir uns beide vor, wie wir mit dem süßeren der beiden Models auf der Ledergarnitur hocken. Mit der Rothaarigen. Komm, stell den Drink ab, denke ich … und lass es uns auf dem Tisch treiben!

Zwei Seiten weiter stoße ich auf eine kleine Kokette in einer Korsage und mit einem Tuch um die Hüften. Ihr Haar hat sie zu einem lockeren Knoten hoch gesteckt wie eine Frau aus den 1890er-Jahren, ihren zierlichen Hals schmückt ein eng anliegendes Halsband. Sie hat jedes nur erdenkliche Make-up aufgetragen und ist deutlich stärker geschminkt, als ich es normalerweise mag – doch ihr steht es ausgezeichnet.

Ich stelle mir dich so aufgedonnert vor wie dieses Model und komme zu dem Schluss, dass mir die Vorstellung durchaus gefällt. Die glänzenden dunklen Lippen in einem Rot, das danach schreit, dass du von mir gevögelt werden willst. Dein zu dem lockeren Knoten hoch gestecktes Haar löst sich nach und nach, als ich dich von hinten nehme. Das Outfit würde dir mit Sicherheit auch stehen – davon muss ich vollends überzeugt sein, denn ich bin kurz davor zu kommen.

Aber das ist nur allzu verständlich, finden Sie nicht auch? Schließlich bin ich in der passenden Stimmung.

Und wenn ich in der passenden Stimmung bin, kann mich alles scharf machen.

String-Bikini

Dein Bikini ist ein winziger Fummel, und dafür habe ich durchaus Verständnis. Schließlich stehst du auf nahtlose Bräune. Doch mit diesem kleinen Fetzen übertreibst du es, selbst für deine Verhältnisse. Im Schritt besteht das Höschen nur aus einem lächerlichen Stofffetzen, einem schmalen Streifen, der nahezu alles offenbarte, gäbe es kein Karnaubawachs. Am Po hat er lediglich einen String, der locker zwischen deinen runden Backen hin und her gleitet.

Das Oberteil ist die Krönung; es offenbart beinahe alles. Schließlich bist du ausgesprochen vollbusig und hast dich für einen Bikini entschieden, der dir ein paar Größen zu klein ist. Das Top spannt über deinen vollen Brüsten und bringt die festen Knospen deiner aufgerichteten Nippel zum Vorschein. Ich frage mich, was dir wohl gerade durch den Kopf geht, während du da ausgestreckt auf deinem Handtuch liegst, dein wallendes blondes Haar auf dem Rasen ausgebreitet und die Augen hinter deiner Sonnenbrille versteckt. Eigentlich ist es ein Wunder, dass dich nicht die gesamte Nachbarschaft für eine schamlose Exhibitionistin hält, aber wer weiß, vielleicht tut sie das ja.

Und dann ist dieser skandalöse Bikini auch noch weiß. Was wiederum heißt, dass er noch durchsichtiger wird, wenn du schwitzt, was eigentlich immer der Fall ist, wenn du dich an so brütend heißen Tagen wie heute in die Sonne legst. Durch den spärlichen Stoff sehe ich die geschwollenen Lippen deiner Möse schimmern, und auch die Konturen deiner Brüste werden kaum verdeckt. Törnt es dich an, dich so zu präsentieren?

Ich weiß, dass es dich antörnt. Es muss so sein. Warum solltest du dich sonst so zur Schau stellen?

Ich hocke allein am offenen Wohnzimmerfenster und habe mein starkes Fernglas auf dich gerichtet. Du liegst auf dem Rücken, und ich lasse meine Augen über die glänzenden Hügel deines mit Sonnenöl eingeriebenen und von der Sonne aufgeheizten Körpers und über deinen glatten flachen Bauch wandern. Mein Blick streicht über die glatten Rundungen deiner Oberschenkel und deiner vollen Brüste. Das Oberteil deines Bikinis ist so knapp, dass ich beinahe deine Nippel sehen kann, die, während ich dich ansehe, immer härter zu werden scheinen. Fast so hart wie mein Schwanz.

Du rollst auf die Seite und hockst dich auf alle viere. Für einen Augenblick zeigt dein Po in meine Richtung, und ich sehe, dass der winzige Stofffetzen in deinem Schritt verrutscht ist. Ich erhasche einen kurzen Blick auf deine entblößte Möse, bis du den Stoff wieder zurechtrückst. Zu sehen, wie der verrutschte Streifen Stoff deine geheimsten Stellen offenbart, bringt meinen Schwanz vor Begierde zum Pochen, erst recht, wenn du dich dabei auch noch auf Händen und Knien hockend nach vorn beugst, als ob du mich einladen wolltest.

Ich greife in meine Shorts, umfasse meinen Schwanz und fange an, mir mit der einen Hand einen runterzuholen, während ich mit der anderen das Fernglas halte, damit mir nicht entgeht, wie du es dir erneut auf dem Bauch auf dem Handtuch bequem machst und mir deinen hübschen Hintern in all seiner Pracht präsentierst.

Du langst hinter dich und öffnest dein Oberteil. Es fällt

von dir ab, und du presst deine Brüste auf das Handtuch und verbirgst deine Nippel, um wenigstens den Anschein eines vorhandenen Schamgefühls zu erwecken. Doch als du dein Gewicht ein wenig verlagerst, sehe ich die ganze Schönheit deiner entblößten Nippel. Sie stehen vor Erregung aufrecht und krönen die Spitzen deiner vollen Brüste. Ich bewege meine Hand schneller.

Du wirfst jetzt einen Blick über deine Schulter, hin zu dem Fenster, an dem ich mit meinem Fernglas sitze. Wenn ich schnell genug reagiert hätte, hätte ich vielleicht schnell weggesehen, aber dafür ist es nun zu spät. Also sitze ich einfach da und massiere, während du mich ansiehst, meinen Schwanz.

Dein Gesichtsausdruck steigert meine Erregung sogar noch.

Ich beobachte, wie deine Hand an dir herunterwandert, sich deine Hüften ganz leicht heben und du ein wenig die Beine spreizt. Ich glaube, meinen Augen nicht zu trauen. Deine Hand bahnt sich einen Weg unter deinen Körper, ertastet die obere Kante deines String-Tangas – und verschwindet darunter.

Deine angehobenen Hüften gestatten mir einen perfekten Blick auf deine Möse. Ich sehe, wie sich deine Finger vorarbeiten und den Schritt deines Tangas ausbeulen, während du dich liebkost. Durch den hauchdünnen Stoff sehe ich, wie du die Lippen deiner Möse spreizt und deine erwartungsvolle Öffnung offenbarst. Du dringst mit zwei Fingern in dich ein, und dein Körper erbebt, als du sie vor- und zurückgleiten lässt.

Dann gleiten deine Finger heraus, und du massierst deine Klitoris. Du hast deine Hüften jetzt noch etwas weiter angehoben – die perfekte Stellung, um von hinten gevögelt zu werden. Dass der Schritt deines Höschens verrutscht ist und deine Scham vollkommen entblößt, interessiert dich nicht im Geringsten; du massierst dich immer schneller und heftiger. Im ständigen Wechsel reibst du deine Möse und stößt zwei Finger in sie hinein. Du onanierst nach allen Regeln der Kunst, vögelst dich sozusagen selbst. Dabei wiegt dein Hintern im Einklang mit deinen Fingerstößen vor und zurück.

Jetzt ist auch deine andere Hand unter dir verschwunden, und du wölbst deinen Rücken und umfasst eine deiner Brüste. Du knetest deinen Nippel und reibst immer fester. Du siehst mich jetzt nicht mehr an, aber du weißt, dass ich dir zusehe. Dein Hintern hebt und senkt sich im Einklang mit deinen Fingerstößen, und du hast ihn jetzt so hoch gehoben, dass ich an der Spitze deiner vollen Titte einen harten Nippel sehe, während du den Nippel deiner anderen Titte gnadenlos knetest. Deine Hüften schwingen vor und zurück, während deine Finger in dich eindringen und wieder hinausgleiten. Dein Körper glänzt in der Sonne, und auf dir bilden sich die ersten glitzernden Schweißperlen.

Während ich dich beobachte, massiere ich meinen Schwanz immer schneller. Am liebsten würde ich dir jetzt Gesellschaft leisten, diesen dünnen Stofffetzen zur Seite zerren und mit meinem Schwanz in dich eindringen, in deine nasse, auf mich wartende Möse, so, wie du es haben willst. Ich weiß, dass du stöhnend danach lechzen und dich nach hinten gegen meinen Schwanz drängen würdest. Du würdest dich so lange von mir vögeln lassen, bis du kämst, bis ich in dir explodierte.

Stattdessen massiere ich weiter meinen Schwanz. Ich bin kurz davor zu kommen, während du dich in der Sonne windest. Dir ist inzwischen alles egal. Du stemmst dich auf die Knie hoch und drehst dich um. Dann liegst du erneut auf dem Rücken, deine Brüste komplett freigelegt und nackt und noch schamloser zur Schau gestellt als in dem viel zu knappen Bikinioberteil. Eine Hand steckt im Schritt deines Tangas tief in deiner Möse, die andere liebkost deine Klitoris.

Und dann kommst du. Dein Kopf schwingt so heftig vor und zurück, dass dir beinahe die Sonnenbrille von der Nase fliegt. Deine blonde Mähne weht in alle Himmelsrichtungen. Während ich mich an deinem Höhepunkt ergötze, spüre ich, wie mein Schwanz explodiert. Mein Samen ergießt sich in meine Hand und hinterlässt einen Fleck auf meinen Shorts. Du lässt dich entspannt auf dein Handtuch zurücksinken, und ich weiß, dass du heftig gekommen bist – wunderbar heftig, genauso, wie du es magst.

Du hockst dich wieder auf die Knie, rückst deine Sonnenbrille zurecht und hebst das Bikinioberteil auf.

Dann erhebst du dich und kommst auf mich zu.

Ich mache mir nicht die Mühe, das Fernglas wegzulegen. Ich bleibe einfach mit meinem nassen Fleck auf der Hose am Fenster sitzen, während du mit nackten Brüsten und immer noch aufgerichteten Nippeln an mir vorbeigehst. Du würdigst mich keines Blickes, wirkst hinter deiner Sonnenbrille eiskalt. Du gehst zur Haustür und kommst rein.

»Hast du vergessen, was ich dir gesagt habe?«, seufze ich, als du vor mir stehst. Du beugst dich zu mir herunter und küsst mich. Deine Lippen schmecken salzig von deinem Schweiß und bitter von der Sonnenlotion. »Du solltest diesen Bikini nicht im Garten tragen. Wer weiß, was für ein Perverser dich beobachtet?«

Du setzt dich auf meinen Schoß, und die Spuren von Öl und Schweiß auf deinen Schenkeln vermischen sich mit meinem Sperma.

»Genau darauf habe ich es angelegt«, entgegnest du und küsst mich erneut zärtlich.

Ausgesperrt

Eigentlich klang der Vorschlag, einen Trip zum Mammoth Mountain zu machen, nach einer guten Idee. Er entsprang der Zuvorkommenheit meines reichen und großzügigen besten Freundes, dessen Vorlieben ich teile und der über alle möglichen angenehmen Dinge der Zerstreuung verfügt und mir für das lange Wochenende eine Luxusbleibe zum Ausspannen anbot. »Da kriegst du dein Drehbuch auf jeden Fall fertig«, beschwor er mich und reichte mir die Schlüssel zu seinem Zufluchtsort im Naturpark Mammoth Mountain. »Und anschließend fährst du die gekennzeichneten Pisten runter und reagierst deine Aggressionen ab.«

»Fahren?«, fragte ich.

»Außerhalb der Saison kannst du mit einem Mountainbike die Skipiste runterbrettern.«

»Ich besitze überhaupt kein Fahrrad«, entgegnete ich.

»Alles, was du brauchst, findest du in meinem Haus«, versicherte er mir. »Mann, du hast wirklich mal eine Pause verdient. Und glaub mir, es wird dir an nichts fehlen, ich habe an alles gedacht ...«

Ich seufzte und starrte den Schlüsselring in meiner Hand an.

»Im Ernst«, redete er weiter auf mich ein. »In der Stadt kriegst du deine Arbeit nie fertig. Dort gibt es einfach zu viele Ablenkungen, um sich vernünftig konzentrieren zu können. Sobald du erst mal aus der Stadt bist, hast du den Kopf frei, glaub mir! Nutze die Anfahrt, um deine Gedanken zu sammeln, fahr den Berg rauf und entspann dich! Du wirst sehen, dann hast du dein Skript in null Komma nichts fertig.«

Und so fing alles an. Ich setzte mich in meinen ziegelroten Jeep und fuhr hinauf in die Berge zu dem gediegenen Zufluchtsörtchen. Kaum hatte ich Marlons wunderschönes Holzhaus erreicht, dachte ich, dass er vielleicht Recht gehabt hatte. Vielleicht lag meine lange Schreibblockade tatsächlich am Stadtlärm – und an meinen Mitbewohnern. Ständig lockte die Versuchung, am Strand zu joggen, noch einen Kaffee trinken zu gehen oder auf ein Bier in der Firehouse Bar an der Main Street vorbeizuschauen. Jetzt würde ich mich endlich konzentrieren können. Ich musste den Entwurf nur noch ein allerletztes Mal überarbeiten, bevor ich das verdammte Drehbuch endlich meinem Agenten schicken konnte.

Am ersten Tag quollen die Worte nur so aus mir hervor. Vielleicht lag es an der frischen Bergluft, jedenfalls waren meine Gedanken noch nie so klar und präzise gewesen. Den ganzen Samstag verbrachte ich vor meinem Laptop, gönnte mir hin und wieder eine kurze Pause, um hinauszugehen und einen Blick auf die imposanten Berge zu werfen. Anschließend setzte ich mich wieder hin und gewöhnte mich allmählich an den vertrauten Rhythmus meiner Finger, die auf der Tastatur klimperten.

Gegen vier Uhr nachmittags hörte ich nebenan ein Auto in die Einfahrt biegen. Einigermaßen neugierig und den Anlass als willkommene Entschuldigung nehmend, mich ein bisschen zu strecken, ging ich ans Fenster und spähte durch die makellosen weißen Vorhänge, als du gerade aus dem Wagen stiegst. Mann, sahst du toll aus in deinem Outfit! Dafür, dass Sommer war, herrschte ein merkwürdiges Wetter. Die Luft war recht kühl, doch der Himmel war blau und wolkenlos. Obwohl du mit deinen legeren indigoblauen Jeans und deinem weiß abgesetzten fuchsiafarbenen Anorak dick eingemummelt warst, konnte ich erkennen, dass du groß und langbeinig warst. Ich beobachtete, wie du deine Wochenendeinkäufe aus dem Auto ludst, und wartete, ob du zu mir aufblicken würdest, doch das tatst du nicht. Offenbar hattest du noch nicht gemerkt, dass ich dich beobachtete.

Nach einer Weile ging ich zurück an meinen Computer. Ich starrte die Tastatur an, ohne etwas zu sehen, mein Hirn streikte, und meine Gedanken drehten eine Warteschleife. Dann wurde mir bewusst, dass ich einen weiteren Blick auf dich werfen musste. Ich ging zurück ans Fenster. Du warst immer noch am Ausladen. Ich erhaschte einen Blick auf dein hübsches Gesicht und deine vollen Lippen und wünschte, ich hätte auch deine Augen sehen können, doch sie waren hinter den verspiegelten Gläsern deiner Fliegersonnenbrille verborgen.

Ich musste all meine Willenskraft zusammennehmen, um mich zurück an den Schreibtisch zu zwingen. Diesmal konzentrierte ich mich mit aller Mühe auf die letzte Zeile, doch ich musste feststellen, dass ich völlig unfähig war, einen klaren Gedanken zu fassen. Ich versuchte mich zusammenzureißen und zu erinnern, wo ich stehen geblieben war – hatte ich die Seite auf dem Bildschirm schon zu Ende redigiert, oder hatte ich gerade erst mit ihr angefangen? Meine Gedanken kreisten nur um dich. Dein Anblick hatte sich in mein Hirn gebrannt und wollte nicht verschwinden. Machtest du wie ich einen Kurzurlaub in der Nachsaison, oder lebtest du das ganze Jahr hier draußen in den Bergen?

Ich ging erneut ans Fenster und spähte hinaus, um zu sehen, was du gerade tatst. Diesmal hast du mich direkt angesehen.

Mein Gott, ich fühlte mich wie Spanner. Es war ganz offensichtlich, dass ich nur ans Fenster getreten war, um dich zu beobachten, doch nachdem du mich nun ertappt hattest, hatte ich keine Ahnung, wie ich mich verhalten sollte. Sollte ich mich schnell hinter den Vorhang zurückziehen? Oder winken? Was soll man in so einer Situation tun, wenn man nicht wie ein kompletter Idiot aussehen will?

Du beantwortetest all diese Fragen, die mir Kopf herumgingen, indem du mir ein breites, strahlendes Lächeln zuwarfst. Dann gingst du zu Marlons Haustür und bedeutetest mir mit einer Hand, dass ich dich reinlassen sollte. Ich stürmte die Treppe hinab, um dir zu öffnen. Was konntest du von mir wollen? Ich konnte es kaum erwarten, es herauszufinden.

»Sie werden es kaum glauben«, hast du mich begrüßt und dich an mir vorbei in den Flur gedrängt, bevor du dich mit einem Seufzer der Erleichterung deines Winteranoraks entledigt hast. Darunter kam ein enger schwarzer Rollkragenpullover zum Vorschein, und ich sah dein dunkles Haar, das dir über die Schultern fiel. Anschließend gingst du schnurstracks die Treppe hoch, als ob du die Besitzerin des Hauses wärest.

»Ich habe meinen Haustürschlüssel verloren«, erklärtest du und hast dich in einen von Marlons Sessel voller Sachen fallen lassen. »Und um den Schlüsseldienst zu bestellen, ist es schon zu spät.«

»Sind Schlüsseldienste nicht rund um die Uhr in Bereitschaft?«

»Nicht außerhalb der Saison«, entgegnetest du mit einem

Seufzer. »Ich kann von Glück sagen, dass sie überhaupt am Wochenende arbeiten, aber ich bin bis mindestens neun Uhr morgen Früh ausgesperrt.«

Ich sah zu, wie du deine Stiefel abstreiftest und deine Füße auf den Couchtisch legtest. »Sie haben doch nichts dagegen, oder?«, hast du mich gefragt.

Ich hatte nichts dagegen.

»Ich bin eine Freundin von Marlon«, hast du dann erklärt. »Und ich war wirklich froh zu sehen, dass jemand hier ist. Sonst hätte ich mir ein Motelzimmer nehmen müssen, und das einzige Motel, das außerhalb der Saison geöffnet hat, ist eine ziemliche Absteige.«

Da saß ich nun, ein Drehbuchautor, und hatte nicht die geringste Dialogidee, um mit jemandem wie dir Konversation zu betreiben. Meine Zunge war wie festgeklebt. Du hingegen schienst dich absolut behaglich zu fühlen und ließt nicht den geringsten Zweifel daran aufkommen, dass du vorhattest, den Abend in Marlons Hütte zu verbringen. Als ich dich weiter anstarrte, legtest du den Kopf auf die Seite und bedachtest mich mit einem weiteren einnehmenden Lächeln.

»Vielleicht könnten Sie meine Einkaufstüten hochholen«, schlugst du vor. »Dann kann ich uns ein Abendessen kochen, als kleines Dankeschön für Ihre Gastfreundschaft sozusagen.«

Glücklich, etwas Sinnvolleres zu tun zu haben, als einfach nur dazustehen und dich anzugaffen, ging ich hinaus und holte die Tüten mit den Lebensmitteln. Ich brachte sie die Treppen hoch in Marlons riesige Küche und stellte beim Auspacken fest, dass du für ein Abendessen mit zwei Personen eingekauft hattest. Zwei Steaks, zwei große Kartoffeln, eine Flasche Rotwein und ein leckeres knuspriges Brot. Hattest du noch jemanden erwartet? Es sah nicht danach aus.

Mir lagen alle möglichen Fragen auf der Zunge, aber ich sagte nichts. Du sahst müde aus und schienst es dir bequem gemacht zu haben, also kümmerte ich mich mit deiner Zustimmung um das Essen. Wir unterhielten uns durch die offene Durchreiche zwischen der Küche und dem Wohnzimmer. Als ich die Steaks briet, hast du im Kamin ein Feuer entzündet und den Wein geöffnet. Die Stimmung war sehr heimelig und angenehm – ganz anders als mein hochbeschleunigtes Leben zu Hause. Ich konnte mich nicht daran erinnern, mich je so wohl gefühlt zu haben, erst recht nicht mit einer Unbekannten. Einer bezaubernden Unbekannten wie dir.

Als ich den Tisch deckte, erhobst du dich aus deinem Sessel und umarmtest mich von hinten. Und das war's dann mit dem Essen. Wir liebten uns vor dem Kaminfeuer auf dem weichen Teppich, der speziell für diesen Zweck dort zu liegen schien. Du sahst einfach umwerfend aus, dein langes lockiges Haar umschmeichelte deine Schultern und deine Brüste, während du zu mir aufblicktest. Nackt warst du noch schöner als in deinem Freizeit-Outfit. Du bist für mich eine jener Frauen, die am besten nie etwas anhaben sollten. Deine hinreißende Figur raubte mir regelrecht den Atem. Die perfekt sitzende schwarze Hose und der geschmeidige Seidenpullover standen dir hervorragend, doch jetzt, als du alle Hüllen hattest fallen lassen, warst du die Verkörperung schöner weiblicher Kurven und üppiger Sinnlichkeit.

Ich fragte mich, wie wir so schnell dieses Stadium tiefer, inniger Vertrautheit erreicht hatten, in dem du mir alles, was du wolltest, einfach direkt ins Gesicht sagtest. Warum ich selber dieses Stadium so schnell erreichte, stand für mich außer Frage. Mein Gott, du bist einfach unglaublich. So sexy. So gierig.

Ich spürte, wie ich durch dich in Urlaubsstimmung kam. In diese Stimmung, die einen dazu hinreißt, mit einer Unbekannten die verdorbensten Dinge zu tun, weil man weiß, dass man so etwas zu Hause niemals tun würde. Und es war eine gute Stimmung, das muss ich zugeben. Da war nichts, was uns irgendeine Zurückhaltung auferlegt hätte. Ich nahm dich in die Arme und ließ dich auf meinen Schwanz niedersinken, sodass du mit dem Gesicht zu mir gewandt auf mir saßt, deine Beine über meinen und deine Arme um meinen Nacken geschlungen.

»So mag ich es«, sagtest du sanft. »Dir in die Augen zu sehen und dabei deinen Schwanz in mir zu spüren.«

Bei dem Wort »Schwanz« erbebte dieser in dir, als ob er sich direkt angesprochen fühlte. Du sprachst mit Bedacht und betontest jedes einzelne Wort.

»Du füllst mich aus«, hast du gesagt. »Du bist so hart. Und so tief in mir.«

Der Geruch deines Körpers war betörend. Intensiv und mild zugleich. Ich sog ihn gierig ein, mein Gesicht an deinen Hals gepresst, und drang noch tiefer in dich ein. Hinter uns knisterte das Feuer, und die flackernden Flammen reflektierten auf unserer Haut. Ich war so erregt wie noch nie. Ein kräftiger Energiestrom ging von dir auf mich über, und du hattest die ganze Zeit die Augen offen. Du warst kurz davor zu kommen, und das trieb meine Erregung auf die Spitze.

Meine Hände waren in ständiger Bewegung, da ich mich nicht entscheiden konnte, wo ich sie verweilen lassen wollte. Ich wollte deine Brüste umfassen und mit den Daumen deine harten Nippel massieren. Doch im nächsten Augenblick drängte es mich, deine Klitoris zu stimulieren, damit du auf deine Kosten kamst und ich dich auf den Gipfel führen konnte, wie du es wolltest.

Als du kamst, sah ich jede einzelne Phase deines Orgasmus dich durchströmen. Dass es so weit war, erkannte ich an der Art, wie du die Lippen nach hinten zogst, wie deine Atmung sich änderte und du mich noch enger in dir aufnahmst. Ich hielt dich während deines ganzen Höhepunkts fest, dann drehte ich dich um, sodass du mit abgewandtem Gesicht auf Händen und Knien vor mir hocktest, und vögelte dich von hinten. Ich vögelte einfach drauflos.

Dann explodierte auch ich, und die Erlösung ließ mich abheben. Zu kommen und anschließend an deinem warmen, nackten Körper zu lehnen, zu spüren, wie sich unsere Haut zärtlich berührte – ich war völlig entrückt und von allem, was ich bisher kannte, eine Million Meilen weit entfernt. Du holtest mich behutsam in die Wirklichkeit zurück. Die Art, wie du dich auf die Seite rolltest und mich einfach nur anlächeltest – jeder Augenblick mit dir war relaxed und ungezwungen. Keinerlei Anspannung. Nichts schien geplant.

Das Abendessen haben wir letztendlich nicht angerührt. Wir haben uns einfach nur auf dem Teppich geliebt, und am nächsten Morgen hast du den Schlüsseldienst angerufen und bist rausgegangen, um zu warten. Genau in dem Moment klingelte das Telefon.

»Genießt du deinen Kurztrip?«, fragte Marlon.

»Ich habe deine Nachbarin kennen gelernt«, erzählte ich ihm.

»Kennen gelernt?«, wiederholte er meine Worte, und sein Tonfall verriet, dass er etwas wusste, was er nicht aussprach.

»Ja«, entgegnete ich. »Könnte es sein, dass du auch schon ihre Bekanntschaft gemacht hast?«

»Hat sie erzählt, dass sie ihren Haustürschlüssel verloren hat?«, fragte er mit einem Lachen.

»Sieh an! Woher weißt du das?«

»Das ist ihre bevorzugte Masche«, erwiderte er. »Jedenfalls wenn sie in der passenden Stimmung ist. Sie hat mir erzählt, dass sie dies Wochenende hinauf in die Berge fahren wollte. Ich dachte, dass ihr beiden euch vielleicht prächtig verstehen würdet. Du hast auf mich den Eindruck gemacht, als könntest du eine anregende Erfrischung gebrauchen.«

Und in dem Augenblick wurde mir klar, dass Marlon tatsächlich an *alles* gedacht hatte.

Heiße Spiele

Wir sollten nicht hier drin sein, stelle ich klar. Es ist zwei Uhr morgens, und die Anlage ist schon seit zehn Uhr geschlossen. Aber das beeindruckt dich nicht im Geringsten; du kommst mit deinem Gesicht ganz nah an mich heran, liebkost meine Wange und zischst »Pssst«.

Was dir an diesem Apartmenthaus am besten gefallen hat, war die Sauna. Du warst bereit, dafür einen Aufschlag zu zahlen, sogar noch einen Zusatzaufschlag für die Erlaubnis, den kleinen Pool und des Warmwasserbeckens benutzen zu dürfen. Die Sauna hilft dir, dich nach einem langen Arbeitstag zu entspannen. Und du bist wild entschlossen, sie voll und ganz auszukosten, das muss ich schon sagen, obwohl ich kaum glaube, dass du im Moment unbedingt auf Entspannung aus bist.

Nicht, dass ich ernsthaft eine Grundsatzdiskussion vom Zaun brechen wollte – ich stelle nur das Offensichtliche fest, damit mir unser Tun nicht ganz so ungehörig vorkommt. Doch als ich sehe, wie du deinen Schlüssel in das Schloss der Metallpforte steckst, kommt es mir extrem ungehörig vor. Du bist in deinen nagelneuen schwarzen Bikini geschlüpft, der hinten extrem knapp ist und auch vorne so gut wie nichts verbirgt. Du trägst ihn zum ersten Mal. Ich habe dir im Kaufhaus bei der Auswahl geholfen, wobei ich verstohlen in die Umkleidekabine geschlüpft bin, damit es dir erspart blieb, in diesem fast nichts bedeckenden Fetzen Stoff vor aller Augen umherzuspazieren. Ich habe unsere gemeinsame Wahl enthusiastisch begrüßt – und jetzt gefällt mir der kleine Fummel sogar noch besser.

Um die Taille hast du dir ein knallbuntes Hawaii-Badetuch geschlagen, das einladend von deinen Hüften herabhängt. Ein leichtes Zupfen würde genügen, den lockeren Knoten zu lösen, und das Tuch würde deine Beine hinabgleiten und dich nackt dastehen lassen, abgesehen von dem winzigen schwarzen Stofffetzen natürlich. Ich kann die Augen nicht von den Rundungen deiner Hüften abwenden, die das Badehandtuch vergeblich zu verhüllen versucht. Wie gebannt starre ich auf die kleine Wölbung über deinem Po, wo sich auf deiner weißen Haut ein dunkles Tattoo abzeichnet, und beobachte fasziniert, wie das bunte Handtuch deine Waden umschmeichelt. Dein dunkles Haar umtanzt aufreizend deine nackten Schultern. Als du vorsichtig die Metallpforte aufschiebst, damit die abgenutzten Scharniere nicht so verräterisch laut quietschen, lange ich nach dir und küsse deinen Nacken. Das Quietschen hallt leise durch die Swimmingpool-Anlage.

»Du bist wunderschön«, flüstere ich, meine Lippen auf deinen Nacken gepresst.

»Pssst«, weist du mich zurecht. »Die Mieter aus dem dritten Stock können uns sehen. Warte, bis wir drin sind!«

Da ich nie besonders sportlich war, besitze ich keine Badehose. Stattdessen trage ich Boxershorts mit einigermaßen langen Beinen, die als Badehose durchgehen können, wenn man nicht so genau hinsieht. Doch ich spüre bereits, wie die Spitze meines Schwanzes vorwitzig durch den Schlitz lugt, und als ich merke, wie ich noch härter werde, verlagere ich unbehaglich das Gewicht von einem Bein auf das andere. Als du dich durch die Pforte zwängst, rutscht das Handtuch von deinen Hüften und gleitet verführerisch zu Boden. Du bückst dich, um es aufzuheben, und die Art und Weise, wie dein Hintern sich unter der Andeutung eines Bikinihöschens wölbt, versetzt mich in schieres Entzücken. Dann hältst du mir die Pforte auf, und ich folge dir in die nach Chlor riechende Anlage. Du schließt die Pforte ganz langsam wieder, und sie rastet mit einem leisen Klicken ein, das von den Wänden des Apartmenthauses zurückhallt.

»Ich habe den Ofen schon vor einiger Zeit angemacht«, flüsterst du. »Inzwischen müsste es angenehm heiß sein.«

Mit diesen Worten führst du mich zu der hölzernen Saunatür und ziehst sie behutsam auf. Von innen strömt uns ein heißer Lufthauch entgegen. Du knipst das Licht an und gehst hinein.

»Kann man das Licht nicht von draußen sehen?«, zische ich.

»Schon möglich«, erwiderst du und bedeutest mir, dir zu folgen. »Aber ich will, dass du alles siehst.«

Wir schließen hinter uns die Tür, und ich spüre die Hitze angenehm auf meiner Haut. Du breitest dein Handtuch auf der untersten Bank aus, und ich lasse mich nieder. Bevor ich mich versehe, sitzt du auf meinem Schoß.

»Spürst du die Hitze?«, seufzt du und lachst leise. »Ich spüre ganz deutlich, wie ich immer heißer werde.«

Du lässt dich mit dem ganzen Gewicht deines Körpers nach hinten fallen und wendest den Kopf so, dass du mich küssen kannst. Unsere Lippen berühren sich, und ich schmecke deine Zunge, die sich in meinen Mund vorschlängelt. Ich spüre, wie mein Schwanz jetzt knallhart wird und gegen deinen fast nackten Hintern drückt. Du rutschst auf meinem

Ständer hin und her, und als unsere Münder voneinander ablassen und ich mich vorbeuge und deinen Hals küsse, schmecke ich schon das Salz deines Schweißes.

Ich fasse nach deinen Brüsten.

»Noch nicht«, stellst du klar und schlägst meine Hand neckisch weg. »Bleib einfach eine Minute ruhig sitzen! Ich will, dass du schön aufgeheizt bist.«

Es ist pure Folter, mit dir auf meinem Schoß einfach nur dazusitzen, während dein Hintern gegen meinen Ständer drückt und mir bei meinem rhythmischen Einatmen der betörende Duft deines Körpers in die Nase steigt und sich mit dem Rotholzaroma vermischt.

»Du hast den Ofen ganz schön hoch gestellt«, flüstere ich, schon ziemlich kurzatmig und unbehaglich.

»Pssst«, entgegnest du. »Konzentriere dich auf das, was du fühlst!«

Und das tue ich, während sich auf meinem ganzen Körper Schweißperlen bilden. Meine Boxershorts sind schon völlig durchnässt vom Schweiß und einem winzigen Sehnsuchtstropfen, den dein hin- und herrutschender Hintern meinem harten Schwanz entlockt hat. Und als ob das noch nicht genug wäre, hebt und senkt sich dein Körper beim tiefen Einatmen der kochend heißen Luft, und ich spüre die sinnlichen Kurven deiner Schultern und deines Rückens aufreizend an meiner Brust entlangreiben. Deine Haut glänzt im Licht, und alles in mir verlangt danach, meine Hände von oben bis unten über dich gleiten zu lassen – doch ich halte mich zurück und warte auf dein Startzeichen.

»Mein Gott, jetzt bin ich wirklich verdammt heiß«, stöhnst du leise und rutschst von meinem Schoß. Du drehst dich zu mir um, und meine Augen verzehren deinen schweißnassen, glänzenden Körper. Es macht mich ganz verrückt, wie das nasse Bikinioberteil hauteng an deinen Brüsten klebt und deine aufgerichteten Nippel sich schamlos unter dem hauchdünnen Stoff abzeichnen, um von mir bewundert zu werden und mir zu verraten, wie heiß du tatsächlich bist. Du ziehst langsam die Körbchen herunter, befreist deine Brüste aus dem engen Stoffkorsett und liebkost dabei deine Nippel. Dann beugst du dich zu mir vor, stellst ein Knie auf die Holzbank und führst einen der Nippel an meine geöffneten Lippen.

»Nicht anfassen!«, flüsterst du, als du hinter dir meine Hände an dir hochfahren und deinen Hintern umfassen spürst. »Nur lecken!«

Ich nehme deinen Nippel in den Mund und lasse mir einzelne Schweißtröpfchen auf der Zunge zergehen. Ich sauge sanft, und du stöhnst, wirfst die Schultern zurück und biegst deinen Körper nach hinten durch, sodass ich nur noch deinen Nippel berühre. Ich koste gierig von deinem Schweiß, als ob ich keine andere Nahrung bekäme, und drücke meine Hände fest auf das Strandhandtuch, um dem unbändigen Drang zu widerstehen, deinen Fuß zu liebkosen. Dein Nippel wird in meinem Mund immer härter, und je intensiver meine Zunge deine pralle Knospe umspielt, desto lauter wird dein Stöhnen.

»Fass hinter mich!«, forderst du mich auf. »Und öffne das Oberteil!«

Ich tue, wie du mich geheißen hast, und öffne behutsam den Verschluss. Da es ein trägerloses Oberteil ist, fällt das durchnässte, elastische Stückchen Stoff im gleichen Augenblick schlaff auf meinen Schoß. Du wischst es mit einer schnellen Handbewegung zur Seite.

Ich sauge weiter an deinem Nippel, während die Rundungen deiner Brüste, die du sanft vor- und zurückschwingen lässt, gegen mein Gesicht drücken und du mir gleichzeitig spielerisch auch den anderen Nippel in den Mund führst. Deine Brüste sind glatt, aber nicht glitschig; das nasse Oberteil hat bisher all deinen Schweiß absorbiert. Doch nach einer Weile läuft dir der Schweiß aus deinem Gesicht, von deinem Hals und von den Schultern in Rinnsalen herunter und erreicht deine Brüste.

Dann plötzlich scheint der Damm, der deine Begierde zurückgehalten hat, zu brechen, und du rutschst nach vorne, sodass unsere Oberkörper sich jetzt berühren. Von der ersten Berührung an ist es ein unbeschreibliches Gefühl; wir sind so glitschig, dass die normale Körperreibung nahezu inexistent ist. Dein Körper gleitet vollkommen widerstandslos an meinem entlang, wie bei einem skurrilen, von einem besonders gewieften Studenten durchgeführten Physikexperiment. Ich stöhne sanft auf, als deine Nippel meinen Brustkorb kitzeln und du dich an mir hinabgleiten lässt, bis dein Gesicht über meinen Bauch streicht und du den Schweiß von meiner nassen Haut leckst.

Meine inzwischen völlig durchnässten Boxershorts öffnen sich wie von selbst, und mein steiler Schwanz flutscht durch den Schlitz. Du nimmst ihn in den Mund und leckst ihn von oben bis unten, dann streifst du meine Hose über meinen Hintern, wobei von meinem Schwanz eine eigenartig verdunstende Dampfwolke aufsteigt. Ich erhebe mich gerade so weit, dass du mir die Shorts herunterziehen kannst, und mein Schwanz flutscht zurück durch den Schlitz, als du sie mir bis zu den Fußknöcheln herunterstreifst. Dann widmest du dich wieder meinem prallen Ständer, umklammerst ihn gierig mit deinem Mund, wobei deine schweißnassen Brüste über meine Oberschenkel glitschen. Als ich immer heftiger stöhne, lässt du von meinem Schwanz ab, und bevor ich weiß, wie mir geschieht, stehst du vornübergebeugt vor mir, drückst dich an mich, und wir sind inzwischen beide so in Schweiß gebadet, dass ihn nicht einmal unsere aneinander reibenden Körper wegzuwischen vermögen.

»Zieh mir das Unterteil aus!«, weist du mich an. »Aber ohne mich zu berühren.«

Ich streife behutsam das nasse Bikinihöschen über deinen Hintern; es fällt von alleine auf deine Knöchel, und du beförderst es mit einem Fußtritt zur Seite. Im nächsten Augenblick bist du auf mir, stützt dich mit den Knien auf dem Badehandtuch ab, drückst deinen schweißgebadeten Körper mit gespreizten Beinen an mich, hebst deine Möse und suchst die Spitze meines Schwanzes.

Deine Möse trieft noch heftiger als der Rest deines Körpers. Mein Schwanz gleitet problemlos in dich hinein und entlockt deinen Lippen ein Stöhnen. Du drückst dich an mich, und dein Schweiß regnet auf mich nieder wie eine heiße Dusche. Deine Hüften heben und senken sich, während du auf meinem Schwanz hoch und runter gleitest und dich zu mir vorbeugst und deine Lippen auf meinen Mund drückst. Beim Küssen rinnt uns der Schweiß über die Lippen und vermischt sich zu einer salzig-scharfen Mixtur. Dein Stöhnen wird immer lauter, während du mich reitest, und du kommst so schnell, dass ich es gar nicht gemerkt hätte, wenn du nicht mitten in deinem wilden Ritt keuchen würdest: »Ich komme … ich komme … ich komme!« Ich hebe meine Hüften und dränge mich dir entgegen, in jeden einzelnen Stoß alle meine Kraft legend, und spüre die Kontraktionen deiner Möse, die meinen Schwanz fest umklammert. Dann ziehe ich dich kraftvoll an mich heran, spüre völlig entrückt deine schweißnassen Brüste an meiner Haut und komme ebenfalls. Ich ergieße mich in dir, und mein Stöhnen erreicht das gleiche Ausmaß wie deins. Allmählich drosselst du deine Reitbewegungen, bis du schließlich zum Stillstand kommst und schwer auf mir hocken bleibst.

In diesem Moment registriere ich neben dem Rotholzaroma und dem Duft deines Körpers den Geruch von Qualm. Ich blicke hinüber zu dem Ofen und sehe dein Bikiniunterteil oben auf den rot glühenden Steinen liegen. Träge Rauchkringel steigen in die heiße Luft auf.

»Oh nein!«, seufzt du und erhebst dich von meinem Schwanz. Dann gehst du zum Ofen und pickst das Bikinihöschen vorsichtig von den Steinen. »Oje«, sagst du und lässt das ruinierte Stück auf den Boden fallen. Von deinem Bikiniunterteil ist nur noch ein halb verbranntes, halb geschmolzenes Synthetikstoffknäuel übrig. Du setzt dich, nackt wie du bist, auf meinen Schoß und siehst betrübt auf die Überreste deines neuen Bikinis hinab.

»Also gut«, sagst du. »Dann muss ich dem Kaufhaus wohl einen weiteren Besuch abstatten. Ob wohl auch feuersichere Bikinis hergestellt werden?«

»Das glaube ich kaum«, erwidere ich.

Du drehst dich um und küsst mich.

»Egal. Hast du Lust auf ein Nacktbad im Pool?«

Die Schuhe

Es sind die Schuhe. Das steht außer Frage. Kein Zweifel möglich. Diese verführerischen, sexy knallroten Lacklederschuhe mit der Knöchelschnalle haben mich an den Rand des Wahnsinns getrieben. Ich übertreibe nicht. Ich bin härter als ein Tischbein, und das alles, weil du auf Shoppingtour gegangen bist und deinem Faible für schöne Schuhe gefrönt und damit meiner kleinen schmutzigen Leidenschaft neue Nahrung zugeführt hast. Ich bin nämlich Schuhfetischist.

Wer hätte je gedacht, dass ein Paar Schuhe so viel Macht über einen gefestigten, willensstarken Mann wie mich haben kann? Die Frage ist leicht zu beantworten. *Du*. Denn du kennst mich. Du weißt alles über meine Schwäche, nicht wahr? Du weißt, bis zu welchem Grad du mich provozieren kannst, bevor ich die Kontrolle verliere.

Dabei bin ich gar nicht so leicht aus der Fassung zu bringen. Jedenfalls reizt mich längst nicht alles. Kurze Rüschenkleidchen lassen mich völlig kalt. Teure Dessous sind in meinen Augen nichts als Geldverschwendung. Oberbekleidung und raffinierte Unterwäsche interessieren mich nicht im Geringsten. Schuhe hingegen wühlen mich auf. Schuhe sind etwas anderes. Schuhe sind magisch.

Diese Schuhe bringen meine Welt zum Erbeben, und zwar total.

Allein schon die Schnalle, die deinen Knöchel umschließt und diese gewagte Schuhkreation an Ort und Stelle hält! Die Schnalle selbst ist ein Kunstwerk. Sie ist beinahe so dick wie ein Hundehalsband und aus kräftigem Leder, über das ich im Geiste meine Fingerspitzen streichen lasse. Ich male mir aus, dies zu tun, während sich die Schuhe an deinen Füßen befinden, stelle mir vor, an beiden Seiten der Schnalle deine Haut zu streicheln und dich erschauern zu lassen.

Ich habe keine Ahnung, was dir durch den Kopf geht, wenn ich auf dem Boden hocke und deine Schuhe und Füße anbete. Bist du genauso erregt wie ich, wenn ich diesen verrückten Fetischismus auslebe? Es kann gar nicht anders sein, denn du erfüllst mir jeden Wunsch, verwöhnst mich bis zum Gehtnichtmehr. Immer wieder kaufst du dir diese Schuhe. Diese unanständigen, indiskreten Schuhe ... und in den Schuhen stecken diese süßen, hübschen Füße. Aber bei ihnen sind wir noch nicht angelangt. Oh nein! Deine Füße müssen noch eine ganze Weile warten. Wir sind immer noch bei den Schuhen.

Lassen Sie mich noch ein Wort über die Absätze dieser Schuhe verlieren – oh, mein Gott! Spitze hohe Absätze, die den Schuh zu einem kleinen Bogen krümmen und – ach, herrje, ich drehe gleich durch. Es ist wirklich absolut unglaublich. Wie ein einfaches Paar Schuhe imstande ist, jemandes ganze Persönlichkeit in ihren Bann zu ziehen. Die Absätze dieser Schuhe sind so hoch, dass du darin eine ganz andere Haltung annehmen wirst. Du wirst gehen wie eine Königin, in deiner typischen überheblich hochmütigen Art. Oder wie eine Stripperin. Ich kann mir sehr gut vorstellen, wie selbstbewusst du dich in deinem Körper fühlst, wenn du solche Schuhe trägst und ansonsten nichts. Du bist ein Wunder, das man auskosten muss.

Jetzt weißt du Bescheid. Jetzt habe ich reinen Tisch gemacht und mich offenbart. Aber wahrscheinlich warst du sowieso längst im Bilde, so, wie ich mich immer an deine Fersen hefte, wenn du darangehst, deinem Outfit den letzten Schliff zu verpassen, inständig hoffend, dass du eins von meinen Lieblingsbabys aus dem Regal holst. Denn ich bin wählerisch und stehe auf ganz bestimmte Schuhe. Und auf dich natürlich. Auf dich in diesen Schuhen. Ich sehe nichts als die Schuhe. Sie stehen in der Tür und warten darauf, dass ich imstande bin, auf dich zuzugehen. Mit jagendem Herzen. Und pochenden Adern.

Oh, meine Süße! Ich verliere die Kontrolle über mich, wenn du ein Paar deiner hinreißenden hochhackigen Schuhe trägst. Dann steht mir der Sinn nur nach einem: dich in die Arme zu nehmen, ausgestreckt vor mir hinzulegen und dich, beginnend mit den Zehen, körperaufwärts zu liebkosen, und wenn ich oben angelangt bin, den gleichen Weg zurück. So sollte es sein. Anders geht es gar nicht, vor allem nicht mit diesen neuen roten Schuhen. Du wirst sie die ganze Zeit anbehalten. Ich weiß, dass du das tun wirst. Du musst sie für mich anbehalten. Ich werde dich in jeder Hinsicht belohnen, wenn du die Schuhe anlässt.

Ich gehöre nicht zu den Leuten, die etwas auf die aktuellen Modetrends geben. Ich habe keine Ahnung, ob diese Schuhe dieses Jahr in sind oder letztes Jahr angesagt waren. Doch als ich sie heute Nachmittag zum ersten Mal in dem Karton gesehen habe, eingekuschelt in das weiße Seidenpapier, wusste ich sofort, dass du sie heute Abend tragen musst.

Es war Begierde auf den ersten Blick.

Was ich an deinem Schrank zu suchen hatte? Warum ich in deinen Schuhkartons herumgeschnüffelt habe? Das weißt du sehr genau – du musst es einfach wissen. Warum – wenn nicht, um mich in Versuchung zu führen – hättest du sonst von deinen Schuhen Polaroidfotos gemacht und sie außen an die Schuhkartons geklebt? Für mich sind diese Bilder besser als jeder mittelmäßige Porno. Ich sehe die Fotos von den Schuhen, von jedem einzelnen einzigartigen Paar, und will auf der Stelle sämtliche Kartons öffnen, mein Gesicht an das Leder schmiegen und mich an dem Geruch der Schuhe und dem Geruch deines Körpers ergötzen. Als ich heute dieses neue Paar entdeckt habe, habe ich mich gefühlt wie ein kleines Kind, das im Juli die Wohnung nach Weihnachtsgeschenken durchstöbert. Aber so war es nicht – ehrlich. Ich war nicht auf einem meiner Schuhraubzüge, bei denen ich all deine Paare um mich herum im Kreis aufstelle und sie eines nach dem anderen streichle. Nein, diesmal war ich wirklich unschuldig; ich habe lediglich hinten in den Schrank gelangt, um meinen alten schwarzen Gürtel herauszuholen, weil mein neuer gerissen war, und dabei habe ich die neuen roten Schuhe entdeckt.

Gestern waren sie mit Sicherheit noch nicht da. Das hätte ich gemerkt, daran besteht nicht der geringste Zweifel.

Ich sah das Foto, griff nach dem Karton und holte ihn aus dem Schrank. Und dann – zack! Ich war sofort knallhart. Ich ließ meine Finger über die glänzende Lederoberfläche gleiten und dachte an deine anbetungswürdigen Füße und malte mir aus, wie sie sich in die tiefe Senke des Schuhinneren schmiegen. Ich musste mich aufs Bett setzen, um mich zu sammeln. Die Schuhe und den Karton fest umklammernd, ließ ich meine Hand in das raschelnde weiße Seidenpapier gleiten und fand die anderen Polaroidfotos, die du geschossen hattest. Sie zeigten nicht nur die neuen Schuhe, sondern deine Füße in eben diesen Schuhen. Du wolltest mich aufstacheln, habe ich Recht? Ich griff zum Hörer und hinterließ dir eine Nachricht auf dem Anrufbeantworter.

»Die Schuhe. Die roten. Heute Abend.«

Jetzt warte ich auf dich und weiß intuitiv, dass du mich nicht enttäuschen wirst. Und was vielleicht noch wichtiger ist – ich weiß, dass du diese göttlichen Exemplare nicht nur für dich, sondern auch für mich gekauft hast. Denn du kennst mich. Du weißt genau, wie ich dich verwöhne, wenn deine hübschen Füße in solchen Schuhen stecken. Ich lasse dich kommen, dass dir Hören und Sehen vergeht.

Wenn meine Zunge und Finger ihr anfängliches Interesse an den Schuhen gestillt haben, widme ich mich mit der gleichen Intensität und Begierde deiner Klitoris. Aus Erfahrung weiß ich, dass du längst triefend nass bist, wenn ich mich zu deiner Spalte vorgearbeitet habe, und in meinen Armen vor Erregung zitterst und bebst.

Du stehst mir in nichts nach, habe ich Recht? Du bist ebenfalls eine Schuhfetischistin. Und was ich dir zu bieten habe, nimmst du genauso gerne entgegen, wie ich es gebe.

Verehrung. Anbetung. Deine Füße gebieten es, diese Schuhe verdienen es.

Ich gehe jetzt im Zimmer auf und ab. Kannst du dir das vorstellen? Ich warte und platze vor Spannung, stelle mir in allen Einzelheiten vor, wie es sein wird. Ich kann mich kaum noch beherrschen. Warum brauchst du so lange?

Als du schließlich rufst, dass du bereit bist, ist es beinahe um mich geschehen. Ich öffne mit zitternden Händen die Tür und sehe dich ausgestreckt auf dem Bett, die Polaroidkamera neben dir, die Beine gekreuzt, und – verdammt, das gibt's doch gar nicht – mit nichts am Leib außer diesen wundervollen roten Schuhen. Ich bringe ein Wimmern hervor, das mit meiner normalen Stimme nichts zu tun hat, sinke auf dem Teppich auf die Knie und nähere mein Gesicht dem Himmel. Denn das ist es für mich. Der Himmel auf Erden.

Ich lecke von unten nach oben, ganz langsam, denn ich

will nichts überstürzen. Ich fahre mit meiner Zunge an deinem Spann entlang, schiebe sie unter deine Wölbung, und du windest dich und quietschst. Es kitzelt, nicht wahr? Aber schön, habe ich Recht? Es ist herrlich, absolut perfekt.

Der Geruch des Leders macht es mir schwer, die Ruhe zu bewahren. Das berauschende Aroma neuer Schuhe bringt mich schier um den Verstand. Wenn wir zusammen in einem Kaufhaus sind und du mich in die Abteilung für Damenschuhe entführst, kann ich meinen Ständer manchmal kaum verbergen. All diese herrlichen Schuhe! Und alle so schön aufgereiht. Und dazu diese bezaubernden kleinen Spiegel auf dem Boden – als ob die Schuhe sich selber betrachten wollten. Mein Gott, wenn ich einen Schuhladen besäße, würden es die Leute bei mir ständig auf dem Boden treiben. Eine permanente Schuhorgie. Kannst du dir das vorstellen?

Ja, ich weiß, dass du es kannst. Denn du hebst jetzt deine Hüften und windest dich auf der Matratze, während ich meine Zunge über die empfindsame Wölbung deines Fußknöchels fahren lasse und dabei das Lederriemchen streife. Und dann verwöhne ich dich kurz dort mit der Zunge, wo du es im Augenblick am meisten brauchst – schließlich hast du mich ebenso zuvorkommend behandelt. Ich fahre schnell zu deiner Spalte hoch und lecke mit hastigen, gierigen Zungenschlägen deine Klitoris – und sieh an, was haben wir denn da? Deine Klitoris ist schon mächtig angeschwollen und bereit. Du bist erregt, Sweetheart, und zwar auf das Äußerste. Du bist von Sekunde zu Sekunde nasser geworden, habe ich Recht? Du bist bereit für mich. Bereit für das, was ich mit dir vorhabe. Einige Minuten befriedige ich deine Wünsche, lecke und schlecke deine empfindlichste Stelle und beiße dich sogar zärtlich, bevor ich mich wieder nach unten begebe und nun an einen Punkt gelange, an dem ich einen deiner Schuhe öffnen muss. Ihn dir vom Fuß streifen und mir hastig vor das Gesicht pressen muss, um besser daran riechen zu können. In dem Moment sehe ich, wie sehr du mich liebst – du hattest eine Pediküre. Deine Zehennägel glänzen in einem herrlichen Kandisapfelrot.

Oh, mein Gott! Oh, Baby!

Ich presse meinen Schwanz gegen deinen Spann und inhaliere den Duft deines Schuhs. Ich bin im Rausch. Ich verliere jede Kontrolle. Ich werde jeden Moment kommen, merke ich, und dann werde ich ein bisschen abkühlen, und wir machen es noch einmal gründlich. Seitdem ich diese liebreizenden Schuhe heute Nachmittag entdeckt habe, bin ich nur noch geil. So begierig, dass ich es kaum noch erwarten kann. Wenn du also nichts dagegen hast, würde ich mir gern einen runterholen, mit diesem Schuh in der Hand deinen Fuß benetzen. Erst meine Bedürfnisse befriedigen und mich danach in aller Ruhe deinen widmen.

Diese Schuhe. Mein Gott, diese unglaublichen Schuhe. Sie sind so wunderbar. Wer hätte das gedacht? Diese Farbe und dieses Design – einfach einzigartig! Und dann diese Schnalle! Oh, diese Schnalle! Ich bin kurz davor zu explodieren. Aber ich brauche noch mehr. Ich drücke den Schuh gegen meinen Schwanz, lasse mein Gesicht noch einmal zu deiner nassen Spalte hinaufwandern und lecke die Kuppe deiner Klitoris, während mir der betörende Duft deiner Schuhe noch in der Nase haftet. Und dann sprichst du die Worte, die mir den Rest geben.

»Morgen«, säuselst du, »gibt es einen Schuh-Ausverkauf. Stilettos. Wollen wir zusammen hingehen? Hättest du Lust, mein Schatz?«

Ich bringe kaum eine Antwort hervor. Du kennst mich zu gut.

Unbehelligt von neugierigen Blicken

Ich beobachte dich während des gesamten Essens. Du bist mit deinen Freundinnen da, und ihr seid heute Abend ziemlich aufgekratzt. Irgendeine von euch hat etwas Wichtiges zu feiern. Ich weiß nicht genau, was. Eine Beförderung vielleicht? Eine Verlobung? Eine Auslandsreise? Ihr vier trinkt ansprechend dekorierte pastellfarbene Cocktails und macht die männlichen Restaurantbesucher vor Lust und Begierde ganz wild. Wie? Ganz einfach. Ihr scheint für keinen von uns Augen zu haben. Ihr seid voll und ganz mit euch selbst beschäftigt. Und das macht euch verdammt sexy. Zumindest in meinen Augen.

Von euch vieren gefällst du mir bei weitem am besten. Dein Gesicht hat etwas Besonderes. Du hast dunkle Augen, langes schwarzes Haar und helle Haut. Außerdem hast du dich nicht so aufgedonnert wie deine Freundinnen. Klar, du trägst ebenfalls festliche Kleidung, aber keine hautengen Glitzerfummel. Du siehst elegant aus, und das gefällt mir. Vor allem weil ich das Gefühl habe, dass sich hinter deinem eleganten Äußeren ein rebellischer Kern verbirgt. Wie ich darauf komme, ohne dich zu kennen?

Ganz einfach. Du erregst den ganzen Abend meine Aufmerksamkeit. Nicht aufdringlich und auch nicht oft. Nur gelegentlich, wenn ich eine weitere Runde Drinks serviere oder du mich fragst, ob ich euch nicht allen einen Nachtisch spendieren wolle. Deine Freundinnen flirten mit mir, was das Zeug hält. Du hingegen lächelst mich ruhig und entspannt an, und deshalb fällst du mir ins Auge. Deinen Freundinnen will ich eigentlich gar keine Runde spendieren, aber ich tue es trotzdem, weil ich dir einen Drink ausgeben will. Ob ihnen die Schlagsahne oder der Schokoladenkuchen schmecken, ist mir völlig egal, aber ich möchte, dass du davon kostest.

Als du aufstehst, das Restaurant durchquerst und die Treppe zum öffentlichen Telefon hinaufsteigst, folge ich dir. Ich weiß nicht, warum. Nichts an deinem Verhalten bedeutet mir, dass ich dir folgen soll. Doch als ich oben bin, sehe ich dich auf mich warten. Du telefonierst nicht. Wir sind allein, und du kommst auf mich zu, schlingst deine Arme um meinen Hals, ziehst mich zu dir herunter und küsst mich.

Deine Lippen auf meinem Mund erregen mich. Ich habe sofort einen knallharten Ständer. Offenbar spürst du mein hartes Ding, denn du lässt mich los, kicherst einmal tief und verführerisch und streichst mit der Hand über die Ausbuchtung in meiner Hose.

Mach das noch einmal, möchte ich dich bitten. *Geh runter auf die Knie, und mach es noch einmal mit dem Mund. Los, mach schon!*

Wir haben nicht viel Zeit, das ist mir klar. Die Gäste an den anderen Tischen werden Ausschau nach mir und ihren Bestellungen halten, und irgendwann werden dich auch deine Freundinnen vermissen. Sie sind zwar längst nicht mehr nüchtern, doch irgendwann werden sie deinen leeren Stuhl bemerken. Aber wir haben genug Zeit, uns zu küssen – so leidenschaftlich und begierig, wie ich es noch nie zuvor erlebt habe. Ich spüre deine warmen, nassen Lippen auf meinem Mund und deinen eng an mich gepressten hinreißenden Körper. Ich hebe dich hoch, packe dich an den Hüften und wiege dich hin und her, damit du spürst, wie sehr ich danach lechze, in dir zu sein.

Ich will dich so sehr.

Du lachst noch einmal so wie eben und reibst deinen Körper an mir. Wir sind nach wie vor angezogen, aber ich habe das Gefühl, genau zu wissen, wie es wäre, dich zu ficken. Wie gut es wäre. Ich sehe dein zerzaustes Haar und deine erröteten Wangen genau vor mir. Ich setze dich für einen Augenblick ab, fasse unter deinen Rock, schiebe deinen Slip zur Seite, lasse meine Finger einmal durch deine Schamlippen fahren und führe sie dann an meine eigenen Lippen. Du siehst zu, wie ich deine Säfte von meinen Fingerspitzen lecke, und das lässt dich aufseufzen und deine Augen noch dunkler leuchten. Ach, was würde ich dafür geben, auf die Knie sinken und dein Höschen zur Seite schieben zu können und deine süße Möse zu vernaschen, während du gegen die Wand gelehnt dastehst und dich an meinen Schultern festklammerst, um nicht zusammenzusacken!

Wie du wohl stöhnst, wenn du kommst? Ob du vor Wonne schreist oder irgendwelche sinnlosen Worte stammelst? Oder ob du von der leisen und sanften Sorte bist und glückselig vor dich hingurrst? Ich bin beinahe so weit, dich auf der Stelle zu ficken, einfach alles um mich herum zu vergessen und es dir zu besorgen …

Plötzlich höre ich Schritte auf der Treppe. Ich stelle mich schützend vor dich und richte meine Kleidung. Du tust so, als wolltest du telefonieren, wirfst Münzen ein und nimmst den Hörer von der Gabel. Völlig benommen eile ich die Treppe hinunter und widme mich erneut meinem Job. Indem ich mich voll und ganz darauf konzentriere, meine Arbeit aufzuholen, gelingt es mir, meine Selbstbeherrschung wiederzugewinnen. Meine Erektion lässt nach, und ich schaffe es, die Rechnung an euren Tisch zu bringen, ohne über meine eigenen Füße zu stolpern.

Deine Freundinnen scheinen absolut nichts mitzukriegen. Du nimmst die Rechnung und sagst: »Heute Abend bin ich dran.« Wieso habe ich das Gefühl, dass du nur mich ansprichst? Deine Begleiterinnen erheben Widerspruch, den sie jedoch nicht ernst meinen. Sie lassen dich die Zeche ohne weitere Diskussion bezahlen; offenbar seid ihr gut befreundet, sodass es sich über längere Zeit die Waage hält, wenn mal die eine und mal die andere bezahlt. Du hast etwas vor, das sehe ich deinem Gesicht an. Was du nicht weißt, ist, dass auch ich etwas im Schilde führe. Es erwartet dich nämlich eine Überraschung – ich habe dafür gesorgt, dass eure gesamte Rechnung aufs Haus geht.

Ich sehe dich den Mund öffnen und ansetzen, etwas zu deinen Freundinnen zu sagen, doch dann schüttelst du den Kopf, als ob du dich gerade für ein anderes Vorgehen entschieden hättest. Du nimmst dein Portmonee und steuerst die Theke an. »Ich gehe Geld wechseln«, rufst du deinen Freundinnen zu. Ich beobachte dich, aber ich komme dir nicht näher. Deine Freundinnen suchen ihre Sachen zusammen, schlüpfen in ihre Blazer und schütteln ihr langes Haar. Du gibst dir erkennbar Mühe, mich die ganze Zeit nicht ein einziges Mal anzusehen. Ich warte, bis der Hilfskellner euren Tisch abgeräumt hat, und gehe dann langsam zurück zu deinem Platz.

Dort erwartet mich ebenfalls eine Überraschung. Ich öffne die Vinylmappe, in der die Rechnung mit der Bemerkung »Gratis« steckt. Unten am Rand steht in deiner gleichmäßigen Handschrift »Danke«. Es folgen dein Name, deine Telefonnummer und noch einmal die Worte »Heute Abend bin *ich* dran«.

Den Rest des Abends denke ich nur noch an meinen Feierabend und daran, wie es sein wird, wenn ich in dich eindringe – unbehelligt von neugierigen Blicken.

Dieser Neuwagengeruch

Du warst diejenige, die mich ermutigt hat, es zu kaufen; vielleicht hätte ich mich darüber wundern sollen. Allerdings drängte es mich sowieso nach einem neuen Auto, es war diese typisch amerikanische Sehnsucht nach dem Geruch eines neuen Wagens. Doch als wir uns in die Schalensitze gleiten lassen, bist du diejenige, die darauf zu sprechen kommt.

»Ich liebe diesen Geruch«, sagst du. »Wie kriegen sie es nur hin, dass neue Autos immer so riechen?«

»Vielleicht mit Hilfe irgendeines Parfüms, das sie in Detroit herstellen?«

»Aber dieses Auto wurde in Deutschland produziert.«

»Womit meine Theorie hinfällig ist.«

Beim Losfahren will ich am liebsten schon auf dem Hof des Autohändlers voll auf die Tube drücken, aber ich kann mich gerade noch zurückhalten. Doch als wir auf den Highway biegen, kann ich nicht mehr widerstehen und drücke das Gaspedal voll durch.

»Nur zu, Cowboy«, ermunterst du mich mit einem Lächeln. »Dieser flotte Schlitten unter deinem Hintern gehört dir.«

Ich blicke zu dir hinüber, und die Art, wie dein weißes Sommerkleid deinen schlanken Körper umhüllt, erregt mich. Ich sehe deinen BH-Träger und in deinem Ausschnitt einen durchschimmernden Hauch von Spitze und bekomme augenblicklich Lust, dir das Kleid auszuziehen und dich im Nachmittagslicht unseres Apartments zu lieben. Danach steht mir an Sonntagen immer der Sinn, aber dies ist ein besonderer Sonntag. Ich habe dir eine Spritztour in meinem nagelneuen Auto versprochen.

Auf der Autobahn beschleunige ich auf achtzig Meilen pro Stunde und überhole alle möglichen Geländewagen, Sportflitzer und dahintuckernde alte, limousinenähnliche Kutschen. Die einwandfreie Straßenlage meines neuen Wagens und wie er reibungslos und glatt dahinbraust, entlockt dir ein verzücktes Gurren. Als ich die Ausfahrt auf den Highway in die Berge nehme, gibt es nicht einmal die Andeutung eines Schlingerns oder Wackelns.

»Du hast zu viele Werbespots für Sportwagen gesehen«, stellst du mit einem Lächeln fest und genießt mit glänzenden Augen die Szenerie. »Du kennst doch sicher den alten Spruch aus der Werbung.«

»Welchen meinst du? Die Dummen sterben nie aus?«

»Achtung! Kurvenreiche Strecke.«

Dies ist meine Lieblingsstraße für meine Motorradtouren, die Kurven sind eng, aber gleichmäßig, und der weite Blick über das dicht bewaldete Tal ist für mich einer der schönsten Panoramablicke überhaupt. Ich nehme die Kurven mit hoher Geschwindigkeit, bis ich sehe, dass du dich mit aller Kraft an den Rändern deines Sitz festklammerst und starr geradeaus blickst.

»Entschuldige«, sage ich und nehme den Fuß ein wenig vom Gas. »Ich fahre etwas langsamer.«

»Bitte tu das nicht«, forderst du mich auf.

Ich lächle und gebe noch ein bisschen mehr Gas.

Wir haben die Fenster heruntergelassen, und der Duft von

Pinien zieht zu uns hinein – doch er überlagert nicht den Neuwagengeruch, dessen eindringliches Aroma sich auf eigenartige Weise mit dem Duft der Natur vermischt. Die gleichmäßigen Kurven und das Schnurren meines neuen Wagens laden mich ein, das Leben in tiefen Zügen zu genießen.

In diesem Moment spüre ich plötzlich deine Hand in meinem Schoß.

»Ich muss dir ein Geheimnis über mich anvertrauen.«

»Was du nicht sagst.«

Deine Hand knetet sanft meinen Schritt. Ich spüre, wie ich in meiner Jeans hart werde. Als wir vorübergehend ein Stück gerade Strecke passieren, blicke ich zu dir hinüber und sehe, wie deine Nippel sanft gegen den Stoff deines weißen Sommerkleides drücken und sich deutlich abzeichnen.

»Es ist dieser Neuwagengeruch. Er macht mich ganz scharf.«

Inzwischen bin ich vollkommen hart, mein Schwanz pulsiert unter deinen streichelnden Fingern.

»Du glaubst mir wohl nicht.«

»Aber natürlich«, versichere ich dir.

Du seufzt betrübt. »Ich glaube nicht, dass du mir glaubst.«

Du nimmst deine Hand von meinem Schwanz und ziehst sie zu dir zurück. Da ich mich jetzt wieder auf die Kurven konzentrieren muss, kann ich nur verstohlen zur Seite blicken und sehe aus dem Augenwinkel, wie du den Saum deines weißen Sommerkleides hochziehst und die Fingerspitzen an beiden Seiten unter die Ränder deines Slips gleiten lässt. Dann streifst du ihn herunter, ziehst ihn aus und wirfst ihn beiläufig aus dem Fenster.

Dein Kleid ist immer noch fast bis zu deiner Taille hochgeschoben. Aus dem Augenwinkel sehe ich dir fasziniert zu. Du spreizt die Beine ein wenig, lässt deine Hand zwischen sie fahren und streichelst dich, wodurch du mir den Blick auf deine Möse versperrst. Du lässt einen Finger in dich gleiten und dann noch einen zweiten. Schließlich ziehst du sie wieder heraus, beugst dich zu mir herüber und führst deine Hand an meine Lippen.

»Siehst du? Ich habe die Wahrheit gesagt.«

Deine Fingerspitzen umkreisen meine Lippen, hinterlassen eine nasse Spur und gleiten schließlich in meinen Mund. Ich schmecke deine Möse, sie schmeckt scharf, köstlich und erotisch. Ich atme tief ein, während ich fehlerfrei die Kurven nehme und der Geschmack deiner feuchten Liebesspalte mich dazu anregt, noch mehr auf die Tube zu drücken.

»Du glaubst mir immer noch nicht«, seufzt du.

»Aber doch, ich glaube dir.«

»Nein, das tust du nicht«, stellst du klar und umfasst mein Handgelenk. »Bist du nicht froh, dass du einen Automatikwagen gekauft hast?«, fragst du, legst meine Hand zwischen deine Beine und führst meine Finger in dich. Jetzt bin ich ganz sicher, dass du die Wahrheit gesagt hast – nicht dass ich auch nur den geringsten Zweifel gehabt hätte. Du bist so nass, dass ich deinen Saft aus dir rinnen und meine Hand benetzen spüre. Schließlich ziehst du meine Finger wieder aus dir heraus, führst sie an meine Lippen und schiebst sie mir in den Mund, sodass ich ein weiteres Mal ausgiebig von dir kosten kann.

»Mit den Augen immer schön auf der Straße bleiben«, stellst du klar und öffnest deinen Sitzgurt.

Ich will dich auffordern, sofort aufzuhören, will dir eine Lektion über die Sicherheit auf Autobahnen erteilen und über die Risiken, die damit verbunden sind, hinterm Steuer auf einer Bergstraße bei sechzig Meilen pro Stunde einen geblasen zu kriegen. Doch selbst wenn ich mit deinem Kopf auf meinem Schoß sprechen könnte, würde ich kein Wort herausbringen, da es mich alle Mühe kostet, mich auf die Straße zu konzentrieren und, das Lenkrad fest umklammert, durch jede einzelne Kurve zu arbeiten.

Du öffnest meinen Gürtel und knöpfst meine Jeans auf. Ich bin bereits knallhart, viel härter als ich dachte. Deine Lippen umschließen die Spitze meines Schwanzes, und dein Kopf beginnt sich auf und nieder zu bewegen, wobei deine Zunge lebhaft meine Schwanzspitze umspielt.

»Am besten treibst du es nicht so weit, dass ich komme«, sage ich heiser.

»Keine Sorge«, erwiderst du, und ich spüre deinen warmen Atem auf meinem feuchten Schwanz. »Es gibt nur einen Ort, an dem du kommen wirst.« Mit diesen Worten widmest du dich mit deinem gierigen, hungrigen Mund erneut meinem Schwanz, wobei du im Gleichklang mit den Kurven sanft hin- und herschwingst. Deine Zunge fühlt sich auf meiner Haut ganz heiß an, und ich spüre, wie meine Schwanzspitze sanft deinen Rachen kitzelt, während deine Finger den unteren Teil meines Knochens umfassen und ihn heftig reiben. Ich muss mich zwingen, meine Augen weit aufzureißen, um nicht der Versuchung zu erliegen, sie einfach zu schließen und mich stöhnend meiner Lust hinzugeben – was angesichts der Umstände eine extrem schlechte Idee wäre.

»Fahr die Fenster hoch«, verlangst du und lässt deine Lippen für einen Moment über meiner Schwanzspitze schweben. »Ich will dich riechen.«

Das ist einer der zahlreichen Vorzüge dieses Modells: Elektronische Fensterverriegelung mit Bedienung an der Fahrerseite. Die Fenster gleiten mit einem kaum hörbaren Surren hoch, und du holst tief Luft. »Mmm«, seufzt du. »Es riecht nach Schwanz und neuem Auto. Wer hätte gedacht, dass die beiden Gerüche so gut zusammenpassen?«

Dann verschlingst du mich wieder, voller Inbrunst nach dem harten Ständer in deinem Mund gierend. Dein Kleid ist immer noch hochgezogen, und als ich auf einem geraden Straßenabschnitt zu dir hinunterblicke, sehe ich die einladenden Kurven deines Hinterns und den darüber spannenden dünnen weißen Stoff.

Das ist mehr, als ich verkraften kann. Ich steuere den Standstreifen an und lasse den neuen Wagen ausrollen, bis er zum Stehen kommt.

Du blickst von meinem Schoß zu mir auf, deine Lippen glänzen. »Was ist los, Liebling?«, fragst du. »Wolltest du nicht unser neues Auto ausprobieren?«

»In der Tat«, erwidere ich und betätige den Hebel, um den verstellbaren Sitz in Liegeposition zu bringen.

Wenn du nur ein kleines bisschen größer wärst, würde es nicht gehen, aber daran denke ich nicht, als ich nach dir lange und deine Taille umfasse. Stattdessen denke ich daran, wie gut du dich auf mir anfühlen wirst und wie hart ich für dich bin. Ich ziehe dich auf mich, und du legst deine gespreizten Beine um meine Taille, doch eines deiner Knie ist unbequem in dem Raum zwischen Sitz und Handbremse eingezwängt, die ich vergessen habe zu ziehen. Ich hole es nach und verschaffe dir damit die paar Zentimeter zusätzlichen Raum, die du benötigst, um es dir auf mir bequem machen zu können.

Inzwischen bist du noch nasser als vorhin, als ich dich mit den Fingern berührt habe; die Spitze meines Schwanzes bahnt sich so glatt zwischen deinen Schamlippen ihren Weg, dass ich es kaum spüre. Doch als sie den Eingang zu deiner Liebeshöhle aufdrückt und du dich auf mir hinabsenkst und meinen Schwanz in dir aufnimmst, spüre ich alles – und wie. Ich spüre es mit einer solchen Intensität, dass ich meinen Kopf zurückwerfe und aufstöhne.

»Liebst du nicht auch diesen Neuwagengeruch?«, fragst du mich, deinen Kopf in meine Nackenbeuge gepresst. Dein Haar tanzt um mein Gesicht, es duftet nach Rosen und weiblichem Schweiß.

»Das Einzige, was ich rieche, bist du«, seufze ich und atme tief ein.

Du drängst dich mir entgegen, und mein Schwanz dringt noch tiefer in dich ein, während sich deine Hüften zusehends im Gleichklang mit meinen bewegen. Ich habe nicht ganz die Wahrheit gesagt – in der Hitze des dicht verschlossenen Wagens kann ich alles riechen: dich, mich und den Geruch des neuen Autos. Meine Hüften heben sich von dem Sitz, als du nach unten langst und deine Klitoris berührst.

»Oh«, keuchst du. »Oh, mein Gott …«

Du bist so erregt, wie ich dich seit Wochen nicht erlebt habe. Während du mit einem Finger deine Klitoris umkreist, langst du mit der anderen Hand nach oben und streifst dir die Träger deines Sommerkleides und deines BHs von den Schultern. Dann zerrst du beides bis zur Taille herunter, ziehst deine Hand wieder hervor und widmest dich erneut deiner Klitoris. Du drückst mir deine Brüste ins Gesicht, und ich küsse sie gierig, sauge deinen Nippel in meinen Mund und spüre den Druck deiner Hand, die deine Klitoris massiert.

»Ja«, keuchst du. »Genau so …«

Dann kommst du mit aller Gewalt. Die Kontraktionen deiner Möse bedeuten mir, noch tiefer in dich einzudringen. Während du dich über mich stemmst und mir eindrucksvoll die Stärke deiner Oberschenkelmuskeln demonstrierst, flüsterst du: »Fick mich!«, und das tue ich. Meine Hüften heben und senken sich immer schneller meinem eigenen Höhepunkt entgegen. Als es so weit ist, stöhnst du noch lauter auf als bei deinem eigenen Orgasmus; deine Hüften bewegen sich im Rhythmus zu meinen Stößen, bis sich mein ganzer Körper strafft und kurz darauf erlöst entspannt. Du kuschelst dich wieder auf mich, und mein Schwanz tief in dir erschlafft allmählich.

Du küsst meinen Hals und fährst mit deiner Zunge über meine Haut. Dann holst du ganz tief Luft und saugst den Neuwagengeruch in dich ein.

»Wenn wir das noch ein paar Mal wiederholen«, seufzt du, »wird er nicht mehr wie ein neues Auto riechen.«

»Damit kann ich leben«, entgegne ich.

Du siehst auf mich hinab, ein breites Lächeln erhellt dein schweißgebadetes Gesicht, und deine Augen tanzen vor Erregung.

»Ich auch«, stellst du klar.

Junge Dame in der Bredouille

»Und was ist mit diesem Höschen?«, frage ich und streiche mit der Hand über den smaragdgrünen Samtslip in der Form eines Schmetterlings. »Gefällt es dir?«

Du nickst und bist angesichts der riesigen Auswahl an dekadenten Utensilien verwirrt und überfordert. Ich verstehe deine Ehrfurcht, denn das Angebot hier ist wirklich unglaublich. Selbst ein kundiger Damenunterwäscheexperte wäre bei diesem Anblick sprachlos. Schließlich habe ich dich in den traumhaft schönsten Dessous-Shop Kaliforniens entführt. Das Ambiente ist absolut exklusiv. Um überhaupt eingelassen zu werden, muss man einen Mitgliedsbeitrag zahlen und einen Ausweis vorzeigen. Alle Artikel des umfangreichen Sortiments werden an Wänden präsentiert, die mit rotem Satin verziert sind. Leder und Spitze. Knallige Farben und Pailletten. Federn. Schnüre. Vinyl. Seide. Falls du dir in deiner Fantasie irgendwelche reizvollen Dessous ausgemalt hast – hier werden deine Träume mit Sicherheit wahr. Jemand anderes hat den gleichen Traum gehabt, die gleiche Vorstellung von reizvollen Dessous, nur dass aus diesen Fantasien tatsächliche Kreationen wurden, die hier zum Verkauf angeboten werden.

»Kaufen hier Stripperinnen ein?«, fragst du mich und deutest auf zwei atemberaubend schöne Mädchen, die gerade die Artikel an der gegenüber liegenden Wand ins Visier nehmen.

»Hier kaufen *alle*«, erwidere ich und zeige auf ein raffiniertes Bustier, das ich dir schenken will.

»Tatsächlich?« Die Vorstellung lässt dich erröten. Du bist ein normales Mädchen, ein Baumwollschlüpfertyp, und das ist auch gut so. Ich mag es, wie du dich anziehst. Und ich mag es, dass deine gesamte Unterwäscheschublade eine Hommage an die Schlichtheit ist. Klare Linien und mit Bedacht ausgewählte Farben.

Doch ich habe eine Vision, und ich muss sie verwirklichen.

»Dies hier«, sage ich und deute auf das Teil, das mir gefällt.

Die Verkäuferinnen tragen die angebotenen Artikel zur Schau. Die Dame, die uns bedient, hat rote Vinylstiefel an, die bis zu den Oberschenkeln reichen, glitzernde Hotpants und eine schwarze Lederweste, unter der sie nichts trägt als ihre vollen, runden, nackten Brüste. Seufzend folgst du mir zu den Umkleidekabinen, und als die Verkäuferin in meine Richtung sieht und den Kopf schüttelt, wirfst du mir einen leicht verängstigten Blick zu. Ich darf nicht mitkommen, sondern muss auf dem Plüschsofa warten. Warten und daran denken, was du gerade anprobierst. Diese Vorschrift hat ihre offensichtlichen Gründe. Wenn die Männer ihre Frauen in die Umkleiden begleiten dürften, würde dort gevögelt, was das Zeug hält. Dieser Ort schreit geradezu nach Sex. Wer würde sich nicht gern davonstehlen und es inmitten eines Haufens gewagter Dessous treiben?

Die Verkäuferin braucht eine Weile, um dich in die Korsage zu zwängen. Von meinem Platz aus kann ich euer Gespräch in der Kabine mithören. Offenbar hilft dir die rothaarige Verkaufsmieze bei jeder einzelnen Öse. Sie weist dich an, die Luft anzuhalten, und ich tue es dir gleich und versuche mir vorzustellen, wie du in der Korsage aussehen wirst. Ich sehe dich so klar vor mir, als wäre ich mit dir in der Umkleidekabine: deine nach oben gedrückten Brüste, die wie zwei runde feste Bälle über dem Rand der eng anliegenden Korsage hervorquellen und beinahe aussehen wie die Brüste einer anderen. Wie die eines Models in einer Zeitschrift. Es dauert nicht mehr lange, bis du verwandelt bist, und ich weiß, dass dir die Veränderung gefallen wird. Doch wie sehr sie dir tatsächlich gefällt, weiß ich erst, als ich dein Gesicht sehe.

»Wie schön«, seufzt du und nickst. »Das nehmen wir.«

Ich lächle und freue mich, dass du meine Vorliebe für reizvolle Dessous teilst. Als du dich ebenfalls lächelnd in die Umkleidekabine zurückziehen und wieder in die Kleidung schlüpfen willst, in der du gekommen bist, schüttle ich den Kopf. Ich habe andere Pläne. »Nein. Wir nehmen es. Aber lass es gleich an.«

Du siehst mich fragend an, doch die Verkäuferin versteht mich perfekt: »Ihr kommt nicht mehr bis nach Hause«, flüstert sie dir strahlend ins Ohr, bevor sie die Registrierkasse ansteuert. »Keine Sorge, Honey, ihr wärt nicht die Ersten, die in dem kleinen Durchgang hinter unserem Haus verschwinden …«

Du nimmst deine Handtasche und deine Bluse und wartest neben mir, während ich bezahle. Als du versuchst, doch in deine Bluse zu schlüpfen, nehme ich sie dir aus der Hand. »Nein«, stelle ich klar. »Du begleitest mich so, wie du bist. Du siehst aus wie eine …«

»Stripperin«, murmelst du, doch die Verkäuferin korrigiert dich und sagt: »wie eine Prinzessin«.

»Genau«, stimme ich ihr zu. »Wie eine Prinzessin. Eine Märchenprinzessin.«

»Und du bist …«, beginnst du.

»Der Prinz«, fällt dir die Verkäuferin ins Wort und beendet den Satz. Im Geiste höre ich dich sagen: »ein total geiler Bock« oder »ein steiler Knochen«, doch du musst es gar nicht laut aussprechen. Es steht dir in den Augen geschrieben, und als du deinen Blick senkst, siehst du es auch im Schritt meiner Hose. Ich ziehe dich am Handgelenk aus dem Hintereingang auf den großen Parkplatz, und ich weiß genau, dass du glaubst, dass die Verkäuferin Recht hatte und ich dich gleich hier an Ort und Stelle ficken werde, doch du liegst falsch.

»Du siehst wirklich aus wie eine Prinzessin«, stelle ich fest, als ich dir ins Auto helfe. Während ich mich hinter das Steuer setze, füge ich hinzu: »Oder wie eine junge Dame, die in die Bredouille geraten wird.«

Deine Wangen erglühen auf der Stelle in einem satten Kirschrot, und ich lasse dich während unserer Fahrt nach Hause über meine Worte nachgrübeln. In unserer Wohnung angekommen, führe ich dich sofort ins Schlafzimmer, lege dich wortlos auf das Bett und fessele dich. Ab diesem Moment nehme ich mir Zeit und lasse es ganz langsam und gemächlich angehen. Auf dem gesamten Nachhauseweg hatte ich nichts anderes im Sinn, als dich zu ficken. Und, zugegeben, in dem Dessous-Geschäft habe ich auch die ganze Zeit an nichts anderes gedacht. Doch jetzt, da ich dich genau da habe, wo ich dich haben will, brauche ich meine Zeit. Ich löse vorsichtig deinen Pferdeschwanz, nehme die Spange aus deinem Haar und lasse deine langen Locken über deine Schultern fallen. Dann streife ich dir die Slipper von den Füßen und ziehe deine Jeans herunter, sodass du nichts weiter am Leib hast als deine neue Korsage und einen deiner weißen Standard-Slips.

Oh, du siehst einfach hinreißend aus! Irgendwie wusste

ich, dass dieses Outfit dir perfekt stehen würde – diese verträumte, altmodische schwarze Korsage auf deiner sanften blassen Haut. Dein langes offenes Haar, das in weichen Wellen deine Schultern umschmeichelt! Und dann dieser Blick in deinen Augen, dieser verlangende Blick, während du erwartungsvoll ausharrst, in welche missliche Lage ich dich bringen werde.

In eine sehr süße, keine Sorge, mein Darling, dich erwartet eine Bredouille der angenehmsten Art.

Immer noch schweigend ziehe ich dich näher zu mir heran und lege dich über meinen Schoß. Du weißt, was jetzt kommt. Eine Sekunde, bevor ich dein Höschen herunterziehe, stöhnst du auf. Bist du nicht gerne mein ungezogenes Mädchen? Die Frage lässt sich einfach beantworten: doch, doch, doch! Heute, mit dir in dieser prachtvollen Aufmachung, in dieser ungewöhnlichen Verkleidung, komme ich mir vor, als spielten wir in einem Theaterstück. Du bist die Prinzessin, die die Erniedrigung einer Tracht Prügel über sich ergehen lassen muss, bevor ihr Prinz sich um sie kümmern kann. Als meine Hand auf deinen nackten Po klatscht und einen brennenden Abdruck hinterlässt, bist du in der Tat eine junge Dame in der Bredouille. Noch ein Klaps. Du hast eine Haut, die leicht errötet. Ich liebe es, dein Hinterteil erröten zu lassen und dich bei jedem Klatsch so süß aufstöhnen zu hören.

Normalerweise würde ich dir eine viel längere und heftigere Tracht verpassen als heute Nachmittag. Aber normalerweise bin ich auch nicht so aufgegeilt und kann es mir erlauben, mir Zeit zu lassen. Doch heute höre ich nach nur zehn Schlägen auf. Irgendwie hat dieses Spiel eine noch intensivere Wirkung, wenn du in der Korsage steckst. Ich weiß nicht warum, aber es ist so.

Ich lege dich erneut auf die Matratze – deine Handgelenke sind immer noch über deinem Kopf aneinander gefesselt – und nehme dich. Ich besteige dich und ficke dich. Und schon beim ersten Stoß merke ich, dass du genauso bereit bist wie ich. Der gesamte Shopping-Trip war ein dekadentes Vorspiel, und jetzt, da ich in deine nassen Säfte eintauche, weiß ich, dass ich dich so erregt habe, dass du vor Verlangen geradezu wahnsinnig bist. Das Auswählen der verführerischen Korsage, das Anprobieren, die Tracht Prügel – all das hat dich ganz verrückt gemacht.

Mein Schwanz gleitet vor und zurück, und du krümmst dich, um mich noch tiefer in dir aufzunehmen. Dann führe ich meine Hand zwischen uns, ertaste deine Klitoris und knete die kleine Perle sanft mit den Fingern, während ich dich weiter ficke. Du stöhnst und schüttelst dein Haar, sodass deine Locken dir über das Gesicht fallen. Plötzlich hältst du inne. Deine Augen sind jetzt wieder klar, und du starrst mich an. Du kommst eine Sekunde vor mir, und ich lasse mich von den Wellen deines Orgasmus mitreißen, bis ich selber in dir explodiere.

Während ich dir die Handschellen abnehme und dir sanft die Gelenke massiere, grinst du mich an und sagst, bereits vor Scham errötend: »Ich habe in dem Laden noch etwas entdeckt.«

»Ach, ja?«

»Dieses Bustier der lustigen Witwe«, entgegnest du. »Die Verkäuferin meinte, es würde mir sehr gut stehen …« In dem Moment weiß ich, dass wir bald wieder einen Ausflug in das Dessousgeschäft machen werden und du neben deiner Standardkollektion an schwarzen, hautfarbenen und weißen Dessous auch ein paar farbige Prachtexemplare ansammeln wirst.

Mit größter Wahrscheinlichkeit

Unter einer Zuschauertribüne sieht die Welt ganz anders aus. Das Sonnenlicht wird gebrochen und erzeugt interessante Schatten, die als dunkle Streifen über helle nackte Haut streichen. Unter einer Zuschauertribüne riecht das Gras feucht und nass. Der Duft der Natur unterscheidet sich nur in einer winzigen Nuance von dem Geruch nach Sex.

Es war unter der Zuschauertribüne, wo ich dich auf unserem zehnjährigen College-Wiedertreffen fand. Als ich mich unter die weiß getünchten Bretter gleiten ließ, hattest du bereits gewartet. Wir hatten schließlich eine seit langem bestehende Verabredung, nicht wahr? Wir wollten uns zu exakt dieser Uhrzeit an exakt diesem Datum treffen ... und da warst du. Du hattest mich nicht versetzt. Und du warst genauso bereit wie ich.

Nach nicht einmal einer Sekunde warst du in meinen Armen. Deine Lippen schmiegten sich weich und warm auf meinen Mund. Ich küsste dich sanft, arbeitete mich mit meinem Mund langsam zu deinem Hals vor, sog deinen Duft ein und ließ meine Lippen noch weiter an dir herunterwandern. Ich spürte dein Grinsen, aber ich hatte keine Ahnung, was dich so erheiterte. Doch im nächsten Augenblick lüfteten meine Finger dein Geheimnis: Unter deinem eleganten schwarzen Kaschmir-Trenchcoat kam dein Cheerleader-Outfit hervor.

»Es passt dir noch?«, fragte ich, sah zu dir auf, wie du da standst, knöpfte den Mantel ganz auf und breitete ihn auf dem Gras aus. Dann langte ich nach dir und bedeutete dir, es dir auf deinem fußknöchellangen Mantel bequem zu machen. »Es passt immer noch wie angegossen«, beantwortete ich mir selbst meine Frage, während ich dich in deinem zinnoberroten Trikot mit unserem Mannschaftslogo auf der Brust und diesem rot-weiß gestreiften kurzen Röckchen eingehend betrachtete.

Obwohl du in diesem Outfit total scharf aussahst, konnte ich es nicht erwarten, dich auszuziehen. In Sekundenschnelle war das Trikot über deinen Kopf gestreift und zur Seite geworfen, sodass du oben bis auf deinen weißen Baumwoll-BH nackt warst. Den Rock ließ ich dir an, schlug jedoch vorne die Falten um. Dann beugte ich mich herab und drückte meinen Mund gegen deine slipverhüllte Möse.

»So süß«, murmelte ich und leckte dich durch die Barriere dieses Kleidungsstücks hindurch. »Mein Gott, was bist du süß!« Dann hörte ich auf zu reden und konzentrierte mich auf mein eigentliches Anliegen: dich unter der Zuschauertribüne kommen zu lassen. Das war das einzige Ziel, das ich im Sinn hatte. Dass die anderen uns auf dem Klassentreffen womöglich vermissen würden, kümmerte uns nicht im Geringsten. Wir hatten weit wichtigere Dinge zu tun.

»Ich habe mich schon seit Jahren danach gesehnt, das hier mit dir zu tun«, gestand ich dir, schob deinen kleinen Rock vollends zur Seite und vergrub mein Gesicht zwischen deinen Schenkeln.

»Mehr. Erzähl mir mehr!«

»Ich habe nie vergessen, wie du schmeckst, und habe mich danach gesehnt, es dir mit der Zunge zu besorgen, deine

Schamlippen zu lecken und deinen Kitzler zwischen deine Schamlippen zu nehmen und zu kneten.«

»Los!«, hast du mich angefleht und mir verlangend deinen Unterleib entgegengedrängt. »Los, mach es! Bitte! Sofort!«

Im nächsten Augenblick war ich auf dir und rückte dich in die bestmögliche Position. Wir waren wie zwei Jugendliche, so ungeduldig und so begierig. So brachten wir den ganzen Nachmittag auf dem smaragdgrünen Grasteppich zu, und schließlich streifte ich dir auch deinen Slip ab, sodass ich mein Gesicht gegen deine nackte Möse pressen konnte.

Du stöhntest und bäumtest dich auf, als du meine Zunge auf deiner nackten Haut spürtest. Ein Energieschub durchströmte dich. Ein Energieschub der Lust. Ich habe bis heute keine Ahnung, wie du es geschafft hast, nicht zu schreien. So weit ich mich erinnere, hast du immer geschrien ...

Wann immer einer unserer jeweiligen Zimmergenossen gerade nicht da war, nutzten wir die sturmfreie Bude, entledigten uns in aller Hast unserer Kleidung und kosteten die wertvollen Minuten bestmöglich aus, so knapp unsere Zeit auch bemessen sein mochte. Wir waren wirklich kreativ, nicht wahr? Und dann erst das eine Mal im Duschraum, nach dem Spiel. Mein Gott, du hattest wirklich Nerven, das muss ich sagen. Oh, ich erinnere mich noch genau.

Ich erinnere mich noch an alles. Wie du nach der Schule weggegangen bist, um etwas von der Welt zu sehen. Exakt deine Worte. Erst das Friedenskorps. Dann hattest du einen Job bei der UNO. Und schließlich hast du dich in alle möglichen Abenteuer gestürzt, über die du mich in E-Mails und Briefen aus den entlegensten Winkeln der Welt auf dem Laufenden gehalten hast. »Ist das nicht verrückt?«, sagten alle. Schließlich warst du immer die perfekte College-Studentin.

Perfekt in jeder Hinsicht, wirklich. Vorsitzende deiner Studentinnenvereinigung. Und Cheerleader, Himmelherrgott! Niemand hat geglaubt, dass du etwas in der Birne hast, war es nicht so? Aber du hast es ihnen allen gezeigt und alles durchgezogen, was du dir vorgenommen hattest.

Und ich? Ich habe den vorgezeichneten Weg eingeschlagen, bin zurück in meine Heimatstadt gegangen, in das Familienunternehmen eingestiegen und habe dich vermisst. Anfangs war mir das gar nicht so bewusst. Das ist die Wahrheit. Ich habe mich immer gefreut, von dir zu hören, habe ansonsten meine Zeit mit meinen Kumpels und dieser und jener gelegentlichen Freundin zugebracht, doch nach einer sehr persönlichen E-Mail von dir wurde mir schließlich klar, dass ich eigentlich immer nur auf dich gewartet hatte.

Und dann ist mir unsere alte Verabredung eingefallen – dass wir uns hier wiedertreffen wollten. Nach zehn Jahren, egal ob bei Regen oder Sonnenschein.

Und jetzt bedeutetest du mir im Licht der späten Nachmittagssonne, meine Position ein wenig zu verändern, damit du erwidern konntest, was ich dir zwischen deinen Beinen bescherte. Ich befreite in Windeseile meinen Schwanz aus meiner Hose und brachte ihn in Position, sodass er sich mit seiner makellos runden knolligen Spitze vor dir aufrichtete und mit dieser einfachen Geste darum flehte, von dir gelutscht zu werden. Du hattest Erbarmen mit mir und erfülltest meine Fantasien sofort. Zu spüren, wie sich dein nasser Mund um meinen harten Liebesknochen legte, ließ mich regelrecht explodieren. Nichts hatte sich je so gut angefühlt wie das. Nichts, seitdem wir uns das letzte Mal in der gleichen Position gegenseitig verwöhnt hatten. Aufeinander hin- und herrutschend und -gleitend. Mädchen, du verstehst dein Handwerk wirklich. Und das war schon immer so.

Deinen heißen weichen Mund auf meiner Rute zu spüren, war wie die Erfüllung eines feuchten Traums. Ich bemühte mich, den Gipfel der Erregung nicht zu schnell zu erklimmen, und versuchte, an irgendetwas Langweiliges zu denken, damit unser Liebesspiel nicht viel zu schnell beendet wäre. Ich wollte diesen Nachmittag endlos in die Länge ziehen.

Also dachte ich an alte Zeiten. Ob sich die Dinge nie ändern?

Damals in der Schule haben wir das gleiche beliebte Spielchen gespielt, das in allen High Schools gang und gäbe ist, und versucht, uns auszumalen, was wohl aus jedem Einzelnen wird, wenn wir die Geborgenheit des Colleges verlassen und in die reale Welt hinaustreten würden. Bei mir wurde es für sehr wahrscheinlich gehalten, dass ich erfolgreich sein würde. Aber erfolgreich wobei? Ich hatte nie auch nur die leisesten Vorstellungen. Du hingegen hattest konkrete Ziele vor Augen. Und als du für dich beschlossen hattest, was du wolltest, hast du deine Ziele unnachgiebig verfolgt. Jetzt, zehn Jahre später, hattest du erreicht, was du dir vorgenommen hattest. Woanders allerdings. Aber nun warst du zurück. Nur für diesen einen Abend? Oder doch für mehr?

Mein felsenharter Ständer ragte dir entgegen, als wir unsere Position änderten, sodass wir einander wieder unsere Gesichter zuwandten. Ich küsste dich leidenschaftlich, strich dir liebevoll über das Gesicht, hielt zärtlich dein Kinn, und das war der Moment, in dem ich dir meine Geheimnisse anvertraute. Jene Geheimnisse, die einem nur über die Lippen kommen, wenn man sehr erregt ist.

»Ich habe dich vermisst«, gestand ich. »Wirklich vermisst.«

Du hast nicht geantwortet. Stattdessen hast du dich einfach nur vorgebeugt und mich mit meiner kräftigen Brust und meinem kraftvollen Körper erneut zu dir hinabgezogen. Ich strich dir deine glänzenden dunklen Haare aus den Augen, stützte mich auf einen Arm und sah auf dich hinab.

»Hast du an mich gedacht?«

»Ja. O Gott, und wie!«

»Erzähl mir, an was du gedacht hast!«

»An das hier«, flüstertest du. »Ich hatte totale Entzugserscheinungen.«

Ich mochte die Art, wie du das sagtest, mit deinem typischen Strahlen, denn ich konnte deinem Problem Linderung verschaffen. »Dann lass mich dir geben, was du so vermisst hast«, sagte ich und verlagerte meine Position ein wenig, sodass ich in dich hineingleiten konnte. Das Gefühl war spontan umwerfend und überwältigend.

Wir waren draußen. Nichts hielt uns zurück. Weit und breit niemand, um den wir uns hätten Gedanken machen müssen. Ich ließ völlig los, fickte dich voller Hingabe und Leidenschaft und lauschte deinem Flehen, noch härter und schneller zuzustoßen.

»Damals in der Schule haben sie sich ganz schön geirrt«, murmelte ich. Es fiel mir verdammt schwer zu sprechen, doch ich versuchte mein Bestes. »Man hätte mir nicht voraussagen sollen, mit größter Wahrscheinlichkeit erfolgreich zu werden …«

»Was meinst du damit?«, haktest du nach.

»Man hätte mir voraussagen sollen, mit größter Wahrscheinlichkeit zu kommen …«, erwiderte ich, und in dem Moment, in dem ich dies sage, tat ich genau das, und nur Sekunden später kamst auch du ausgiebig und heftig auf meinem pochenden Schwanz. Ich drückte dich fest an mich, so eng, wie es nur irgend ging. Alte und neue Zeiten vermischten sich in freudiger Glückseligkeit.

Klebrig süß

Es mag ja sein, dass das Spiel mit Lebensmitteln ein alter Hut ist. Alles schon von vorne bis hinten durchexerziert. Bis ins kleinste Detail. Aber ich muss ganz offen gestehen, dass mich das nicht im Geringsten interessiert. Die schönsten Dinge sind eben mitunter bereits von der breiten Masse ausprobiert und durchgeführt worden. Ist der Einsatz von Schlagsahne abgegriffen? Vielleicht schon – aber vielleicht auch nicht. Womöglich überfällt jeden Liebhaber gelegentlich das Verlangen, einmal ein unanständiger Küchenchef zu sein, und zwar in einer Küche, in der keinerlei Regeln gelten. Oder mit einem ganz besonderen Gericht eins zu werden – einer gediegenen Hauptspeise, einer ganz besonderen Delikatesse, an der man sich gütlich tun kann.

In genau so einer Verfassung befinde ich mich heute Abend. Ich verspüre dieses brennende, gierige Verlangen, mit meinen Händen und meinem Mund und deinem sinnlichen Körper zu spielen. Ich brenne darauf, dich in ein köstliches Naschwerk zu verwandeln. Womit ich überhaupt nicht sagen will, dass du nicht auch ohne mein Zutun köstlich wärst, denn das bist du. Extrem süß. Prachtvoll und samtweich. Du bist mein weitaus bevorzugtes Aphrodisiakum. Noch besser als Austern. Besser als Schokolade. Und dennoch … hin und wieder verlangt es mich nach meinem Spiel mit Lebensmitteln.

Ich mache aus meinen Gelüsten kein großes Geheimnis und versuche meine Leidenschaft für das Spiel in der Küche auch gar nicht zu verbergen. Aber ich halte mich während des ganzen Abends zurück. Denn obwohl ich genau weiß, was ich tun will, lege ich es darauf an, dass du mein Begehren von allein entdeckst. Und du brauchst auch nicht allzu lange. Als du den Kühlschrank öffnest, musst du nicht Miss Marple sein, um auf Anhieb zu erkennen, wonach mir der Sinn steht. Inmitten des üppigen Vorrats an gesundem Gemüse, das sich auf den Ablageböden stapelt – Zucchinis, Gurken, sonnengereifte Tomaten und frisches Basilikum –, fällt dir die rot-weiße Spritzdose mit der Fertigschlagsahne ins Auge.

»Ist das dein Ernst?«, murmelst du und langst bereits nach der kalten Dose. »Danach steht dir also heute Abend der Sinn?«

»Ja«, erwidere ich mit einem Nicken, und nachdem du es nun weißt, kann ich mich nicht mehr zurückhalten. Zu deiner Überraschung schiebe ich mich an dir vorbei, schnappe mir die Dose und schüttele sie ein paar Mal kräftig, damit die Sahne schaumig wird.

»Zum Dessert?«, fragst du. »Mit Beeren? Oder auf Eis?«

Du nimmst mich auf den Arm. Es kann nicht anders sein.

»Auf dir …«, erkläre ich. »Ich bin hungrig auf dich …«

Als du mich mit großen Augen anlächelst, weiß ich, dass ich richtig gelegen habe. Dir sitzt der Schalk im Nacken, und du ziehst mich ständig auf, weil du genau weißt, dass du mich voll und ganz in deiner Gewalt hast. Wenn du mir freie Hand lässt, werde ich dich auf die göttlichste und dekadenteste Weise verwöhnen, die du dir nur vorstellen kannst.

»Hier?«, murmelst du.

Ich nicke. Genau hier. Mitten in der Küche. Mit der runden gläsernen Kugel über unseren Köpfen und umgeben vom Duft reifer Früchte. Während ich dich ausziehe, fällt kein Wort. Lediglich deine Augen fixieren mich und folgen aufmerksam meinen Handbewegungen, als ich dir dein kobaltblaues Baumwollkleid über den Kopf streife und dich anschließend deines einfachen glänzenden BHs und deines Slips entledige. Dann fordere ich dich auf, dich hinzulegen, genau hier, auf den kalten Linoleumboden, und du folgst meiner Aufforderung. Keine Fragen. Keine Einwände. Ich schiebe dir ein zusammengelegtes Geschirrhandtuch unter den Kopf und betrachte dich einen Moment, wie du angesichts des kalten Bodens ein wenig bibberst. Ich habe die Heizung voll aufgedreht und weiß, dass du dich in null Komma nichts an das eigenartige Gefühl des kalten Bodens in deinem Rücken gewöhnt haben wirst. Außerdem habe ich sowieso vor, dich die Umgebung völlig vergessen zu lassen.

Als ich nach den Bananen lange, starrst du mich an.

»Du willst es mir doch nicht etwa damit besorgen!«, stellst du kichernd fest.

Nein. Das habe ich nicht vor. Aber genauso wenig will ich dich in irgendeinen durchschnittlichen Eisbecher verwandeln. Was wäre daran kreativ? Nein, ich will aus dir ein perfekt arrangiertes, reich dekoriertes, zum Träumen und Naschen verleitendes Bananensplit machen. Bananensplit – müssen Sie verstehen – ist ein sexuell außerordentlich anregendes Dessert. Da sind zum einen natürlich die Bananen mit ihrer einzigartigen, sehr leicht die Fantasie anregenden Form. Aber ebenfalls nicht zu vergessen ist die Garnierung: Schlagsahne, Schokostreusel und Maraschinokirschen – mein ganz persönlicher Favorit.

Unter deiner intensiven Beobachtung gehe ich an die Arbeit. Ich schäle die reifste Banane, schneide sie in Scheiben und lege sie auf deine Nippel und in einer Linie längs über deinen Bauch bis hinab zu deinen Schamlippen. Sie bilden eine Art essbare Straßenkarte, die mir den Weg dahin weist, wo ich heute Abend landen will. Anschließend lange ich nach der Schlagsahne. Ich ziele mit der Dose und bespritze dich, wobei du jedes Mal, wenn der kalte Sahneschaum deine Haut berührt, aufkreischst. Mein Gott, wie süß das aussieht, fast ein bisschen wie Spitze oder der gerüschte Zickzacksaum eines schicken Kleides. Ich zeichne Linien und Muster und übertreibe es vielleicht ein bisschen mit der Sahne, doch ich kann mich nicht zurückhalten.

Als Nächstes bestreue ich dich von oben bis unten mit Schokostreuseln. Sie sehen ein bisschen aus wie Sommersprossen, und ich verwende sie großzügig. Die Sahne rinnt bereits an dir herab, weshalb du dich bemühst, dich möglichst wenig zu bewegen und deine Position in der Mitte des Bodens beizubehalten. Du weißt nicht, ob du mich ansprechen sollst, während ich in meine Kochkunst vertieft bin. Das sehe ich dir an. Deine Augen folgen mir, als ich etwas Schokoladensirup heiß mache und ihn wieder und immer wieder probiere, bis er schließlich die perfekte Temperatur hat und ich ihn auf deine nackte Haut träufele. Du stöhnst auf, als du spürst, wie er klebrig und süß über deine Rippen und deinen Bauch rinnt und in die Einbuchtung zwischen deinen Schlüsselbeinknochen, wo ich dich so gerne küsse.

Und als Nächstes? Maraschinokirschen natürlich. Aber als Erstes brauche ich eine kleine Stärkung. Eine kleine Belohnung für meine harte Arbeit. Und ich weiß, dass auch du eine kleine Verwöhnung brauchst. Ich beuge mich herab und esse die Bananenscheiben von deinen Schamlippen. Du windest dich vor Erregung und flehst mich an, weiterzumachen und dich zum Kommen zu bringen. Du warst so gut, Baby.

So ruhig und geduldig und hast mich mit dir – und auf dir – spielen lassen, hast mich dich dekorieren lassen. Ich sollte also wirklich Erbarmen mit dir haben und dich endlich auf den Gipfel der Lust bringen, nicht wahr?

Ja, das sollte ich – aber noch nicht jetzt.

Jetzt führe ich ein paar tiefrote Kirschen in dein köstliches Honigtöpfchen ein und lasse die Stängel herausgucken. Du spannst deine Muskeln an, und als ich vorsichtig an den Stängeln ziehe, umfasst du die Kirschen noch enger und stöhnst auf, so erregt dich dieses kleine Tauziehen in deiner Möse. Ich lasse dich das Spiel gewinnen, lasse die Kirschen in dir und fange stattdessen oben an, gierig darauf, die traumhafteste Kreation, die ich je hinbekommen habe, endlich zu verzehren.

Hungrig und nach dir lechzend schlecke ich die Sahne von deinen Brüsten, nasche von den mit Schokosirup und -streuseln garnierten Bananenscheibchen und arbeite mich erneut zu deiner Möse vor. Diesmal ziehe ich die Kirschen an den Stängeln mit den Zähnen heraus und verleibe sie mir eine nach der anderen ein. Während meiner Kreationsphase musstest du dich die ganze Zeit gedulden, und jetzt lechzt du förmlich nach Erlösung, doch ich bin noch nicht fertig. Schließlich ist da noch die Schokoladensauce.

Du weißt doch, Baby. Was ist schließlich ein Bananensplit ohne den heißen Fondant?

»Oh, mein Gott!«, stöhnst du, als ich deine Beine weit spreize und anfange, dir den immer noch warmen Sirup auf deine Schamlippen zu löffeln. Die Schokolade verfließt auf deiner Haut zu Mustern und verwandelt dich in ein Stück moderne – und essbare – Kunst.

Nach jedem Löffel schlecke ich dich sauber, oder jedenfalls fast sauber, und träufele dann eine weitere Portion des glitschigen Sirups auf deinen Körper. Die klebrige Schokolade bahnt sich ihren Weg zwischen deine Schamlippen, und du flehst mich an, es dir zu besorgen. Ich kann es dir nicht mehr verwehren. Nicht so klebrig und schmierig, wie du bist. Du bist bereit, und zwar für alles. Für meine Zunge, meine Finger, meinen Schwanz.

Der Boden gleicht einem schmierigen Brei aus diversen Ingredienzien, doch das kümmert uns nicht im Geringsten. Ich schlecke und sauge die Schokolade aus der Spalte zwischen deinen Beinen. Du bist beinahe wahnsinnig vor Erregung, und ich lasse meine Finger in dich gleiten und nuckele gleichzeitig an deiner Klitoris.

»Mehr«, wimmerst du. »Mehr, bitte ...«

Ich sauge und schlürfe den Schokoladensirup von dir, fahre mit meiner hin- und herschnalzenden Zunge zwischen deine geöffneten Schamlippen, um jeden einzelnen Tropfen auszukosten, bis du schließlich erbebst, deine Hüften in einem wilden Rhythmus auf den Küchenboden schlagen und du kommst – so klebrig und süß wie nichts, das ich je in meinem Leben gekostet habe.

Fremde in einem Bus

Seit meiner letzten ernsthaften Liebesbeziehung waren zwei Jahre vergangen, seit meinem letzten Orgasmus, den ich einer richtigen Partnerin aus Fleisch und Blut verdankte und nicht meiner schwieligen Hand, sechs Monate, und ich war kurz davor zu verzweifeln. Wirklich zu verzweifeln. Normalerweise kann ich meine Begierde unter Kontrolle halten. Ich gehe mit meiner Sexualität um wie mit einem Thermostat: Ich stelle sie je nach Bedarf an oder aus. Diese Fähigkeit kommt mit dem Alter und der zunehmenden Erfahrung. Wenn mir nach einer schnellen Erleichterung zumute ist, bediene ich mich einfach meiner Hand. Meiner Hand und eines Spritzers teuren Öls.

Doch plötzlich war etwas passiert. Ich erblickte dich eines Morgens im Bus auf dem Weg zur Arbeit, und ab diesem Augenblick gingst du mir nicht mehr aus dem Kopf. Das Gefühl schlug ein wie eine Bombe, als ob sich ein Fotonegativ in mein Gehirn eingebrannt hätte, sodass ich dich jedes Mal vor mir sah, wenn ich die Augen schloss. Zum ersten Mal in meinem Leben konnte ich masturbieren, so viel ich wollte, ohne meine blühenden erotischen Fantasien unter Kontrolle halten zu können. Was ich nicht alles mit dir machen – oder, besser gesagt, dir bescheren – wollte! Vor meinem inneren Auge lief nonstop ein Film ab, der nicht jugendfrei war. Ein

Film, in dem wir zwei uns irgendwo, ganz egal wo, trafen und fickten. Einfach nur fickten, was das Zeug hielt. In meinen Tagträumen warst du mit der gleichen ungezügelten Libido gesegnet wie ich, und du bestandst darauf, von mir genommen zu werden. Richtig genommen zu werden. Das erste Mal sowieso. Schnell und heftig, sodass wir die Ekstase des ersten Miteinandervögelns aus dem Weg geräumt hatten und unser Tempo anschließend verlangsamen und uns ausgiebig andauerndem Sex hingeben konnten.

Doch trotz all dieser höchst erotischen Fantasien, die in meinem Kopf herumspukten, schaffte ich es nicht, mir einen runterzuholen. Ich rieb meinen Schwanz stundenlang, wie es mir schien, doch die erleichternde Explosion kam einfach nicht. Ich versuchte es mit allen Tricks und Raffinessen, nahm einen Seidenschal hinzu, mit dem ich meine Eier liebkoste, während ich mit der anderen Hand wichste. Ich fettete meine Handfläche mit einer Lotion ein und massierte meinen Ständer nach allen Regeln der Kunst, ließ meine Faust immer wieder auf und nieder gehen. Doch es geschah nichts, absolut nichts. Das war eine vollkommen neue Erfahrung für mich. Bisher war mir immer alles gelungen, was ich in Angriff genommen hatte. Ich bin in sämtlichen Aspekten des Lebens ein Typ, der cool bleibt und nicht die Fassung verliert.

Du hattest meine Welt aus den Angeln gehoben, ohne dir dessen auch nur im Geringsten bewusst zu sein. Mein ganzes Leben drehte sich nur noch um dich.

Ich hielt mir sämtliche Fakten vor Augen und kam zu dem Schluss, dass ich dich wieder finden musste. Es ging gar nicht anders. Doch wie sollte ich dich finden? Ich bin nicht der Typ, der in der lokalen Wochenzeitung unter der Rubrik »Ich vermisse dich« eine Anzeige aufgibt.

Du: *eine zauberhafte, irrsinnig tolle Frau im Bus.*

Ich: *ein geiler Bock, der dich unbedingt treffen will. Um dich zu ficken. Um deine cremefarbenen Schenkel zu spreizen und dich zu lecken und zu lecken und zu lecken. Ich will dich kosten, will dich vernaschen. Ich will dich an eine Wand pressen und mit meinem Schwanz in dich eindringen. Und wenn ich fertig bin, will ich wieder von vorn anfangen.*

Super, das käme bestimmt großartig bei dir an und würde dich sicher nicht die Bohne abschrecken. Nein, es musste eine bessere Möglichkeit geben. Am Ende kam ich zu dem Schluss, dass es nur einen Erfolg versprechenden Weg gab, dich zu finden: Ich musste deiner Route folgen. Also fuhr ich so lange mit dem Bus hin und her, bis der Fahrer es allem Anschein nach mit der Angst zu tun bekam, was man ihm nicht verdenken kann, denn ich bin von ziemlich Furcht einflößender Statur. Ich bin einen Meter fünfundachtzig groß, habe stählerne Muskeln und einen Borstenschnitt, der mein schwarzes Haar nur erahnen lässt. An meinem vierten Tag, den ich von morgens bis spät abends in einem der städtischen Busse zugebracht hatte, stiegst du zu. Du trugst Leder, wie beim letzten Mal, und hattest dein langes blondes Haar zu zwei festen Zöpfen geflochten. Ich nahm alles an dir zur Kenntnis: deinen beerenfarbenen Lippenstift, den Kajalstrich, der deine dunklen Augen umrahmte, deine Brüste, die sich verführerisch unter deinem einfachen T-Shirt und dem offenen Sweater abzeichneten, und deinen Hintern, der in diese enge Lederhose eingezwängt war.

Ich steuerte den freien Sitzplatz neben dir an, blieb stehen, sah zu dir hinab und fragte dich: »Sind Sie frei?«

Du blicktest zu mir auf, und in deinen Augen glaubte ich ein kurzes Funkeln des Wiedererkennens zu sehen. »Sie meinen, ob *dieser Platz* frei ist?«, korrigiertest du mich. Dann hast du mit leicht geöffneten Lippen auf meine Antwort gewartet. Ich schüttelte energisch den Kopf und wiederholte meine Frage.

»Sind *Sie* frei?«

Zu dem Zeitpunkt hattest du es noch in der Hand, den Lauf unseres gemeinsamen Schicksals zu ändern. Du hättest weggehen oder dich beim Busfahrer beschweren können, dass ich dich belästige, oder du hättest die Schnur ziehen und signalisieren können, dass du aussteigen wolltest. Ich wäre dir nicht gefolgt. Glaub mir, ich hätte mich meinem Schicksal gefügt und mein Leben weitergelebt. Irgendwann wäre ich über dich hinweggekommen, da bin ich sicher. Doch so lange deine Antwort in der Luft hing, hatte ich noch eine Chance.

Zu meiner Freude erglühten deine Wangen vor Verlegenheit in einem perfekten Hellrosa, und du senktest die Augen. Von dem Moment an wusste ich, dass du mir gehörst. Allerdings musste ich deine Antwort hören. Ich wartete, bis du schließlich leise und mit leicht erregter, leicht verhaltener Stimme hauchtest: »Ja, ich bin noch frei.«

Kein Wunder, dass du ein bisschen besorgt warst. Schließlich war ich für dich ein Fremder. Jemand, mit dem du noch nie im Leben etwas zu tun gehabt hattest. Und du musst von Anfang an an meinem Blick erkannt haben, dass ich etwas von dir wollte. Und zwar mehr als nur den freien Platz neben dir. Dass ich dringend und unbedingt etwas von dir wollte.

»Gut«, entgegnete ich und ließ mich auf dem freien Platz nieder.

Ich spürte die Hitze deines Körpers, der meinen jetzt berührte. Du siehst verdammt gut aus in dieser Lederhose, und das weißt du auch. Ich weiß es. Das Leder durch meine Levi's zu spüren, brachte mich beinahe um den Verstand. Ich wollte nur noch eins: zum Schuss kommen. Aber es war nicht nur das Leder; es war auch die Tatsache, dass ich, seitdem ich dich zum ersten Mal gesehen hatte, nur noch von dir geträumt hatte – bei Tag und bei Nacht. Doch irgendwie schaffte ich es, mich zurückzuhalten. Ich atmete tief durch, genoss den Duft deines Parfüms. So saßen wir, Oberschenkel an Oberschenkel gepresst, nebeneinander, während der Bus diverse Haltestellen anfuhr und immer wieder stoppte. Ich spürte, wie dein Körper bebte, und als ich einen Blick aus dem Fenster warf, sah ich in der Scheibe unser Spiegelbild. Du hattest die Augen geschlossen, und dein Gesicht strahlte vor Glückseligkeit.

Du fühltest das Gleiche wie ich, das wurde mir in dem Moment klar. Du warst genauso erregt von mir wie ich von dir. Nachdem daran kein Zweifel mehr bestand, nahm ich dein Handgelenk und fühlte mit dem Daumen deinen Puls. Du hast gezittert, die Augen geöffnet und mich angesehen. Mehr Ermutigung brauchte ich nicht.

Ich nahm hastig deine Hand und presste sie gegen die enorme Beule in meiner Hose. Du bekamst vor Verlangen große feuchte Augen und streicheltest durch das dicke steife Denim-Gewebe meinen Schwanz. Meine Rückenmuskeln spannten sich, und ich hüstelte, um mein Stöhnen zu verbergen. Immerhin saßen wir nach wie vor in einem öffentlichen Bus. Doch daran hast du keinen Gedanken verschwendet. Du hast dir unauffällig deine Strickjacke von der Schulter gestreift und sie über unseren Schößen ausgebreitet. Unter dem weichen Mohär deiner Jacke öffnetest du meinen Reißverschluss, langtest hinein und umfasstest meinen Schwanz.

Ungezogenes Mädchen, dachte ich. So ein unanständiges, unartiges Ding. Kaum merkt es, was es will, da greift es auch schon zu. Ich grinste, als ich spürte, wie deine Fingerspitzen an meinem Knochen entlangwanderten. Wir waren ein Paar. Ein Paar, das alles um sich herum vergessen hatte und sich um nichts mehr kümmerte, sich keinerlei Zurückhaltung mehr auferlegte.

Du stießt einen Seufzer aus, als deine Hand meine Haut berührte und deine Finger erst über meinen Schwanz fuhren und dann die zarte Haut an meinem Bauch streichelten. Die Berührung jagte mir einen wohligen Schauer über den Rücken, und das reichte schon beinahe, dass ich kam. Meine eigene Hand begann indessen, den Schritt deiner Lederhose zu erkunden. Die entsetzten Blicke der anderen Fahrgäste interessierten uns nicht. Ich widmete meine ganze Aufmerksamkeit einzig und allein dir, bis der Busfahrer uns schreiend aufforderte, sofort auszusteigen, und damit drohte, die Polizei zu rufen. Ich folgte seiner Aufforderung ohne zu zögern.

Ich zog dich hinter mir aus der Tür und die Straße hinunter bis zu einer meiner Lieblingsgassen. Zu meiner großen Freude wusstest du, was ich von dir wollte, ohne dass ich auch nur ein einziges Wort verlieren musste. Du legtest deine Hände flach an die Ziegelsteinmauer vor dir und ließt mich dich von hinten ausziehen. Ich streifte erst deine Lederhose über deine schlanken Schenkel, dann dein gewagtes rotes Höschen und begann, deine Möse zu massieren. Bevor ich mit meinem Schwanz in dich eindrang, machte ich deine Spalte mit meiner Spucke noch nasser. Als ich in dich stieß, stöhntest du nicht, sondern spanntest deinen Körper an, als bestünde er aus einem einzigen langen harten Muskel.

Ich presste meine Lippen an deinen Nacken und flüsterte: »Ich habe seit Jahren nicht gevögelt.«

»Zögere es heraus!«, erwidertest du, und deine Stimme klang für jemanden in deiner Position ziemlich energisch. Anstatt ans Herauszögern zu denken, sorgte ich dafür, dass du diesen Ritt nie vergessen würdest; ich glitt mit meinem Knüppel in dich rein und wieder raus wie ein gut geschmierter Kolben und wurde mit jedem meiner kräftigen Stöße noch glitschiger und nasser. Ich vögelte dich, bis du nicht mehr warten konntest. Du nahmst eine Hand von der Mauer, schobst sie zwischen deine Beine und massiertest deine Klitoris, und zwar nicht gerade sanft.

Das gefiel mir. Ich muss sagen – das gefiel mir sogar sehr. Du hattest die Zügel in der Hand – obwohl deine Position dazu eigentlich gar nicht angetan war.

Du behieltst die Hand zwischen deinen Beinen, ließt deine Finger in wilden Kreisen um deine empfindlichste Stelle rotieren, während ich unentwegt in dich hinein und wieder hinaus glitt, bis ich merkte, dass ich kurz davor war zu kommen. Ich erbebte und begann zu stöhnen, und in dem Augenblick gabst auch du jeden Widerstand auf. Wir kamen gleichzeitig, und deine kontrahierende Möse umklammerte meinen Schwanz wie eine samtene Faust. Es war schnell gegangen, aber so hatte es sein sollen. Unser Verlangen war gestillt. Ich konnte es kaum erwarten, dich noch einmal zu nehmen, diesmal mit mehr Ausdauer, doch die Fortsetzung sollte bei mir zu Hause stattfinden.

Du bliebst noch ein paar Sekunden so stehen, dein hübscher halbnackter Körper der Sonne und den neugierigen Blicken all derer ausgesetzt, die zufällig die Einmündung der kleinen Gasse passierten. Offenbar brauchtest du Zeit, wieder zu dir zu kommen und deine Fassung zurückzugewinnen. Schließlich zogst du deinen Slip und deine Lederhose hoch und drehtest dich, während du den Reißverschluss und den Knopf zumachtest, zu mir um.

»Du *weißt* es«, sagtest du mit hochgezogenen Augenbrauen.

»Du musst es wissen, habe ich Recht?«

»Was soll ich wissen?«, hakte ich nach und sah dir direkt in die Augen.

»Ich war in dem Bus, um dich zu suchen. Als ich dich da sitzen sah, wäre mir beinahe das Herz stehen geblieben.«

»Du machst Witze.« Ich konnte es nicht fassen.

»Ich bin eine Woche Bus gefahren, um dich zu finden.«

Unglaublich! Vermutlich waren wir zu unterschiedlichen Zeiten mit unterschiedlichen Linien unterwegs gewesen und hatten die Stadt durchkämmt – auf der Suche nach einer Fremden beziehungsweise einem Fremden.

»Ich habe dich neulich gesehen, und mir ist aufgefallen, wie du mich angestarrt hast. Danach bist du mir nicht mehr aus dem Kopf gegangen.« Du nahmst mich bei der Hand und zogst mich zur Straße, konntest es kaum erwarten, dich den nächsten sinnlichen Freuden mit mir hinzugeben.

Diesmal pfiffen wir auf den Bus.

Wir nahmen ein Taxi.

Fahrernummer 84

Per Luftlinie ist es von Tribeca bis zur Upper West Side ziemlich weit, doch morgens um vier herrscht so gut wie kein Verkehr – selbst Samstagnacht nicht.

Wir waren in einem dieser exklusiven Klubs in Tribeca tanzen, in diesem Klub, der dir so gut gefällt. Beim Tanzen wirst du immer ganz scharf; es törnt dich unglaublich an. Vielleicht ist das der Grund, weshalb du nicht mehr warten kannst.

Oder liegt es vielleicht daran, dass wir auf eine dieser ganz seltenen New Yorker Raritäten gestoßen sind – eine Taxifahrerin? Anstatt uns wie ihre männlichen Kollegen anzubrummen und über Politik, den Verkehr oder das Wetter zu faseln, fragt sie uns mit melodischer Stimme: »Wo darf ich Sie hinbringen?«

Auf der Rückbank ist reichlich Platz, doch du kuschelst dich eng an mich. In deinem hautengen knappen schwarzen Kleid wirkt dein Körper sehr geschmeidig. Dann lehnst du dich zurück und küsst mich.

»Ecke zehnte und 77.«, erwidere ich und füge mit einem Lächeln hinzu: »Und drücken Sie bitte ein bisschen auf die Tube!«

»Sie haben zu viele Krimis gelesen«, entgegnet sie mit einem leicht süffisanten Grinsen. Sie muss etwa Mitte zwanzig sein, wahrscheinlich ist sie Studentin. Sie hat langes blondes Haar und schöne Augen, die sie unter einer tief ins Gesicht gezogenen Yankeekappe verbirgt. »Waren Sie tanzen?«

In diesem Moment hast du bereits dein schwarzes Kleid hochgeschoben und langst darunter. Ich sehe mit weit aufgerissenen Augen an dir herab und will dich fragen, was du da tust, doch da ich dich gut genug kenne, spüre ich instinktiv, dass dich nichts mehr stoppen wird – also kann ich die Fahrt genauso gut genießen.

»Ja«, erwidere ich. »Wir waren tanzen.«

Dein Tanga gleitet geschmeidig über deine Schenkel und deine Fußknöchel. Du streifst deine flachen Tanzschuhe ab und stopfst deinen Slip in die Tasche meiner Anzughose.

»Tribeca ist zurzeit absolut angesagt«, stellt die Taxifahrerin fest und mustert mich im Rückspiegel. »Es gibt da eine Menge guter Discos und Tanzbars.« Ich sehe das Profil ihres Gesichts und dass sie lächelt; es ist ein strahlendes, verführerisches Lächeln, und in den folgenden fünf Sekunden versuche ich herauszufinden, ob sie wohl weiß, was hinter ihr vorgeht. »In der Gegend hat sich wirklich etwas getan.«

»Oh«, stöhne ich leise auf, als du nach meinem Schwanz fasst. »Da hat sich wirklich was getan.«

Inzwischen hast du dich hinter dem Vordersitz auf den Boden gleiten lassen und kniest zwischen meinen Beinen. Wohl wissend, dass jeder Einwand zwecklos ist, spreize ich sie weit auseinander, damit du ausreichend Platz hast.

»Yeah«, fahre ich kurzatmig fort, während deine Hand die schnell wachsende Ausbuchtung in meiner Hose umfasst. »Es gibt nichts Schöneres als eine durchtanzte Nacht.« Ich schlucke nervös, als du mit meinem Gürtel und meiner Hose kurzen Prozess machst und dich offenbar überhaupt nicht darum scherst, ob die Fahrerin das verräterische Aufschnappen meiner Gürtelschnalle und das unverkennbare Geräusch des sich öffnenden Reißverschlusses registriert.

»Stimmt«, bestätigt sie. »Tanzen ist wirklich toll. Von oben bis unten in Schweiß zu baden. Und all die Körper, die sich an einen drücken ...« Bei diesen Worten bricht sie in mädchenhaftes Gekicher aus, ein Verhalten, das ich nie und nimmer von einem Taxifahrer erwarten würde, ganz egal welchen Geschlechts. »Und? Haben Sie jemand Interessantes getroffen?«

Deine Lippen senken sich auf meinen harten Schwanz, gleiten geschmeidig an ihm hinab, während deine Zunge die Unterseite meines Liebesknochens umspielt. Das Sprechen fällt mir jetzt ziemlich schwer, doch mit Mühe schaffe ich es, die Unterhaltung fortzusetzen. »Na ja, wissen Sie«, krächze ich, »meine Frau und ich ... also, wir waren gar nicht darauf aus, jemanden zu treffen. Wir wollten nur ... tanzen.«

»Miteinander«, sagt sie und dreht sich zu mir um, als das Taxi vorübergehend halten muss.

»Genau«, entgegne ich, während dein magischer Mund meinen Schwanz verzaubert. »Miteinander.«

»Kann ich gut verstehen. Tanzt Ihre Frau gerne?«

Mein Schwanz flutscht aus deinem Mund. »Und wie«, antwortest du zwischen meinen Beinen, wobei dir ein leises Schlürfen entweicht, als du dir die Lippen leckst. »Ich liebe es zu tanzen.«

Für einen Moment fürchte ich, dass die Taxifahrerin sich nach hinten lehnt und einen Blick über den Sitz wirft, doch stattdessen dreht sie sich wieder nach vorne und tritt aufs Gas, was deinem Mund, der sich langsam auf meinem harten Schwanz hebt und senkt, einen einzigartigen Gravitationsschub verleiht. Inzwischen muss ich mich mit aller Kraft zusammenreißen, nicht zu stöhnen, als die Taxifahrerin unbeirrt fortfährt und erzählt, dass sie ebenfalls gerne tanzt.

»Wenn ich tanzen gehe, ziehe ich mich am liebsten richtig sexy an«, sagt sie, dreht sich erneut kurz zu mir um und lächelt mich an. »Bei der Arbeit kann ich mir das ja unmöglich erlauben, deshalb donnere ich mich für meine Tanzklubbesuche immer so richtig auf.«

Inzwischen hast du mir meine Hose bis zu den Fußknöcheln heruntergezogen, und dein Mund verwöhnt meine Eier. »Ach, tatsächlich«, entgegne ich mit fast zugeschnürter Kehle, weil mich das Sprechen solche Anstrengung kostet. »Was tragen Sie denn zum Tanzen am liebsten?«

»Etwas in der Art wie Ihre Frau.« Bei diesen Worten sieht sie sich erneut um und blickt mich mit dunklen, geheimnisvollen Augen an. »Apropos – wo ist sie überhaupt?«

»Ich glaube, sie ist eingeschlafen«, murmele ich. »Sie hat in dem Klub ein bisschen viel getrunken.«

»Sieht ganz danach aus. Aber ich denke, es besteht kein Grund, jetzt aufzuhören.«

Mir klingeln die Ohren, als mir klar wird, dass sie ohne jeden Zweifel genau weiß, was hinter ihr vorgeht. Doch wir tun weiterhin so, als ob nichts wäre, selbst als du den Wink verstehst und auf meinen Schoß hinaufgekrochen kommst – dein Gesicht mir zugewandt.

»Irgendwie ist es sehr erregend, sich für einen Tanzabend so richtig sexy herauszuputzen«, fährt die Taxifahrerin fort, während du meinen von deiner Spucke glitschigen Schwanz in die Hand nimmst und an die Öffnung deiner Möse führst. In diesem Moment dreht sich die Taxifahrerin zu uns um. »Oh, entschuldigen Sie, lenke ich Sie ab?«

Du stöhnst leise auf, als du es dir auf mir bequem machst; mein Schwanz ist tief in dir. Du lässt dich auf mich sacken, und deine Hüften beginnen mit ihren typischen Mahlbewegungen, bei denen sie sich kaum rühren, aber doch beinahe mehr Reibung erzeugen, als ich ertragen kann. Du weißt, wie du mich zum Kommen bringst – aber, und das ist noch wichtiger, du weißt vor allem, wie du selber am besten kommst, weshalb deine Hand eng zwischen unseren Körpern eingekeilt ist und deine Klitoris reibt.

»Wenn ich so ein Kleid trage wie Ihre Frau, kann ich natürlich kaum noch etwas darunter anziehen. Es liegt ja so eng an, dass sich der Slip abzeichnen würde. Deshalb ziehe ich unter so einem Kleid nur einen winzigen knappen Tanga an. Sie auch?«

Sie blickt erneut über ihre Schulter und tut so, als würde sie nicht sehen, dass du auf mir hockst und mich reitest, mich leidenschaftlich küsst und mit rhythmischen Bewegungen auf meinem Schwanz auf- und nieder gleitest.

»Ja«, erwiderst du mit einem leisen Stöhnen. »Ich trage manchmal sogar gar nichts darunter.«

Sie kichert und wendet sich wieder der Straße zu. »Ich auch nicht«, gesteht sie. »Ich wollte es Ihnen eigentlich nicht auf die Nase binden, aber manchmal trage ich schon deshalb nichts unter meinem Kleid, damit es später schneller geht.«

»Ja«, stöhnst du. »Oh, mein Gott ... es geht wirklich schneller ...«

Ich spüre, dass du kurz davor bist zu kommen. Wir haben die belebten Straßen hinter uns gelassen und brausen mit halsbrecherischer Geschwindigkeit die Eighth Avenue entlang. Es ist beinahe so, als ob die Taxifahrerin sich ein Wettrennen mit uns lieferte und es darauf anlegte, uns zu unserem Ziel zu bringen, bevor wir fertig sind. Aber mit deiner Hand an deiner Klitoris bist du im Handumdrehen so weit und versuchst dein Stöhnen, als du schließlich kommst, gar nicht mehr zu kaschieren. Dein Körper drängt sich mit aller Gewalt gegen mich, deine Hüften heben und senken sich immer schneller, du stöhnst laut und genussvoll auf, wirfst deinen Kopf zurück und keuchst: »O ja, o ja, o ja …«

In diesem Moment komme auch ich, dränge meinen Schwanz unter dem vollen Einsatz meiner Hüftmuskulatur tief in dich hinein, während du mich mit deinen weichen Schenkeln umklammerst. Ich bin nicht ganz so laut wie du, aber unsere Fahrerin spielt ohnehin längst nicht mehr die Ahnungslose. Ich umarme dich fest und bedecke deinen Hals mit Küssen, während mein Orgasmus abebbt.

Als ich die Augen öffne, sehe ich, dass die Fahrerin sich auf ihrem Sitz umgedreht hat und uns mit untergeschlagenen Beinen zusieht – ganz offen und schamlos.

»Wir sind da«, sagt sie.

Du gleitest von mir, und mein Schwanz flutscht aus dir, nass und schlaff. Ich lange nach meiner Hose, ziehe sie mir hoch und nehme meine Brieftasche zur Hand.

»Was bin ich Ihnen schuldig?«, frage ich und laufe rot an.

»Oh, sehen Sie nur!«, erwidert die Fahrerin. »Ich habe ganz vergessen, das Taxameter einzuschalten. Lassen Sie uns einfach sagen, dass wir quitt sind.«

»Danke«, entgegne ich, während du die Fahrerin anlächelst und aussteigst.

»Fahrernummer vierundachtzig«, sagt sie und reicht mir mit einem Lächeln eine Visitenkarte. »Ich arbeite immer freitags und samstags.«

Sie lächelt immer noch. Ihre Yankeekappe hat sie abgenommen, und im Schein der Straßenlaternen sehe ich ihre schönen Augen blitzen. Dann dreht sie sich um und legt den Gang ein.

»Aber beim nächsten Mal sollten Sie nicht davon ausgehen, dass ich Sie umsonst fahre.«

Ich steige aus und folge dir schnell zur Tür unseres Apartmenthauses.

Der Blick von ganz oben

Wir waren an diesem Abend zu dritt. Drei Liebeshungrige, die ihr Festmahl kaum erwarten konnten. Wir warteten nicht etwa auf ein erstklassiges Gourmetmenü, nein, wir waren hungrig aufeinander. Obwohl der Raum bereits von einer unglaublichen erotischen Hitze aufgeheizt wurde, war die Situation irgendwie ungewöhnlich und anders. Um ehrlich zu sein – ich war absolut entzückt, wie förmlich es in unserem Wohnzimmer zuging, wie unschuldig wir dasaßen. Wenn es gelaufen wäre wie bei den anderen Liebespartys, an denen ich teilgenommen hatte, wären wir einfach übereinander hergefallen, hätten uns auf den Boden geworfen und uns aufeinander gestapelt, einer auf den anderen und noch einer obendrauf. Eine feuchte, verschwitzte Pyramide erregter Liebeshungriger. Bisher hatte ich geglaubt, dass so eine Party von nichts getoppt werden konnte, doch an diesem Abend wurde ich eines Besseren belehrt. Du warst schüchtern, irgendwie verlegen und unglaublich unsicher. Du schienst nicht zu wissen, ob du den Mumm für einen Dreier aufbringen würdest.

Das stimmt nicht ganz, oder? Du wusstest sehr wohl, dass du dich trauen würdest und dass du es wolltest, doch du warst noch zurückhaltend und alles andere als abgebrüht. Du konntest dich nicht einfach auf uns stürzen; du musstest es ganz langsam angehen lassen, erst einmal die Stimmung testen. Du musstest dich in Millimeterschritten auf uns einstellen.

Und so ist es schließlich dazu gekommen ...

Wir spielten ein Spiel, und das Spiel hieß: Enthülle alles. Jeder von uns musste ein Geheimnis erzählen, das er noch nie zuvor jemandem anvertraut hatte. Audrey war als Erste dran. Ich war überrascht, dass sie überhaupt noch irgendwelche Geheimnisse auf Lager hatte. Sie ist ein offenes Buch, und da ich seit fünf Jahren mit ihr die Wohnung teile, dachte ich eigentlich, alles über sie zu wissen. Ich bildete mir ganz schön was ein. Doch Audrey schaffte es, mich mit einem einzigen Satz sprachlos zu machen. Sie sah erst dich an, dann mich und sagte: »Ich war dreiundzwanzig, als ich meine Unschuld verlor.«

Mann, das schlug bei mir ein wie eine Bombe. Heute kennt Audrey nämlich keine Grenzen. Sie ist eine Frau, die den Stier bei den Hörnern packt und normalerweise immer kriegt, was sie will. Ob Mann oder Frau, Freund oder Feind. Als sie meine hochgezogenen Augenbrauen sah, zuckte sie nur mit den Achseln. »Ich habe auf die wahre Liebe gewartet«, erklärte sie, »und das war auch gut so. Es war sogar großartig. Aber sie hat nicht lange angehalten.«

Danach war ich an der Reihe. Ich nippte an meinem Wein und sah dich an. Ich wusste, was ich sagen wollte. Ich wollte sagen, dass du mich antörnst – aber das war, verdammt noch mal, kein Geheimnis, oder? Ich wollte sogar noch weiter gehen, wollte sagen, dass ich dich mochte, sogar sehr. Aber das wusstest du vielleicht auch schon. Also erzählte ich die Geschichte von dem Mädchen, das ich beim Internet-Surfen kennen gelernt und das sich als Typ entpuppt hatte. Audrey, das kleine Luder, konnte nicht mehr aufhören, sich kaputtzulachen. Sie kannte die Geschichte eigentlich schon, doch das nicht ganz unbedeutende Detail, dass das Mädchen sich als Typ entpuppt hatte, hatte ich bislang für mich behalten.

»Wann hast du das herausgefunden?«, fragte sie prustend.

»Was geht dich das an?«, entgegnete ich, und das brachte auch dich zum Lachen. Als wir deine Stimme hörten, drehten wir uns beide zu dir um und sahen dich an. Plötzlich machte sich in unserem Wohnzimmer eine lähmende Stille breit. Denn jetzt warst du dran, und Audrey und ich lechzten wie zwei hungrige Löwen nach deinem Geheimnis. Es war klar, dass wir es beide auf dich abgesehen hatten. Audrey hatte diesem Tag, genauso wie ich, seit einer Ewigkeit entgegengefiebert. Wir hatten geflirtet und uns geneckt, wir waren durch die Kneipen gezogen und hatten unter dem Tisch miteinander gefüßelt. Und jetzt war es so weit. Es sollte passieren …

»Ich weiß nicht, wie …« Du hieltst inne, senktest den Blick, und dann sahst du Audrey an. Ich wartete, denn ich wollte, dass du mich ansahst. Doch den Gefallen tatst du mir nicht.

»Entspann dich«, redete Audrey dir leise zu. »Wir sind doch unter Freunden. Alles, was du sagst, bleibt unter uns.«

»Ich weiß nicht, wie man es mit dem Mund macht«, beendetest du hastig deinen Satz. Wie schüchtern du klangst.

»Tatsächlich nicht?« Jetzt war Audrey in ihrem Element. Der Gedanke schien sie zu entzücken. Denn in dieser Hinsicht ist Audrey in meinen Augen eine echte Expertin.

»Nein.«

»Ich werde es dir beibringen«, bot Audrey sofort an. Deine Augen weiteten sich. Was sagte sie da? Wir verstanden nicht recht, was sie meinte.

»Ich bringe es dir bei«, erklärte sie. »Dafür sind Freundinnen doch da.«

»Wie meinst du das?«, flüstertest du.

»Ich zeige dir, wie man einen Schwanz lutscht.«

Bei diesen Worten sahst du deine hübsche blonde beste Freundin an, als ob sie vollkommen den Verstand verloren hätte. Dann ließt du deinen Blick zum Schritt ihrer schicken ausgeblichenen Levi's 501 hinabwandern. Audrey folgte deinem Blick und verstand sofort, was du dachtest. »Nicht an mir, du Dummerchen«, wies sie dich zurecht. »An ihm.«

Sie deutete in meine Richtung, und ich wurde sofort hart. Ich meine, noch härter, denn ich hatte schon den ganzen Abend einen Ständer. In meinem Kopf waren wir drei schon längst zu jener feuchten Pyramide zusammengeschmolzen, die ich anfangs erwähnte. Du oben und Audrey unten. Oder anders herum. Oder ich oben und ihr beiden unter mir. Ein einziges Schieben und Gleiten, ein feuchtes Freudenfest, eine Schweiß treibende Fummelei. Eine perfekte Orgie, bei der jeder bekam, was er sich schon immer erträumt hatte. Und was mich anging, so wollte ich vor allem dich.

Audrey nahm jetzt deine Hand, drückte deine Fingerspitzen und fragte dich: »Bist du bereit, Baby?«

Als du nichts erwidertest, sah sie dich an, ihre verblüffend grünen Augen weit aufgerissen. »Du *magst* meinen Mitbewohner doch, oder etwa nicht?«

Die Frage ließ dich vor Scham erröten, und dafür liebte ich dich. Wie viele unschuldige Mädchen gab es wohl noch in L.A.? Drei? Eines davon warst definitiv du. Und dazu auch noch das hübscheste und verführerischste, das ich je gesehen hatte. Ich wartete gespannt auf deine Antwort. Mochtest du mich? Oder etwa nicht? Ich dachte schon, dass du mich mochtest, schließlich hattest du auf der letzten Urlaubsparty, die

Audrey und ich in unserem kleinen Bungalow gegeben hatten, heftig mit mir geflirtet. Und du hattest immer einen Vorwand gefunden, dich in meinem Zimmer aufzuhalten, obwohl du eigentlich vor allem mit Audrey befreundet bist. Wenn du mich nicht gemocht hättest, hättest du dich bestimmt nicht auf meinem Bett herumgeräkelt und über jedes auch nur erdenkliche Thema mit mir geredet. Warum hättest du dich sonst so ins Zeug gelegt, mich besser kennen zu lernen?

War dir vielleicht entgangen, dass ich mich in dich verknallt hatte? Du siehst mich manchmal mit meinen Verabredungen, den Filmsternchen und all den anderen Leuten aus der Filmbranche, aber soll ich dir etwas verraten? Für mich bist du von allen die Heißeste.

»Warum beginnen wir meine Lektion nicht mit einer Banane?«, fragtest du und wickeltest eine deiner karamellfarbenen Locken um deine Fingerspitzen.

»Bananen brechen durch«, stellte Audrey klar. »Du willst doch nicht ersticken. Wenn überhaupt, können wir mit einer Gurke versuchen, dich auf das entscheidende Ereignis vorzubereiten …«

Bevor du etwas einwenden konntest, verschwand Audrey bereits in der Küche. Jetzt waren nur noch du und ich im Wohnzimmer, und ich hatte den Eindruck, dass du mich ansehen und mit mir reden wolltest, doch du spieltest nur mit deinem Haar und starrtest auf deine Hände. Sieh mal, Baby, ich wusste genau Bescheid, wusste, dass du und Audrey schon oft darüber geredet hatten, wie es wäre, einen Dreier auszuprobieren, und dass sogar du diejenige warst, die das Thema zum ersten Mal aufgebracht hatte. Ziemlich naiv, ja. Doch diese Gelüste schlummerten schon lange in dir, ist es nicht so? Und du wusstest, dass du bei uns in guten Händen wärst.

Wir hörten Audrey den Kühlschrank durchsuchen, und als sie zurückkam, hatte sie eine schlanke Zucchini in der Hand. »Wir haben keine Gurken mehr. Dann muss eben eine Zucchini herhalten.« Du saßt da, starrtest das Gemüse an und musstest plötzlich loslachen. Das Ganze war ein einziges Affentheater. In Wirklichkeit wolltest du nichts anderes, als es mir mit dem Mund zu besorgen, und ich wollte nichts anderes, als es dir mit dem Mund zu besorgen, doch stattdessen hocktest du da mit einer Zucchini im Schoß. Was, zum Teufel, sollte dieser Unfug?

»Pass auf!«, begann Audrey. »Die richtige Atmung ist das Wichtigste. Sonst geht das Ding nicht tief genug rein. Bevor du die Zucchini in deinen Hals gleiten lässt, musst du tief ausatmen ...«

Ihre Anweisungen erinnerten mich an die Videokassette, nach der sie ihre Yogaübungen macht. *Atme nicht den Atem, sondern lass deinen Atem das Atmen für dich übernehmen.* Du versuchtest, aus dieser lächerlichen Situation das Beste zu machen, und führtest dir das eine Ende der Zucchini in den Mund. Ich unterdrückte einen Seufzer und sah zu, wie die glitschige Zucchini immer weiter in dich hineinglitt. Auf ein Stück Gemüse war ich noch nie eifersüchtig gewesen, aber es gibt wohl für alles ein erstes Mal. Audrey schien ganz vergessen zu haben, dass ich auch noch im Raum war, und fuhr unbeirrt mit ihren nicht jugendfreien Belehrungen fort. »Beim Rausziehen ausatmen, dann bist du bereit, wenn er erneut in dich hineingleitet.«

Zu ihren Worten schobst du die glatte Gemüsestange erneut in deinen Rachen, und ich sah zu, wie du zögernd versuchtest, sie ganz tief hineinzuschieben. Dann zogst du die Zucchini schnell wieder heraus.

»Es fühlt sich komisch an«, stelltest du fest.

»Du brauchst einen echten Schwanz, das ist alles«, versicherte Audrey dir. »Aber keine Angst, ich bleibe an deiner Seite. Was du in so einer Situation brauchst, ist der Beistand einer erfahrenen Oralsex-Expertin.« Du starrtest hinab auf die achtlos in deinem Schoß liegende glitschige Zucchini. »Jemandem einen zu blasen, ist keine große Kunst«, fuhr Audrey fort. »Die kleinen Tricks lernst du wie von selbst, und damit wächst auch dein Selbstbewusstsein. Du weißt doch, dass er zärtlich zu dir ist. Umfass einfach immer die Wurzel seines Schwanzes, dann hast du die Zügel in der Hand. Und wenn er dir zu schnell wird, kannst du ihn problemlos rausholen.«

»Selbstverständlich«, beruhigte ich dich, froh, endlich wieder in das Gespräch einbezogen zu werden. »Du bestimmst das Tempo.«

Dein Gesicht war genauso knallrot wie dein Kleid, und du konntest mir nicht in die Augen sehen, egal, was ich auch sagte. Ich grinste vor mich hin, als Audrey mit ihrem gelenkigen Körper auf die Lehne meines Sessels glitt und mir etwas ins Ohr flüsterte. Bestimmt konntest du ein paar Wortfetzen mithören. »Keine Jungfrau, fühlt sich einfach nicht ganz wohl bei der ganzen Sache.« Und dann sahst du wieder hinab auf deine Hände.

Einen Augenblick später setzte ich mich neben dich. »Möchtest du es wirklich lernen?«, fragte ich dich.

Du nicktest.

»Dann kann dir nichts Besseres passieren, als mit Freunden zu üben.« Die ganze Situation war absolut lächerlich, und ich versuchte gar nicht erst, mein breites Grinsen zu unterdrücken. Eine willige Nymphe war im Begriff, mir einen zu blasen. Oder klarer ausgedrückt – ein Mädchen, das ich wirklich sehr, sehr gern mochte, wollte meinen knochenharten Ständer mit seinem hübschen, rosig glänzenden Mund vernaschen. Und als Krönung des Ganzen wurden während der gesamten Nummer auch noch Instruktionen von mir erwartet. »Doch als Erstes möchte ich, dass Audrey dir hilft, ein wenig lockerer zu werden«, sagte ich, und noch während ich sprach, ging deine unanständige beste Freundin zwischen deinen Schenkeln auf dem Boden in Position und liftete den Saum deines Kleids. Audrey weiß wirklich in jeder Situation das Richtige zu tun. Sie machte sich daran, dich durch eine kleine Mund-zu-Möse-Liebkosung ein bisschen zu entspannen und dich auf deine Fellatio-Lektion vorzubereiten.

Kaum spürtest du ihren warmen Atem auf deinem Höschen, seufztest du süß auf. Im gleichen Augenblick nahm ich deine Hand und legte sie in den Schritt meiner Jeans. Wir begannen von Anfang an. Du zogst ganz langsam den Reißverschluss herunter, öffnetest den Schlitz und brachtest den riesigen Turm meiner Erektion zum Vorschein. Das ist keine Angeberei. Mein Ding war wirklich riesig. Ich war zu dem Zeitpunkt schon länger knochenhart, als ich es ertragen konnte. Der bloße Gedanke daran, dass deine süßen Lippen sich gleich um meinen Schwanz legen würden, ließ mich beinahe explodieren. Und als deine Hände jetzt am Schritt meiner Jeans herumfingerten, war ich so groß wie noch nie zuvor.

Audrey hatte ihren Mund inzwischen durch dein Höschen auf deine Möse gedrückt. Das erkannte ich daran, dass deine Wangen noch rosiger glühten und deine Augen warm und sanft glänzten. Du warst jetzt definitiv dabei, dich zu entspannen. Nicht schlecht, sich derart verwöhnen zu lassen, oder? Genau das schien dir gerade durch den Kopf zu gehen. Du seufztest einmal kurz auf, drehtest deinen Kopf, öffnetest deinen zauberhaften Mund und umschlosst mit den Lippen die Spitze meines hartes Gliedes.

Nässe. Das war meine erste spontane Empfindung. Wunderbare angenehme Nässe. Warme Nässe. Oh, für eine Anfängerin stelltest du dich ziemlich geschickt an. Oder warst du vielleicht gar keine Anfängerin? Diese Frage ging mir durch den Kopf, als du wie eine Könnerin der Länge nach mit der Zunge über meinen Schwanz fuhrst. Hattest du uns womöglich die ganze Zeit etwas vorgemacht? Und nur so getan, als wärst du ein süßes, schüchternes, naives kleines Ding, obwohl du es in Wirklichkeit faustdick hinter den Ohren hattest? Ich hatte weder die Zeit noch das dringende Bedürfnis nachzufragen, sondern lobte dich einfach für dein Geschick.

»So ist es richtig«, sagte ich und fuhr mit den Händen durch deine hellbraunen Locken. »Entspann dich, und nimm ihn tief in dir auf! Das Entscheidende ist, dass du absolut relaxed bist, und vergiss nicht zu atmen …«

Du lecktest die Haut meines Schwanzes und führtest meinen langen Knüppel noch tiefer in deinen Rachen. Während du mich immer ungestümer nahmst, verwöhnte Audrey dich weiter zwischen den Beinen. Ich hörte sie leise schlürfen und saugen und merkte, wie erregt du bereits warst, denn du küsstest mich jetzt mit noch mehr Leidenschaft und Begeisterung. Du ließt deine Zunge um meine Schwanzwurzel wirbeln, umschlosst mit den Lippen meine Eichel und saugtest mit aller Kraft.

»Ist es schön, was Audrey mit dir macht?«, fragte ich dich leise, und du hieltst gerade lange genug inne, um zustimmend zu stöhnen. Dein Stöhnen brachte mich regelrecht zum Vibrieren, und ich musste mich an deinen Schultern festkrallen, um Halt zu finden. Wäre ich nicht ein Meister der Selbstbeherrschung, wäre ich auf der Stelle gekommen. Doch ich zögerte es heraus, denn ich wusste, dass es noch lange nicht vorbei war und besser und besser und besser werden würde.

Während Audrey mit ihrer Zungenspitze weiter schmutzige Kunststücke an deiner Klitoris vollführte, eifertest du ihr nach und verwöhntest die Spitze meines Schwanzes auf die gleiche Weise. Ich hatte es von Anfang an geahnt. Du imitiertest alles, was Audrey machte, und ich dankte ihr im Stillen für das Geschenk, das sie uns beiden damit bescherte. Als sie ihre Hände ins Spiel brachte und deine Hüften wiegte und anhob, umfasstest du zärtlich meine Eier und streicheltest sie.

»Oh, ja«, stöhnte ich. »Ganz vorsichtig. Ja, so ist es gut.«

Du tatst, wie ich dich geheißen hatte, also fuhr ich fort: »Vielleicht kannst du sie ganz sachte mit den Fingernägeln kraulen«, schlug ich vor, und du erfülltest mir auch diesen Wunsch sofort. Deine Berührung hatte etwas Magisches, sie war federleicht, geradezu perfekt, und ich begann mit den Stoßbewegungen in deinem Mund. Doch du wolltest es langsam angehen lassen, also folgtest du Audreys Belehrungen. Du hast deine Hand auf meine Schenkel gelegt und mich gebremst. Du gabst das Tempo vor, und ich musste mich zwingen, deine Regeln zu akzeptieren.

Doch während Audrey unbeirrt weiter an deiner Pflaume schleckte und naschte, legte ich jetzt meine Hand auf deinen Hals und streichelte ihn sanft. »Entspann dich«, flüsterte ich. »Entspann dich, und lass es geschehen. Wenn du einen kurzen Rückzieher machen möchtest, ist das kein Problem.«

Meinen Anweisungen folgend, öffnetest du den Mund, und ich spürte, wie mein Schwanz ein bisschen tiefer in deine Kehle glitt. Ich konnte nicht anders, als den Rhythmus zu beschleunigen, und drang mit jedem Stoß, mit jedem Hinein- und Hinausgleiten ein Stück weiter in dich hinein. Es war, als würde ich in voller Gänze durch dich hindurchvögeln, und dieser Gedanke törnte mich noch mehr an. Wir waren alle drei ernsthaft bei der Sache und in ständiger Bewegung. Ich hörte Audrey geräuschvoll an dir saugen und lecken und es dir mit aller Heftigkeit besorgen. Meine Erregung war kaum noch zu bändigen, und ich stöhnte laut. Du reagiertest sofort, indem du deine Finger hinter meine Eier wandern ließt, diese magische, überaus empfindsame Stelle zärtlich streicheltest und deine tanzenden Fingerspitzen ein wenig fester gegen meine empfindliche Haut drücktest.

Wo hattest du denn diesen Trick gelernt? Was, Baby? Woher kennst du diese magische Stelle? Mir ging erneut durch den Kopf, dass du mehr Erfahrung hattest, als du vorgabst, aber das störte mich nicht. Wenn es dir Freude bereitete, die Rolle des Grünschnabels zu spielen, wenn dich das glücklich machte, war ich mehr als bereit, meine Rolle in deinem Spiel zu übernehmen.

Ich half dir nach wie vor. Ich war kurz davor zu kommen und drang immer tiefer in deinen Rachen ein. Du musstest deine Position verlagern, um es dir bequemer zu machen, bist von Audrey weggerutscht, hast dich mit mir zugewandtem Gesicht auf allen vieren auf das Sofa gehockt und dich erneut über meinen Schwanz hergemacht.

Audrey setzte sich sofort hinter dich, und in dem Spiegel an der gegenüber liegenden Wand konnte ich zusehen, wie sie dir dein Höschen über deine Schenkel und Füße streifte und sich in eine Position begab, die es ihr erlaubte, weiter deine Möse zu vernaschen. Während sie dich umgehend zum Kommen brachte, explodierte auch ich. Ich stöhnte immer lauter und atmete immer heftiger. Ich umklammerte deine Schultern, krallte mich an dir fest und schleuderte meinen Saft tief in deine Kehle. Du saugtest weiter, bis der letzte Tropfen versiegt war, und dann glitt ich langsam aus deinem Mund und sank zurück ins Sofa.

Du entwandest dich Audrey und strecktest dich neben mir aus. Als du dir mit der Zunge über die Oberlippe fuhrst, hätte ich schon wieder kommen können. Es war, als ob du noch einmal genussvoll von mir kosten würdest, und ich kann mir nichts vorstellen, was derart sexy ist wie dieser Anblick.

»Siehst du?«, murmelte ich und strich dir das Haar aus den Augen. »Jetzt bist auch du eine Expertin im Blasen.«

Du hast mich angesehen, dann deinen Blick auf deine grünäugige Freundin gerichtet, deren Mund noch von deinen eigenen erotischen Säften glänzte. »Höchste Zeit, die Freuden zu teilen«, stelltest du an mich gewandt fest, und wir langten nach Audrey und legten sie ausgestreckt auf das Sofa …

Und jetzt, kleine Miss »Ich-weiß-nicht-wie-man-es-mit-dem-Mund-macht«, wusstest du ganz genau, was du wolltest. Dank deines neu erwachten Selbstbewusstseins hattest du alles voll unter Kontrolle. Du ließt Audrey die Beine spreizen und machtest dich sofort über die geschwollene Knospe ihrer Klitoris her und saugtest, was das Zeug hielt. Zwischendurch ließt du deine Zunge mit langen saftigen Strichen durch ihre feuchte Spalte fahren. Du warst wild und gierig, und ich lehnte mich auf dem Sofa zurück und sah zu, wie du es Audrey besorgtest.

Audrey war baff. Es hatte sie erregt, dich zum Kommen zu bringen, doch ihrem Gesicht war anzusehen, dass sie nicht damit gerechnet hatte, dass du ihr den Gefallen erwidern würdest, jedenfalls nicht so schnell und nicht so gut. Ich hätte sie eines Besseren belehren können, schließlich hatte ich in deinen Händen – oder, besser gesagt, in deinem Mund – gerade die erquicklichste Erfahrung meines Lebens gemacht, sodass ich Audrey hätte prophezeien können, welche Wonne sie erwartete. Doch ich zog es vor, den stillen Beobachter zu spielen und das Schauspiel aus nächster Nähe zu betrachten.

Was für ein schönes Bild ihr zwei abgabt! Audrey war sofort in Ekstase. Ihr blondes Haar umrahmte ihr Gesicht, und ihre Lippen formten sich zu einem perfekten »O«, als deine Zunge in sie hineinglitt. Du legtest es darauf an, sie nach allen Regeln der Kunst zu verwöhnen. Du umfasstest ihre Hüften, ließt deine Finger langsam hinunterwandern und öffnetest ihre Schamlippen. Ich sah deinen feuchten, glänzenden Mund und deine hin- und herwirbelnde Zunge, die Audreys empfindlichste Stelle liebkoste. Ich wusste, dass sie bald kommen würde, und auf einmal hielt mich nichts mehr; ich wollte wieder mitmischen.

Ich beeilte mich, hinter dich zu kommen, und hob dein Kleid. Dein hinreißender Hintern wartete schon auf mich, und ich streichelte ihn einmal zärtlich, um dich meine Absichten wissen zu lassen. Der Seufzer, der dir in Audreys Schoß entwich, verriet mir, dass du bereit warst. Behutsam spreizte ich von hinten deine Schenkel und drang in dich ein. Mein Schwanz war noch nass von deinem Mund, und jetzt vermischte sich diese Nässe mit den Säften deiner Möse. Mein Gott, warst du erregt! Und wie nass du warst – genauso angeheizt wie ich. Mein Knochen war knüppelhart und bereit. Ich glitt tief in dich hinein und entlockte dir ein erneutes Stöhnen.

Audrey schien unser Treiben zu gefallen. Jedes Mal, wenn du lustvoll in ihre Möse seufztest, tat sie es dir gleich und stöhnte ebenfalls auf. Dein Stöhnen schien sich durch ihren

Körper fortzupflanzen und sie unheimlich anzutörnen. Es war mir mehr als ein Vergnügen, meiner Mitbewohnerin zu ihrem Höhepunkt zu verhelfen, indem ich dafür sorgte, dass du kontinuierlich weiter in ihre Möse stöhntest. Die Vorstellung gefiel mir. Ich griff in dein langes Haar, hielt dich fest und vögelte dich. Mein Schwanz drang tief in dich ein, glitt wieder raus, drang wieder hinein, bis du vollkommen versiegelt warst, und dann zog ich ihn so weit hinaus, bis nur noch meine Eichel in dir war.

»Oh, ja«, stöhntest du, die Worte in die Länge ziehend, und Audrey flüsterte ebenfalls »Ohhhhh, jaaaaa«. Wir drei waren auf so göttliche Weise miteinander verbunden, dass ich spürte, als Audrey kam. Ich ließ eine Hand unter dich gleiten und stimulierte deine Klitoris, während ich selber kurz davor war zu explodieren. Im nächsten Augenblick kamen wir alle gleichzeitig. Wir heizten uns mit unserem Stöhnen und unter Einsatz unserer Körper gegenseitig an, bis wir das höchste, überhaupt nur denkbare Niveau der Erregung erreichten.

Wir hatten den Gipfel erklommen.

Der Couchgast

Seitdem wir Schluss gemacht haben, schlafe ich auf der Couch. Das geht jetzt schon zwei volle Monate so. Ich dachte an unseren Jahrestag und feierte ihn allein mit einem Gläschen ihres besten Cognacs auf meiner Couch.

Ein, zwei Wochen verbringe ich hier als Couchgast, aber mit Ende zwanzig brauchen Freunde ihre Privatsphäre offenbar dringender als im ersten Vierteljahrhundert ihres Lebens. Jedenfalls hatte ich schnell keine Adresse mehr, wo ich unterschlüpfen konnte, und sie lud mich ein, wieder zurückzukommen. Offenbar genoss sie es diebisch, dass ich wieder bei ihr angekrochen kam. All meine Sachen waren noch in der Wohnung, weshalb sie sich genötigt fühlte, komplexe und irgendwie unberechenbare Regeln für den Zutritt zu »ihrem Schlafzimmer« aufzustellen, jenes Schlafzimmers, das jahrelang unser gemeinsames gewesen war. Schließlich bog sie mir bei, das Zimmer, verdammt noch mal, überhaupt nicht mehr zu betreten.

Doch das reichte nicht.

Vor etwa zwei Wochen kam sie zu dem Schluss, dass sie »ihren eigenen Raum« brauche, und verfrachtete all meine Sachen in großen Haufen und Pappkisten ins Wohnzimmer. Offiziell bin ich auf der Suche nach einer neuen Bleibe, aber auf dem Wohnungsmarkt sieht es zurzeit ziemlich schlecht aus. Außerdem will ich, glaube ich, im Moment noch gar nicht wirklich ausziehen.

Das freut sie. Sie bildet sich ein, ich mache mir Hoffnungen, dass wir wieder zusammenkommen. Sie denkt, dass ich immer noch an ihr hänge.

Doch das tue ich nicht – nicht im Geringsten.

Ihr beide wart keine wirklichen Freundinnen, ihr kanntet euch nur vom College und seid euch zufällig just in dem Moment in die Arme gelaufen, als sie für das zur Straße hinausgehende Schlafzimmer der großen viktorianischen Wohnung einen neuen Untermieter suchte.

Ich gebe es nur ungern zu, aber ich habe mich schon in dich verknallt, als sie und ich anfingen, uns in unserer Beziehung zu langweilen. Ich plauderte gerne noch ein bisschen mit dir, wenn sie schon ins Bett gegangen war und du noch in deinem Fitnessoutfit, in Tank-Top und Shorts, am Tisch saßt, um eine Tasse Kräutertee oder irgendetwas anderes zu trinken und die Zeitung zu lesen. Ich fand Vorwände, um mit dir über deine Arbeit, deine Kurse und dein sonstiges Leben zu reden. Ich habe es sogar geschafft, ein paar Fragen über deine Freunde einzuflechten und dich mit diesen Typen aufzuziehen, die du bei jenen drei Gelegenheiten mit nach Hause gebracht und denen du in deinem Bett nie mehr als einen kurzen Gastauftritt gestattet hast. Kurze Gastauftritte allerdings, die meine Fantasie ausgiebig beflügelt haben.

Du hast noch nicht viel Erfahrung mit Männern, ein Umstand, den ich absolut unverständlich finde. Es ist mir unbegreiflich, dass nicht ständig irgendwelche Typen hinter dir her sind und mit dir ausgehen wollen. Du bist zweifellos hübsch und hast einen Körper, von dem ich nie die Augen abwenden konnte, wenn wir zusammensaßen und uns unterhielten, dein hauchdünnes schweißnasses Tank-Top auf deinen kleinen Brüsten klebte und deine Shorts ein bisschen zu eng saßen, als dass sie die Konturen deines Körpers angemessen hätten verhüllen können. Aber du bist schüchtern, vermute ich, und deshalb bist du Single und warst die meiste Zeit deines Erwachsenendaseins solo, wenn man von ein paar vereinzelten sporadischen Beziehungen hier und da absieht. Es fällt mir schwer, es zu glauben, aber bisher hat sich dich noch keiner geschnappt.

Ich wollte dich schnappen, sogar damals schon. Und es waren nicht die Probleme mit ihr, die in mir diesen Drang auslösten. Du warst mir sofort aufgefallen, als sie uns miteinander bekannt gemacht hat, und ich hatte enorme Schwierigkeiten, meine Augen von dir abzuwenden. Hin und wieder bedachte ich dich in der Wohnung mit verstohlenen Blicken und spürte meinen Puls rasen, wenn ich sah, dass du die Badezimmertür einen Spalt weit offen stehen ließt, während du unter der Dusche standst – diese verflixte Tür, die nie richtig schließt. Die Duschtur ist aus klarem Glas, und ich sehnte mich so danach, sie aufzustoßen und dich anzusehen, deinen hinreißenden schlanken Körper auf mich wirken zu lassen.

Aber es ist verdammt hart, wenn man so eine Freundin hat wie sie. Auch ohne die Gegenwart einer heißen Mitbewohnerin war sie krankhaft eifersüchtig. Sie hat mir wegen irgendwelcher Tussis Szenen gemacht, die mir überhaupt nichts bedeutet haben, Mädchen, die mich nicht einmal angemacht hätten, wenn sie scharf auf mich gewesen wären. Sie hat mich ständig damit genervt, ob ich diese Mädchen attraktiv fände, ob ich sie hübscher fände als sie selber, ob ich mit ihnen ficken wolle. Ich habe gebetsmühlenartig geantwortet: »nein, nein, nein«, und bin dazu übergegangen, auf den Boden zu blicken und mich nicht mehr umzusehen, wenn wir zusammen ausgegangen sind. Ich habe es mir zu Eigen gemacht, ihr ständig zu versichern, dass ich keine der Frauen vögeln wolle, die uns auf der Straße begegneten, und auch nicht irgendeine ihrer Freundinnen. Ich versicherte ihr, dass ich von all diesen Frauen keine Einzige auch nur ansatzweise attraktiv fände. Mitunter war das natürlich gelogen, aber letztendlich habe ich die Lügen wohl irgendwann selber geglaubt, vermute ich.

Deinetwegen hat sie nie irgendwelche Fragen gestellt, und ich habe keine Ahnung, was ich geantwortet hätte. Vermutlich ist sie tatsächlich völlig ahnungslos. Sie hält dich für ihre unscheinbare Mitbewohnerin und für völlig unfähig, ihr auf dem Feld der Liebe das Wasser zu reichen. Vielleicht bin ich ihr gegenüber ein bisschen ungnädig, weil ich von dem ganzen Zeug umgeben bin, das sie mir im Wohnzimmer vor die Füße geworfen hat – aber ich glaube wirklich, dass sie in dieser Hinsicht wahrnehmungsgestört ist.

Sie hat nie registriert, wie ich dich angesehen habe oder bewusst nicht angesehen habe, wenn sie dabei war. Sie hat nie mitgekriegt, wie ich den Blick gesenkt und meine Augen von deinen Brüsten abgewendet habe, wenn du etwas eng Anliegendes trugst, und es ist ihr völlig entgangen, wie aufgeregt ich war, wenn du plötzlich unerwartet, nur in ein knappes Handtuch gehüllt, durch das Wohnzimmer geschossen kamst. Und wie ich mich abgemüht habe, möglichst locker zu erscheinen, wenn wir uns alle zusammen unterhalten haben und wie ich immer den großmütigen, zuvorkommenden Freund gespielt habe, ohne jemals erkennen zu lassen, dass ich mich eigentlich eher mit dir unterhalten habe als mit ihr.

Doch jetzt ist das alles aus und vorbei. Die Illusion einer monogamen Beziehung muss nicht mehr aufrechterhalten werden. Da ist nur noch das allmählich schwindende Bedürfnis, die Form zu wahren, das immer schwächer werdende Verlangen, sich richtig zu verhalten. Und bald ist es so weit, dass mich das alles überhaupt nicht mehr interessiert.

Das beunruhigt mich, denn sie schläft direkt neben dir, auf der anderen Seite einer so dünnen Wand, dass ich weiß, dass du uns gehört haben musst. Du musst jedes einzelne Detail gehört haben, und das weiß ich deshalb so genau, weil ich dich bei den wenigen Malen ebenfalls gehört habe, als du dir einen Typen mit nach Hause gebracht hast. Ich habe dir fasziniert zugehört und verzweifelt versucht, nicht hart zu werden, während sie und ich reglos nebeneinander im Bett lagen und sie abfällige Kommentare gemurmelt hat, dass du eine unglaubliche Schlampe seist, ein Miststück, dem die Befriedigung der eigenen Lust wichtiger sei als der ruhige Nachtschlaf seiner Mitbewohner.

Es tut mir Leid, aber so hat sie sich wirklich ausgedrückt. Ich habe nur mit den Achseln gezuckt und die Augen zugemacht, denn wenn ich nach ihr gelangt und sie angefasst und geküsst hätte und hart geworden wäre und sie genommen hätte, während dein anonymer Liebhaber es mit dir trieb, hätte sie mit Sicherheit gemerkt, dass ich einzig und allein vom Belauschen deines Liebesspiels scharf geworden war. Sie hätte gemerkt, dass ich jedem Laut, der deinen Lippen entwich, gebannt lauschte und jedem Quietschen der Bettfedern und jedem Rumsen, wenn das Kopfteil deines Bettes gegen die Wand krachte. Ich hörte die wilde Stoßerei, hörte dich lauter stöhnen, als sie je gestöhnt hat, hörte dich schon fast dem Schluchzen nahe keuchen: »ich komme«, so laut, dass sie und ich es glasklar hören konnten. Und schließlich hörte ich deine immer schrilleren, drängenden Schreie und so intensive Orgasmen, dass mich das bloße Zuhören beinahe schmerzte, während sie das Ganze mit einem abfälligen »igitt« begleitete und den Kopf schüttelte.

Ich hörte sie kaum, so gebannt lauschte ich dir und malte mir dich unter oder auf deinem Liebhaber aus und wie du es voller Leidenschaft mit ihm triebst. Ich malte mir aus, in welcher Stellung sich dein nackter Körper ihm entgegendrängte, sah im Geiste deinen Gesichtsausdruck, als du kamst, sah, wie die Wogen deines Orgasmus sich auftürmten und auf dem Gipfel der Erregung deinen Körper durchzuckten, während er dich rhythmisch stieß.

Und ich fragte mich, ob ich es dir auch so besorgen konnte.

»Ich schlafe jetzt«, teilte ich ihr schließlich mit, rollte mich auf den Bauch und verbarg meinen anschwellenden Schwanz.

Der Grundriss dieses alten viktorianischen Hauses ist in gewisser Hinsicht ein wenig eigenartig. Das nach vorne hinausgehende Schlafzimmer geht vom Wohnzimmer ab und liegt genau gegenüber dem einzigen Badezimmer. Du stehst immer früh auf, um es für dich zu haben. Ich stelle mich dann immer schlafend.

Du schläfst nackt; das weiß ich. Selbst während der kalten Jahreszeit, und wahrscheinlich ist das der Grund, weshalb du offenbar immer die Heizung anlässt. Ich weiß es nicht mit absoluter Gewissheit, aber ich habe einmal einen Blick auf dich erhascht, und zwar kurz nach deinem Einzug, als die Tür zu deinem Schlafzimmer, vom Winter verzogen, mitten in einer Dezembernacht von alleine aufgegangen ist. Du lagst ausgestreckt auf deinem Bett, die Heizung war voll aufgedreht, und die Hitze strömte so intensiv aus deinem Zimmer ins Wohnzimmer, dass ich sie regelrecht spüren konnte. Und da, in der trockenen Hitze im Halbdunkel, lagst du splitternackt auf deiner Matratze und glänztest vor Schweiß. Das Laken hatte sich direkt unterhalb deiner Hüften um dich gewickelt und verhüllte nur ganz dürftig die Spalte deines schlanken Pos vor meinem Blick. Die Kurven deiner Hüften faszinierten mich, und meine Augen nahmen dich von oben bis unten ins Visier. Du lagst auf dem Bauch, weshalb ich deine Brüste nicht sehen konnte – nur die violinenartige Krümmung deines Rückens und deiner Schultern, deine locker über dem Kopf ausgestreckten Arme und die etwas kuriose Stellung deines Hinterns, der sich unter dem schweißnassen Laken, das an dir klebte und unter dem sich deine Figur abzeichnete, leicht wölbte und ein wenig hervorlugte.

Deine Beine waren leicht gespreizt.

Mein Atem ging schneller und heftiger, als ich mir einbildete, dass diese einladende Position mir galt, und ich spürte meinen Schwanz hart werden. Ich wollte in dein Schlafzimmer huschen, diese widerspenstige Tür schließen und vorsichtig das Laken von deinem Körper ziehen. Es schmerzte fast, an deine Möse zu denken, die sich da unter der einladenden Kurve deines Hinterns entblößt zwischen deinen Beinen präsentierte. Und es schmerzte tatsächlich, mir auszumalen, wie ich mir mit meinem Gesicht unter dir einen Weg bahne, deine Möse mit meinem Mund umschließe und dich vernasche, dich zum Stöhnen und zum Kommen bringe, bis du mich schließlich nur noch anflehen würdest, dich zu ficken und deinen Hintern anheben und mir bedeuten würdest, in dich einzudringen.

Es schmerzte so sehr, dass meine Hände zitterten, als ich die Tür so leise wie möglich zuzog und mich wieder hinlegte.

Die Tür quietschte beim Zuziehen, und ich sah dich zusammenzucken und dich umdrehen. Du setztest dich aufrecht hin, und dein dunkles Haar wogte, als du den Kopf umdrehtest.

»Was ist los?«, hörte ich dich fragen.

»Die Tür ist aufgegangen«, rief ich zurück.

»Oh«, erwidertest du verschlafen. »Ich muss sie endlich mal in Ordnung bringen.«

Ich wusste nicht, ob ich dafür beten sollte, dass du dies tatsächlich tatst oder dafür, dass du sie so ließest, wie sie war. Mein hart werdender Schwanz war für die eine Lösung. Meine Freundin eher für die andere.

Wenn du morgens aufstehst, gehst du als Erstes verschlafen ins Badezimmer, wobei du dich länger im Wohnzimmer aufhältst, als du es tun würdest, wenn ich mich nicht schlafend stellen würde. Durch die engen Schlitze meiner fast geschlossenen Augen sehe ich deinen Hintern, wenn du die Arme über den Kopf streckst und sich der untere Teil deines T-Shirts ein wenig hebt und den Blick auf deinen weißen Slip freigibt, der deinen wohl geformten Po umschmiegt. Inzwischen ist es so weit gekommen, dass ich diesen Moment jeden Morgen herbeisehne und länger auf meiner Couch liegen bleibe, als ich es sonst tun würde, da ich bei dem Verkehrslärm nicht besonders gut schlafen kann. Ich liege da, sehe zu, wie du dich streckst, betrachte deinen Körper und sehne mich nach dem Moment, wenn du dich umdrehst. Deine Nippel zeichnen sich unter den abgetragenen T-Shirts, die du manchmal anziehst, deutlich ab; ich wünschte dann immer, ich könnte die Augen öffnen, um sie noch deutlicher zu sehen. Stattdessen bewundere ich sie durch den verschwommenen Schleier meiner Wimpern und täusche das langsame, regelmäßige Atmen eines Schlafenden vor.

Normalerweise streckst du dich kurz, gehst ins Bad und stellst dich direkt unter die Dusche. Der nächste Blick ist mir dann erst zehn Minuten später vergönnt, wenn du, in ein feuchtes, direkt über deinen Nippeln umgeschlagenes Handtuch gehüllt, aus dem Bad kommst und mit scherenartigen Schritten das Wohnzimmer durchschreitest, ohne dir dessen bewusst zu sein, dass ich deine Beine betrachte, sie begierig mit den Augen verzehre und mich frage, wie sie sich wohl anfühlen würden, wenn sie um mein Gesicht, meine Schenkel, meine Hüften geschlungen wären.

Doch manchmal läuft das morgendliche Ritual auch anders.

Es ist nicht nur einmal passiert, und das beunruhigt mich. Zweimal ist es passiert, als du in deinem T-Shirt und deinem Slip dastandst und dachtest, ich würde schlafen. Zwei Mal, als du in ein Handtuch gehüllt warst und das Wasser von deinem dunklen Haar auf den Hartholzfußboden tropfte.

Und einmal, als du mich mit offenen Augen ertappt hast und dir ohne jeden Zweifel bewusst warst, dass ich dich beobachtete.

Du standst da und sahst mich an. Du hast mich betrachtet, wie ich vermeintlich schlief, meine sich im vorgetäuschten Schlaf hebende und senkende Brust gemustert. Deine Augen strichen von oben bis unten über meinen Körper, verharrten liebevoll auf meinem Gesicht.

Und jenes eine Mal, als du realisiertest, dass meine Augen offen waren, sahst du mir ins Gesicht und hieltst meinem Blick stand.

Und du lächeltest.

Ich habe dich nie auf diesen Vorfall angesprochen. Ob du wusstest, wie sehr ich dich begehrte? Ich kann mir absolut nicht vorstellen, dass es dir entgangen sein könnte. Du bist das Herrlichste, was die Welt zu bieten hat. Ich kann mir nicht vorstellen, dass es irgendeinen Mann gibt, der dich sieht und dich *nicht* begehrt.

Aber wir haben nie darüber gesprochen. Der Vorfall liegt jetzt eine Woche zurück, und seitdem bin ich, was meine Zurückhaltung angeht, nachlässig geworden, bedenke dich mit sehnsüchtigen Blicken, wenn wir uns unterhalten, nachdem sie ins Bett gegangen ist, bevor sie aufgestanden ist oder wenn sie mit ihren Freundinnen zum Tanzen ausgegangen ist, um »ihre Fühler auszustrecken«, wie sie es ausdrückt. Nachlässig geworden, drücke ich mich vor deiner Tür herum und versuche das verzogene Ding dazu zu bringen, von alleine aufzugehen und mir den Blick auf deinen Körper zu offenbaren, wie du ausgestreckt und nackt auf deinem Bett liegst, diesmal auf dem Rücken und mit gespreizten Beinen, offenen Augen, leicht geöffneten Lippen, über dem Kopf ausgestreckten Armen, nach hinten gebogenem Rücken, aufgerichteten Brüsten, und mich heranwinkst. Nachlässig geworden, kriege ich einen Ständer, wenn ich dich duschen höre und mir vorstelle, wie das heiße Wasser deinen nackten Körper liebkost, so wie ich ihn am liebsten auch liebkosen würde.

Sie kriegt das alles nicht mit. Jedenfalls bin ich ziemlich sicher, dass ihr Verhalten nicht auf Gleichgültigkeit beruht, denn ihre finsteren Kommentare verraten mir, dass sie immer noch ausflippen würde, wenn sie mitbekäme, dass ich eine andere Frau attraktiv fände. Trotzdem schafft sie es, meine offensichtlichen Gefühle für dich völlig zu ignorieren, vermutlich, weil sie mich sowieso nie ansieht und es irgendwie einrichtet, sich meistens spürbar abwesend zu machen, wenn ich zu Hause bin. Sie spricht mich so gut wie nie an, doch wenn wir beide zu Hause sind, scheint sie sich mit aller Entschlossenheit verpflichtet zu fühlen, in Unterwäsche um mich herumzuscharwenzeln – und manchmal sogar oben ohne; das heißt, sie legt diese lockere Unbeschwertheit gegenüber Nacktheit an den Tag, die eine langjährige Beziehung mit sich bringt und die mir inzwischen so völlig deplatziert erscheint. Sie versucht immer wieder klarzustellen, dass es ihr egal ist, ob ich hingucke, doch wie es scheint, ist es ihr ganz und gar nicht egal – sie legt es vielmehr darauf an, dass ich hingucke, weil sie mich auf diese Weise leiden lassen will. Sobald ich die Augen abwende, wenn sie spärlich bekleidet vor mir steht und mit mir redet, ist sie regelrecht beleidigt. Doch meistens redet sie gar nicht mit mir, und dann reduziert sich unsere Interaktion auf ein einsilbiges Gegrunze.

Mit dir spricht sie nach wie vor. Sie redet mit dir, als wärst du ihre Schwester, und ihr beide wart während der ganzen Zeit, seitdem sie und ich miteinander Schluss gemacht haben, immer nett zueinander. Sie lädt dich ein mitzukommen, wenn sie mit ihren Freundinnen tanzen geht; vermutlich denkt sie, dass du es auch nötig hast, mal deine Fühler auszustrecken. Bisher hast du ihre Einladungen immer ausgeschlagen. Ich habe auch schon zufällig mitgehört, wie sie dir von den Typen erzählt hat, die sie neuerdings kennen lernt, flüchtige Bekanntschaften, mit denen sie schnell im Bett landet und Sex hat, der mich, wie ich einmal mit anhören musste, aussehen lässt »wie einen siebzigjährigen Greis, der seine Viagra verloren hat«.

Seltsamerweise verletzte es mich überhaupt nicht, dass sie so schäbig über mich herzog. Es machte mich auch nicht eifersüchtig, dass sie so schnell schon wieder mit irgendwelchen Typen herumvögelte, die sie beim Fühlerausstrecken in Bars und Klubs aufgabelte, während sie ihre neue Freiheit von mir feierte. Es war mir scheißegal, dass sie dir gegenüber herumlästerte, was für ein miserabler Liebhaber ich sei, und abfällige Bemerkungen über die Maße meiner Ausstattung machte. Es ließ mich alles völlig kalt.

Was mich keineswegs kalt ließ, war, dass du, als du mich das nächste Mal sahst, rot anliefst und an mir herabsahst, beinahe unfähig, mit mir zu reden. Und was mich auch nicht kalt ließ, war die Vorstellung, dass du den Unsinn womöglich geglaubt haben könntest. Und zwar bestimmt nicht, weil es mich schert, was andere Leute über mich denken.

Aber es könnte dich dazu bringen, es nicht mit mir treiben zu wollen. Nicht dass ich es etwa tatsächlich mit dir treiben *würde* – natürlich nicht, das käme überhaupt nicht in Frage. Es wäre ganz und gar niederträchtig und rücksichtslos gegenüber ihren Gefühlen. Mit irgendwelchen Fremden zu schlafen, die man in zufällig einer Bar aufgegabelt hat, ist eine Sache, aber es mit ihrer Mitbewohnerin zu treiben? Undenkbar!

Aber das ist auch gar nicht der Punkt, denn ich will gar nicht, dass du es wirklich mit mir treibst oder es auch nur in Erwägung ziehst.

Ich will nur, dass *du* es willst.

Und ich beschäftige mich viel Zeit mit der Frage, *ob* du es willst.

Ich schäme mich zutiefst, dass ich es getan habe, denn es scheint so indiskret. Bisher hätte ich mich nie zu so etwas hinreißen lassen, aber ich war allein, fühlte mich verletzt und wurde von der Frage umgetrieben, wo du warst. Flirtetest du mit irgendeinem Typen herum? Würdest du ihn womöglich mit nach Hause bringen und es vor meinen Ohren mit ihm treiben?

Ich ging in dein Zimmer. Dort konnte ich dich riechen, diesen einzigartigen Geruch, den jeder Mensch verströmt wie ein ureigenes Erkennungsmerkmal. Er berauschte mich. Oder vielleicht suchte ich auch nur eine Entschuldigung.

Ich beugte mich über dein Bett, sog deinen Duft ein und fuhr mit meinen Fingerspitzen über die Stelle, an der dein nackter Körper gelegen und wo er seinen Abdruck hinterlassen hatte. Ich streichelte das Laken und die Decke in dem Bewusstsein, dass sie deinen Körper umschmeichelt hatten.

Dein Vibrator steckte unter dem Laken; ein langer magischer Stab mit knolligem Kopf, tief in deinem Bett versteckt. Ich zog ihn hervor, betrachtete ihn und holte tief Luft. Ich stellte mir dich ausgestreckt auf dem Bett vor, wie du den Kopf des Vibrators zwischen deinen gespreizten Beinen an deine Klitoris drückst, deine Hüften im Schnellgang kreisen lässt, dein nackter Körper sich windet und wie sich dein Gesicht vor Konzentration und Verzückung verzieht, während du dich deinem Orgasmus näherst.

Ich hielt ihn mir vors Gesicht und schnupperte an ihm.

Er roch nach dir. Nach dir, wie ich dich noch nie zuvor gerochen hatte.

Er roch nach deiner Möse.

Mit zitternden Händen schob ich den Vibrator zurück unter das Laken, unfähig, mir die Zeit zu nehmen, mich zu vergewissern, ob ich ihn wieder genau so hingelegt hatte wie du. Ich war nicht einmal sicher, ob ich es überhaupt wusste.

Ich verließ schnell dein Zimmer und versuchte diesen Geruch zu vergessen. Doch es war unmöglich, er setzte sich in meinem Hirn fest, haftete in meiner Nase und betörte mich. Erst recht, wenn ich auf meiner Couch lag und dich durch die Schlitze meiner fast geschlossenen Augen durchs Wohnzimmer streichen sah.

Es ist Samstagabend. Sie ist wieder aus, mit ihren Freundinnen. Du bist in deinem Zimmer, hast die Tür geschlossen und telefonierst. Ich bin im Wohnzimmer und habe es mir auf meiner Couch gemütlich gemacht, der Couch, die mein Zuhause geworden ist. Ich sehe Fernsehen und lausche deiner Stimme, die neben dem Fernsehton irgendwie fern und melodisch klingt.

Schließlich kommst du aus deinem Zimmer. Du trägst ein kurzes T-Shirt und enge schwarze Shorts. Ich versuche, dich nicht anzusehen. Du durchquerst das Wohnzimmer und bringst ein gekichertes »'tschuldigung« hervor, als du auf Zehenspitzen vor dem Fernseher hertänzelst und mir den Blick nimmst. Ich lächle und nicke. An der Tür zum Badezimmer verharrst du einen Moment und siehst zu mir zurück. Ich lächle etwas deutlicher. Du erwiderst mein Lächeln. Einen Augenblick lang bilde ich mir ein, dich erröten zu sehen.

Mein Schwanz regt sich. Ich starre die geschlossene Badezimmertür an und stelle mir vor, wie du dich da drinnen über das Waschbecken beugst und dir das Gesicht wäschst. Ich frage mich, ob du unter deinen Shorts etwas anhast. Nach dem kurzen Blick zu urteilen, den ich erhascht habe, sah es nicht danach aus. Ich erinnere mich an den Geruch, der an deinem Vibrator haftete, und mein Schwanz macht sich noch deutlicher bemerkbar.

Dann kommst du aus dem Badezimmer. Unter deinem engen T-Shirt zeichnen sich die Nippel deiner kleinen Brüste deutlich ab. Du trägst keinen BH. Meine Augen streifen schnell über die Konturen deines Oberkörpers und über deinen glatten Bauch, der unter dem Saum deines kurzen T-Shirts hervorlugt. Unter deinen knallengen Shorts zeichnen sich die Konturen deines Schritts ab. Du bist barfuß, und selbst deine Füße machen mich an.

Du kommst zur Couch und setzt dich neben mich.

»Was läuft denn?«, fragst du.

»Nichts Besonderes«, erwidere ich und zappe durch die Programme.

»Hängst du nur ein bisschen herum?«

»Genau«, bestätige ich.

»Die ist ja süß«, stellst du fest.

»Hä? Wer?«

»Diese Schauspielerin. Wie heißt sie noch mal?«

Ich wende mich zu dir um und sehe dich an. Mein Gott, du siehst wirklich hinreißend aus. Du streichst dir deine dunklen Haare aus den Augen und lächelst. Dann leckst du dir die Lippen, diese schmalen Lippen, die ich mir schon so oft zu küssen gewünscht habe.

»Keine Ahnung«, erwidere ich.

Wir starren beide auf den Bildschirm und hängen nun gemeinsam vor der Glotze herum. Du sitzt so nah bei mir, dass ich dich riechen kann, diesen Duft, der mir bei meinem heimlichen Besuch in deinem Zimmer so köstlich in die Nase gestiegen ist, und es macht mich schier verrückt zu wissen, dass irgendwo da unten an dir dieser Geruch verborgen ist, den ich auf deinem Vibrator kennen gelernt habe. Ich hole tief Luft. Du starrst stur auf den Bildschirm. Ich versuche es dir gleichzutun, doch es will mir einfach nicht gelingen. Ich streife dich immer wieder mit Blicken und betrachte im Schein des flimmernden Fernsehers dein Gesicht.

»Ihr beiden habt euch hin und wieder Pornos angesehen«, sagst du plötzlich wie aus heiterem Himmel.

Mir fallen beinahe die Ohren ab. Meine Brust verengt sich.

»Äh«, stammle ich, »ja, gelegentlich.«

»Den einen, den ihr ausgeliehen habt, habe ich mir auch angesehen.«

»Welchen?«

»Verbotene irgendwas.«

Ich hole erneut tief Luft und zwinge mich mit aller Gewalt, dich nicht anzusehen. Diesmal gelingt es mir. Ich merke, wie mein Gesicht heiß wird. Kochend heiß.

»Und? Hat er dir gefallen?«

»Ja«, erwiderst du. »Und wie!«

Eine stechende Nervosität durchzuckt meinen Magen. »Hast du ihn dir alleine angesehen?«

»Schon möglich«, sagst du.

»Du hast ihn dir zusammen mit einem Typen angesehen, habe ich Recht?«

»Weißt du, was mir am besten gefallen hat? Die Szene, in der sie es mit ihrem Mitbewohner getrieben hat. Das war richtig scharf.«

Du wendest dich zu mir um, auf deinem Gesicht ist der Hauch eines Lächelns zu erahnen. Mein Schwanz ist inzwischen knallhart, und mein Atem geht schnell, als ich deinen Blick erwidere.

»An die Szene erinnere ich mich gar nicht«, stelle ich klar.

»Hm«, murmelst du. »Vielleicht kann ich dir zeigen, wie sie es gemacht haben.«

Und das ist es. Für einen Moment hängen deine Worte in der Luft. Meine Wangen glühen regelrecht, während du auf den Bildschirm starrst.

»Also, wie sieht's aus?«, fragst du.

»Äh«, bringe ich hervor, »wie sieht was aus?«

»Du weißt schon.«

Ich denke kurz nach.

»Es würde sie vollkommen fertig machen«, stelle ich schließlich fest.

Du lachst. »Hm, da hast du wohl Recht.«

»Aber trotzdem«, fahre ich wie ein Idiot fort, »es klingt verlockend.«

Ich kann es kaum glauben, dass wir tatsächlich darüber diskutieren. Du wirfst dich mir regelrecht an den Hals, und ich diskutiere herum, anstatt sofort zur Tat zu schreiten. Ich sehe dich erschrocken an. Meine ganze Lust auf dich hat sich in Luft aufgelöst, so pocht mir das Herz und so machen mir die Schuldgefühle zu schaffen, die mich durchströmen.

Du lächelst.

»Scheiß drauf!«, sage ich schließlich und mache mich über dich her.

Dein Mund schmeckt nach Wodka, und ich komme mir blöd vor, dass ich nicht registriert habe, dass du ein bisschen betrunken bist. Doch dann verfliegt auch dies Gefühl, und ich spüre nur noch deine Zunge in meinem Mund und den Druck deines Körpers, der sich mir entgegendrängt, als ich dich auf die Couch hinabdrücke. Wir küssen uns leidenschaftlich, und ich umarme dich, während du vor wonnigem Erstaunen aufstöhnst. Du fühlst meinen Ständer an deinem Oberschenkel und reibst dich an ihm, lässt deine Hände zu meinem Kreuz hinabgleiten und ziehst mich noch fester an dich heran.

»Macht es dir gar nichts aus, dass sie stinksauer sein wird?«, flüsterst du, als ich dazu übergehe, deinen Hals mit Küssen zu bedecken.

»Nein«, lüge ich und fahre mit meinen Fingerspitzen über deinen Bauch.

Dein gegen mich drängender Körper fühlt sich unglaublich an; dein Geruch steigt mir in die Nase. Wir küssen uns lange und winden und aalen uns auf der Couch. Der Fernseher dudelt unbeachtet weiter vor sich hin, bis ich spüre, dass deine Hand hinten in meine Hose fährt.

Ich taste nach der Fernbedienung, finde sie und schalte den Fernseher aus. Du beginnst, mir meine Hose herunterzustreifen.

Mein steifer Schwanz schnellt wippend hervor. Du legst mich auf den Rücken, lässt dich auf mir herabgleiten und senkst deinen Kopf auf meinen Schwanz, als ob du ihn schon immer gewollt hättest. Deine Lippen umschließen seine Spitze, und du saugst ihn tief in deinen Mund, wobei deine Zunge schlängelnd über seine Unterseite fährt. Ich stöhne und sehe auf dein hübsches Gesicht hinab, während du mich lutschst. Deine Hände wandern meinen Körper hinauf und liebkosen meine Brust, während du mich vollkommen in deinem Mund aufnimmst.

Als du hochkommst, um Luft zu holen, siehst du mich mit glänzenden Lippen und schnell atmend an.

»Lass uns in mein Schlafzimmer gehen!«, sagst du.

Ich muss mir meine Hose hochziehen, um überhaupt gehen zu können. Du nimmst mich bei der Hand und führst mich in dein Zimmer, als ob ich freiwillig nicht mitkommen würde.

Wir schließen hinter uns die Tür, und ich drücke sie fest zu, damit sie bloß nicht wieder von alleine aufgeht. Dann stehen wir verlegen da und sehen einander an.

Im nächsten Moment kreuzt du die Arme, umfasst den unteren Rand deines T-Shirts, ziehst es dir mit einer geschmeidigen Bewegung über den Kopf und lässt es in die Zimmerecke segeln. Ich stehe einfach nur da und starre fasziniert deine Brüste an.

Dann fasse ich nach meiner eigenen Kleidung und entledige mich schnell meiner Hose und meines T-Shirts. Du pellst dich aus deinen engen Shorts, und wir betrachten einander nackt. Deine Augen nehmen meinen Körper von oben bis unten ins Visier. Mein Schwanz steht steil aufgerichtet und zeigt auf dich.

Als wir gegenseitig unsere nackten Körper berühren, scheint mir zum ersten Mal mit aller Klarheit bewusst zu werden, dass es wirklich passieren wird, und diese Erkenntnis jagt einen heftigen Impuls durch meinen Körper. Ich trage dich auf dein Bett, lege dich mit dem Rücken auf deine Decke und sauge deinen Geruch ein, während ich deine Brüste küsse und mit meiner Zunge hinunterfahre zu deinem Bauch. Du spreizt deine Beine weit, und deine glatten Schenkel kommen mir sehr vertraut vor, so oft habe ich sie schon betrachtet. Ich lecke mich weiter zu deiner Möse vor und koste von dir; du schmeckst intensiv und köstlich. Du stöhnst auf, als meine Zunge deine Schamlippen umspielt, sich zwischen ihnen hindurchzwängt zum Eingang deiner Liebesspalte und dann hinaufwandert zu deiner Klitoris. Als ich sie mit Nachdruck lecke, reagierst du heftiger als mit einem Stöhnen. Du hebst deine Hüften, drängst dich mir entgegen, reibst deine Möse an meinem Gesicht und umfasst bebend meinen Kopf. Ich lecke dich gierig weiter, und jede Kostprobe steigert meinen Appetit. Meine Hände wandern hinauf zu deinen Brüsten, und ich streichele mit den Handflächen deine harten Nippel. Du bäumst dich auf und drängst dich mir mit aller Kraft entgegen. Ich lege noch einen Gang zu, dein krauses kurzes Schamhaar kitzelt meine Nase. Ich drücke meine Zunge noch fester in dich hinein und lecke dich noch tiefer, woraufhin deinen geöffneten Lippen ein noch lauteres Stöhnen entweicht.

»Fick mich«, forderst du mich auf.

Ich fahre mit meiner Zunge wieder hinauf zu deinem

Mund, küsse dich und spüre deine eigene gierige Zunge von dir selber kosten. Du drückst deinen Rücken durch, drängst dich mir entgegen und bedeutest meinem Schwanz, dich zu beglücken. Du führst ihn mit der Hand an deine Möse und schiebst ihn sanft zwischen deine Schamlippen. Ich dringe in dich ein und spüre, wie sich dein Körper anspannt, als deine enge Höhle meinen Schwanz aufnimmt und fest umschließt. Ich registriere, wie nass du bist, wie laut du stöhnst und wie tief sich deine Finger in meinen Pobacken vergraben. Du ziehst mich fest an dich und flüsterst mir ins Ohr: »Du fühlst dich gut an«, während die harten Spitzen deiner Nippel gegen meine Brust drücken.

Ich beginne dich zu ficken, erst ganz langsam, dann im gleichen Rhythmus, in dem du mir deinen Unterleib entgegenstößt. Obwohl sie für mich Neuland ist, fühlt sich deine Möse merkwürdig vertraut an und irgendwie beinahe unangenehm eng. Es fühlt sich an, als ob du all deine Muskeln anspannst und darauf aus wärst, mich noch enger zu umschließen und meinen Schwanz mit maximalem Druck zu melken. Ich erhöhe das Tempo, und deine Hüftstöße werden ebenfalls schneller und bewegen sich im Gleichklang mit mir, während ich dir ins Ohr keuche. Zunächst sind deine Stöße gleichmäßig und verraten mir, dass du einfach nur vögeln, aber noch nicht kommen willst. Ich achte auch gar nicht so sehr darauf, weil es sich einfach so verdammt gut anfühlt, in dir hin- und herzugleiten. Doch dann wird dein Wimmern leiser, die Stöße deiner Hüften nachdrücklicher, du presst dich noch enger an mich, und dein flüsternd gestöhntes »Fick mich! Fick mich!« klingt zunehmend drängender. Du bist kurz davor. Ich spüre deinen Venushügel, lasse meine Hüften in langsamen Mahlbewegungen kreisen und drücke sie gegen die Seiten deiner Möse. Daraufhin entweicht deinem geöffneten Mund ein langes, tiefes Stöhnen, dein Atem haucht mir warm und feucht ans Ohr, und du reibst deinen Oberkörper an mir. Deine Brüste sind hinreißend, und ich beuge mich herab und sauge an ihnen, während ich dich ficke. In diesem Moment keuchst du, verkrallst dich in meinem Haar und flehst mich an weiterzumachen.

Du bist jetzt kurz davor zu kommen, sehr kurz davor. Ich hatte ja keine Ahnung, dass deine Nippel so empfindlich sind; zu fühlen, wie du dich unter mir windest, während ich sie lecke, lässt in mir eine Flut von Erinnerungen aufsteigen – Erinnerungen an dich, in engen T-Shirts, dünnen Unterhemden und ohne BH auf dem Weg zum Badezimmer. Und dann wird mir schlagartig bewusst, dass ich in dir bin, dass ich genau die Möse ficke, die ich so angehimmelt habe, zwischen den Schenkeln hin- und hergleite, von denen ich mir so lange gewünscht habe, dass sie sich für mich spreizen. Und ich realisiere, dass meine Hände genau die festen Pobacken umfassen, die sich mir so oft in engen Shorts entgegengestreckt haben und die ich durch die Schlitze meiner fast geschlossenen Augen im Slip bewundert habe. Ich packe deinen Hintern fester und stoße noch heftiger zu. Einer deiner Nippel steckt in meinem Mund, und ich sauge, was das Zeug hält, als du aufhörst, mich flehend zu bitten weiterzumachen, sondern dazu übergehst, mich schreiend zu drängen.

Und dann passiert es. Wie von selbst, wie im Kino. Mein Schwanz pocht, und im gleichen Moment spüre ich, wie sich die Muskeln deiner Möse zusammenziehen, und dann folgt dieser eingefrorene Moment der Stille, bevor du aufschreist und ich in dir explodiere und wir gleichzeitig kommen und unsere Orgasmen miteinander verschmelzen.

Als wir erschöpft und keuchend erlahmen, löst sich alle Erregung und Anspannung schlagartig auf, und ich streichele dir durchs Haar und atme deinen Geruch ein.

»Sie wird wirklich stinksauer sein«, sagst du.

»Scheiß drauf!«, entgegne ich und mache mich erneut daran, deine Brüste zu küssen.

Es ist nach Mitternacht, als ich die Tür deines Zimmers öffne, nackt, von den langen Stunden des Fickens noch ganz trunken, und mein Schwanz getränkt mit den Säften deiner Möse.

Sie ist da. Sie hockt im Wohnzimmer auf der Couch und starrt mich mit wutverzerrtem Gesicht an. Sie trägt ihr knappes schwarzes Kleid, ihre hochhackigen Schuhe und hat die Arme vor der Brust verschränkt.

Sie sagt kein Wort, starrt mich nur an.

Ich starre lange wortlos zurück, dann seufze ich betrübt und schüttele den Kopf.

Sie sieht weg.

Ich glaube, es ist wieder die Zeit für einen Couchgast gekommen, denke ich. *Aber diesmal nicht für mich.*

Ich schließe die Tür und komme zurück ins Bett.

Geburtstagskönigin

Du hattest uns vier eingeladen, dich an deinem Geburtstag in eines der teuersten Restaurants der Stadt auszuführen. Es war wirklich ein kluger Schachzug von dir, selber den Rahmen zu bestimmen, deine eigene Party auszurichten und für nichts bezahlen zu müssen. Einige Leute hätten es vielleicht für etwas dreist gehalten, aber ich hatte wirklich keine Einwände, zumal ich schon immer einmal das Innere dieser kuppelartigen Trattoria kennen lernen wollte. Doch je weiter der Abend fortschritt, desto mehr schwand meine Begeisterung für deine Idee.

Wir beide kennen uns schon lange, seit der High School. Vielleicht ist das der Grund, weshalb ich schon immer ein bisschen nachsichtig mit dir gewesen bin. Ich kenne deine Vergangenheit, weiß alles über dich. Ich kenne deine Geheimnisse und deine besten und deine schlechtesten Seiten. Normalerweise gleichen sich diese Seiten aus. Doch heute Abend erscheint es mir, als hättest du dich definitiv dazu entschieden, die Geburtstagskönigin zu spielen und hättest uns nur die Rolle deiner ergebensten Diener zugedacht. Du hast den teuersten Champagner der Karte bestellt und ein Glas nach dem anderen heruntergekippt, während wir anderen dir dabei in einer Art sprachloser Ehrfurcht zusahen. Nun gut, dies ist Teil deines Charmes. Du nimmst nie ein Blatt vor den Mund, was vielleicht mit deinem Beruf zu tun. Als Anwältin brauchst du ein ausgeprägtes Selbstbewusstsein, aber betrunken ... erreichten deine Anmaßungen albtraumhafte Qualitäten. Mit deinen hochgesteckten Locken und deinen glänzenden blauen Augen sahst du aus wie einer der Engel auf dem Gemälde hinter dir an der Wand. Doch deine Zunge war einzig und allein vom Teufel beeinflusst, denn du riebst jedem von uns ohne Unterlass unsere jeweiligen Schwächen unter die Nase.

Die anderen drei tranken auch, wenn auch nicht so schnell wie du, und ließen deine Lästerei dementsprechend mit etwas abgestumpfter Empfindsamkeit über sich ergehen. Ich als Fahrer hingegen hatte deine Schimpfkanonade stocknüchtern zu ertragen. Der Abend war lang und unerfreulich. Als er endlich vorbei war, fuhr ich meine Freunde nach Hause und nahm dich, gut verschnürt und bewusstlos, mit zu mir.

Am nächsten Morgen fandst du dich in meinem Bett wieder. Gefesselt an meine Bettpfosten. Deine verschlafenen Augen müssen entsetzt gewesen sein, als du sie um halb elf aufschlugst. Du lagst auf dem Bauch auf meinem Satinlaken und warst völlig nackt. Als ich das Zimmer betrat, hast du auf dem Kissen vorsichtig den Kopf umgewendet.

»Was ...?«, brachtest du hervor, spanntest die Armmuskeln an und versuchtest sie von den Fesseln zu befreien. Doch das würde dir nicht gelingen. Was Knoten angeht, bin ich ziemlich geschickt.

»Dein Geburtstag ist vorbei, Baby«, säuselte ich mit zuckersüßer Stimme, »aber ich bin gestern gar nicht dazu gekommen, dir eine ordentliche Geburtstagstracht Prügel zu verpassen. Und eins kann ich dir sagen, ich hätte es wirklich gerne getan. Sehr gerne sogar ...« Ich grinste dich an, um dir zu erkennen zu geben, dass ich die Situation, obwohl ich es durchaus ernst meinte, mit großem Humor sah. »Ich hätte dich am liebsten direkt im City Restaurant übers Knie gelegt, dir deinen süßen Rock bis über die Hüften hochgeschoben und dir deinen hinreißenden Hintern versohlt. Und wenn du noch lange so weitergeredet hättest, hätte nicht mehr viel gefehlt, und ich hätte es definitiv getan.«

Du schlosst die Augen und öffnetest sie wieder. Offenbar wolltest du herausfinden, ob du träumtest oder einer alkoholbedingten Halluzination erlegen warst. Als dir klar war, dass du definitiv nicht träumtest, flüstertest du: »Das meinst du nicht im Ernst, oder?«

Ich zeigte dir das Paddel in meiner Hand und hielt es dir ganz nah vors Gesicht, damit du es dir genau ansehen konntest. Heute muss ich zugeben, dass ich nur auf die passende Gelegenheit gewartet und das Paddel extra dafür aufbewahrt hatte. Jetzt war die passende Gelegenheit gekommen. »Du hast dich gestern Abend benommen wie ein verzogenes Blag, und wir mussten auch noch die Rechnung bezahlen. Aber jetzt bist du an der Reihe zu zahlen, und zwar mit deiner Haut.«

Du schlucktest schwer und versuchtest einen süßen, liebenswerten Gesichtsausdruck aufzusetzen. Dann setztest du zum Sprechen an und sagtest hoffnungsvoll: »Also ehrlich, du machst wohl Witze. Du musst …«

Du kannst mir nichts vormachen. Wir hatten es früher bereits kräftig miteinander getrieben. In Mexiko. Und an jenem Morgen am Strand von Santa Monica. Wir beide passen zueinander. Ich schob meine Hand in die Spalte zwischen deinen Beinen und stellte fest, dass du nass warst. Triefend nass, mein kleines Püppchen. Damit wusste ich, was ich wissen musste.

»Bist du bereit?«, fragte ich und eröffnete dir eine Rückzugsmöglichkeit. Wenn du geschrien oder verlangt hättest, dich sofort loszubinden, hätte ich es getan. Doch du protestiertest nicht. Ein süßer, angedeuteter Hauch von Schamesröte huschte über dein Gesicht, und du hast dein Kinn gesenkt und genickt.

»Dann sag es.«

»Ich bin bereit«, flüstertest du.

Daraufhin verpasste ich dir den ersten Schlag. Ich traf beide Pobacken, und auf deiner blassen Haut zeichnete sich ein roter Abdruck ab. Du warst von Kopf bis Fuß sonnengebräunt, aber an der Stelle saß sonst dein Badeanzug. Dir stockte der Atem, und deine Augen blitzten wild auf, weil du mit aller Kraft versuchtest, dich zu beherrschen. Du wusstest, dass du dich mit deiner lockeren Zunge bereits genug in die Bredouille gebracht hattest. Wenn du jetzt irgendwelche Taktlosigkeiten von dir geben würdest, würde ich dich möglicherweise etwas härter anpacken.

»Du bist achtundzwanzig geworden«, stellte ich nüchtern fest. »Das war der erste Schlag. Siebenundzwanzig stehen dir noch bevor.«

Jetzt wusstest du, dass ich es ernst meinte; du spanntest immer noch deine Armmuskeln an. Ich verpasste dir zwei weitere schnelle Schläge, auf jede Pobacke einen, damit du wusstest, dass es zur Sache ging. Ich machte keine Witze. Dann stellte ich ein Knie auf das Bett, setzte meine Tracht fort und ließ die Schläge erst auf deine linke, dann auf deine rechte Pobacke regnen und heizte dich auf die köstlichste, vorzüglichste Weise auf. Als ich auf deinen Wangen Tränen sah, hielt ich inne. Ich mochte deine Tränen. Du hast inzwischen fast demütig gemurmelt: »War ich gestern Abend wirklich so ein Miststück?«

»Denk nach!«, erwiderte ich. »Dann fällt dir alles wieder ein.«

Du schlosst die Augen, während ich dir die letzten Schläge verpasste, und atmetest heftig, als ich zum Ende kam.

»Achtundzwanzig«, sagte ich, stellte mich neben dich und legte eine Hand auf deinen Hintern, um zu tasten, wie warm er sich anfühlte. Du beantwortetest meine Berührung mit einem Seufzen, und ich ließ meine Finger erneut zwischen deinen Pobacken zu deiner Möse herunterfahren, die (wie ich es vermutet hatte) noch nasser triefte als vor meiner Züchtigung. Der klare Glanz deiner Lust zierte die Innenseiten deiner Oberschenkel.

»Ich war ... ich war gestern Abend furchtbar«, hast du gestanden und dir das Gesicht auf meinem Kissen getrocknet. »Stimmt's?«

»Unerträglich«, bestätigte ich, löste deine Fesseln und massierte deine Handgelenke und deine Fußknöchel. Du verharrtest in der gleichen Position mit angehobenem Hintern. »Die anderen waren ebenfalls betrunken. Sie dürften sich nicht an allzu viel erinnern. Aber du kennst mich schon ewig, Baby. Was du da erzählt hast ...«

Ich stellte mich hinter dich und hob das Paddel erneut. »Und noch einen, damit du auf den Geschmack kommst«, sagte ich. »Erinnerst du dich an deine Worte?«

Du nicktest und verharrtest entschlossen in deiner Position, diesmal ohne Fesseln und aus freien Stücken. Der letzte Schlag saß, und du schriest auf, so sehr brannte dein Hintern. Dann fasstest du dich, drehtest dich vorsichtig auf die Seite, sahst mich an und riebst dir mit einer Hand dein Gesäß.

»So bin ich schon lange nicht mehr bestraft worden«, sagtest du mit unterwürfigem, demütigem Blick.

»Zu lange«, stellte ich klar und wartete.

Du erhobst dich, kamst in meine Arme und umarmtest mich. »Ich habe dich vermisst.« Dein Haar streichelte sanft meine Wangen. Ich spürte meine Willenskraft dahinschmelzen. Dann umarmte ich dich ebenfalls, streichelte deinen Rücken und hob schließlich dein Kinn und küsste dich.

»Ich dich auch, Baby«, sagte ich sanft. »Ich dich auch.«

Tief gesunken und schmutzig

Jeder hat das Potenzial. Das möchte ich zu meiner bescheidenen – und vielleicht nicht ganz glaubwürdigen – Verteidigung sagen. Jeder hat das Potenzial, sich selbst auf nicht vorhersehbare Weise zu überraschen. Sie halten sich womöglich für einen guten Menschen. Von Grund auf ehrlich. Vielleicht leben Sie mit dieser fest in Ihrem Hirn verankerten Vorstellung. Sollten Sie jedoch in die richtige (oder falsche) Situation geraten, wären auch Sie im Stande, sich selbst zum Narren zu halten.

Glauben Sie mir. Ich weiß es. Denn genau das ist mir passiert. Ich hielt mich für einen guten, anständigen Menschen, dachte, dass ich zu den Typen gehöre, auf die man sich verlassen kann. Ehrlich und hart arbeitend. Ein Freund fürs Leben.

Und dann traf ich dich.

Eigentlich war es äußerst unwahrscheinlich, dass du mir gefallen würdest. Ich meine, wirklich gefallen. Oberflächlich hättest du es mir schon antun können. Du hättest es jedem angetan. Ich hätte mir auch den Wunsch zugestehen können, dich zu vögeln oder eine leidenschaftliche Nacht mit dir zu verbringen und mein Leben dann weiterzuleben. Wer käme bei deinem Anblick nicht auf solche Gedanken? Schließlich siehst du unglaublich gut aus, so gut, dass die Leute sich auf der Straße nach dir umsehen. Doch du spieltest nicht in der gleichen Liga wie ich. Das meinten jedenfalls meine Freunde. Du kamst nicht aus der Wirtschaft, hattest kein Verständnis für das Leben, das ich führte. Nein, du arbeitetest abends in einer angesagten Bar und maltest tagsüber beunruhigende Porträts.

Doch selbst wenn ich mir all das aus dem Kopf geschlagen hätte – ich war vergeben, war in festen Händen.

Und trotzdem fiel ich. Fiel hart und schnell und tief und schmutzig. Fiel mit dir auf den Rücksitz meines Autos, fiel auf den Boden deiner Wohnung. Fiel so tief, dass ich nicht mehr aufsehen konnte. Und ich muss sagen, es gefiel mir. Es gefiel mir sogar verdammt gut. Wenn man es gewohnt ist, immer etepetete zu sein – immer wohl erzogen und freundlich und jedes Mal zuvorkommend »bitte« und »danke« zu sagen, dann weiß man nicht, was es heißt, verkommen zu sein.

Aber wem sage ich das.

Du weißt, was es heißt, schmutzig und verkommen zu sein. Du weißt alles darüber.

Und ich jetzt auch. Und was soll ich jetzt verdammt noch mal tun?

In meinem Kopf ertönt ein silberhelles Klingeln, und ich schließe die Augen. Das Klingeln hört sofort auf, und anstelle der Glöckchen höre ich deine rauchige Stimme. »Ja?«

»Hi«, bringe ich mit bebender Stimme hervor. »Hast du viel zu tun?«

»Nein, Baby, was gibt's?«

Ich zögere, lege meinen Finger neben den »Verbindung trennen«-Knopf und frage mich: »*Was tue ich? Was, zum Teufel, ist bloß in mich gefahren?*«

»Nichts Besonderes«, lüge ich. »Wollte nur ein bisschen mit dir reden.«

»Wie kommst du mit deiner Wie-heißt-sie-noch-mal klar?«

»Gut.« Ich muss schlucken. »Na ja, sagen wir mal, es ist okay.«

»Klingt super, Baby«, entgegnest du, und in deiner Stimme schwingt eine gehörige Portion Sarkasmus mit. Ich höre, wie du ein Streichholz anreißt und dir eine Zigarette anzündest und stelle mir vor, dir gegenüber in deinem dunklen Studio zu sitzen und dich zu beobachten, wie du Rauchkringel an die rot angestrahlte Decke bläst. Ich stelle mir vor …

Du ziehst an deiner Zigarette und fragst: »Wenn alles gut ist – warum rufst du mich dann an?«

Peinliches Schweigen an meinem Ende der Leitung. In meinem Kopf zischt es: *»Gar nichts ist gut. Alles läuft falsch. Alles …«*

»Ist ja auch egal«, schnurrst du in die versteinerte Stille. Deine Stimme klingt tröstend weich, doch zugleich insistierend. »Was hast du auf dem Herzen?«

Dein Studio befindet sich in Hollywood, und die Neonreklame von dem Klub unter deinem Apartment fällt in deine Räume. Wenn du nackt auf dem Boden liegst, flackert das rote Neonlicht über deinen Körper und wirft einen hellen Schein auf deine blasse Haut. Ich mag es, dir gegenüber zu stehen und dich zu beobachten. Ich mag es, dich zu beobachten, wenn du dich berührst. Das ist sogar mein Lieblingspart. Zuzusehen, wie du dich antörnst, das Vorspiel sozusagen. Darüber geht gar nichts. Zuzusehen, wie deine Finger immer nasser werden, während sie deine Klitoris massieren. Damit kennst du dich bestens aus. Und wie du dich auskennst! Du weißt genau, wie du deine Perle zwischen Daumen und Zeigefinger nehmen musst. Oder sie ganz behutsam mit vier Fingern auf einmal zu streifen und mit einem Stöhnen die Hüften von dem gestrichenen Betonboden zu heben.

Ich sehe dir zu, so lange ich es irgend aushalten kann, und dann ersetze ich deine Finger durch meinen Mund – presse meine gierigen, hungrigen Lippen auf dich. Auf deine Möse.

»Komm schon! Spuck es aus!«

Und genau das würde ich jetzt am liebsten tun. Alles ausspucken. Über dir stehen, die Hand an meinem Schwanz und mir so schnell wie ein ratternder Kolben einen runterholen, während du weiter deine empfindlichste Stelle massierst, bis wir beide gleichzeitig kommen. Es sich Seite an Seite zu besorgen, hat für mich diesen schmutzigen, verkommenen Beigeschmack, den ich brauche. Das Sich-gegenseitig-Beobachten.

»Nun sag schon!«, drängst du mich, und schließlich finde ich meine Stimme wieder.

»Wir haben eine stabile Beziehung«, sage ich. »Das meint zumindest sie.« Oh, zum Teufel, was bin ich für ein mieser Schuft! Ich habe mich zu der Art Mann entpuppt, vor dem Mütter ihrer Töchter warnen. »Aber wenn wir im Bett sind …«

»… und ficken«, wirfst du ein.

»Wenn wir im Bett sind …«, wiederhole ich, denn sie und ich ficken nicht.

»Denkst du an mich?«

»Nur so kriege ich …«

»… einen hoch.« Eine Feststellung. Keine Frage.

»Genau.«

»Was tue ich? Was stellst du dir vor?«

Ich muss schwer schlucken. Wie soll ich etwas aussprechen, an das ich nicht einmal denken kann, ohne mich zu schämen? »Meine Freundin und ich – wir machen es im Dunkeln, alle Lichter müssen ausgeschaltet sein. Vorher putzt sie sich die Zähne … und danach rennt sie sofort ins Bad und duscht. Sie kann gar nicht schnell genug unter die Dusche kommen. Sie ist so verdammt sauber.« Ich sage das, als ob es sich um ein schlimmes Schimpfwort handelte. *Sauber*.

»Und du brauchst es heftig, grob und schmutzig. Du willst das Licht an haben, damit du die Spuren siehst. Und du dachtest, es würde auf dich abfärben, wenn du mit einem ordentlichen Mädchen zusammen bist, nicht wahr?«

Ich nicke. Können Sie sich das vorstellen? Genau das hatte ich geglaubt. Aber es hat nicht funktioniert. Anstatt sauber und gesittet zu werden, beschmutze ich meine Freundin allein schon dadurch, dass ich mit ihr zusammen bin. Ich brandmarke sie mit meinen schmutzigen Gelüsten, mit der Unreinheit meines Verlangens.

»Du lechzt mal wieder nach einem richtig unanständigen Mädchen, habe ich Recht?«, fragst du. Deine Stimme hallt in meinem Kopf wider, geht mir direkt ins Blut und trifft mich ins Herz. »Du willst alles, was damit einhergeht. Die langen Nächte. Die Klubszene. Das Gefühl, nass und mit dem Duft von Sex auf der Haut einzuschlafen. Ans Duschen danach keinen Gedanken zu verschwenden. Nicht einmal am nächsten Morgen. Dich noch beim Kaffeeholen an dem Duft zu erfreuen. In einem Café an einer Theke anzustehen und auf den Espresso zu warten und zu wissen, dass du nach Sex riechst.«

Ich bin hart. Allein durch die Art, wie du redest. Und weil ich daran denken muss, wie gut wir zusammengepasst haben. Weil mir die schmutzigen Spielchen in den Sinn kommen, an denen wir uns erfreut haben. Ich weiß, warum wir uns getrennt haben. Ich weiß es ganz genau. Doch jetzt denke ich daran, wie wir zusammen in eine Bar gegangen sind und du sichergestellt hast, dass ich dich am Ende des Abends mindestens einen anderen Mann habe küssen sehen. Oder sogar mehrere andere Männer. Wie du dafür gesorgt hast, dass ich danach gierte, dich auf der Stelle zu ficken, wenn wir nach Hause kamen. Oder schon bevor wir zu Hause ankamen. An die Seite meines Lasters gepresst. Oder hinter einem Restaurant, mit einer Mülltonne im Rücken. Dein Körper war alles, was ich brauchte. Etwas anderes interessierte mich nicht. Egal wo wir waren.

Weißt du, ich dachte, mit einer anderen wäre es einfacher. Was für eine schwachsinnige Vorstellung! Ich hatte geglaubt, dass mein Hirn dann nicht mehr so gelähmt wäre und ich die ganze verdammte Zeit immer nur an das Eine denken würde. Dass es mir nicht viel ausmachen würde, nicht mehr mit dir zusammen zu sein. Und ich mir nicht mehr ständig den Kopf darüber zerbrechen müsste, wo du dich gerade herumtriebst oder was du gerade machtest.

»Du willst mich«, sagst du.

Es macht mich so verdammt hart, wenn ich deine Stimme höre. Meine ganz private 0190-Nummer. Meine eigene schmutzige Droge. Ich will, dass du dich auf den Boden legst und zu mir aufsiehst. Auf deinen kalten Betonboden. Ich will die halb fertigen Gemälde an den Wänden. Die, die mit dem Gesicht zur Wand gedreht sind, weil du dich gerade über sie ärgerst. Ich will die überquellenden Aschenbecher und die teure Flasche Wodka im Gefrierfach. Ich will das Gefühl, sicher zu sein, dass sich in deinem Kühlschrank nichts Gutes für mich befindet. Nichts auch nur annähernd Gesundes. Aber dass ich die Tür öffnen könnte und mir jede Menge dekadente Speisen ins Auge springen würden, auf die ich sofort Heißhunger bekäme. Leckere dunkle Pralinen. Überreste chinesischen Essens von unserer nächtlichen Schlemmerei.

Aber in Wirklichkeit will ich nur dich. Will, dass du mich nur mit deiner tief geschnittenen Jeans und einem knappen Tank-Top bekleidet von der Tür aus ansiehst. Mich ansiehst und genau weißt, was ich von dir will. Und dann möchte ich deinen Platz unten auf dem Boden einnehmen, und du sollst an der Wand lehnen und mir zusehen. Wenn ich kurz davor bin zu explodieren, will ich den Absatz deines Stilettos auf meiner Schulter spüren. Er soll mich runterdrücken, und ich will vom Neonlicht geblendet werden.

»Wenn du dich *wirklich* gut benimmst, blase ich dir vielleicht einen. Das ist es doch, was du willst, nicht wahr? Genau das brauchst du. Ich lutsche dir einen, dass dir Hören und Sehen vergeht. Du weißt ja, wie ich es liebe zu schlucken.«

Meine Freundin mag das gar nicht. Ich darf nicht einmal das Wort »Oralsex« in den Mund nehmen, dann verzieht sie schon das Gesicht. Bei dir hingegen – mein Gott, dein Mund ...

»Ist das okay, Baby?«, fragst du. »Du erinnerst dich doch.«

Ich nicke, doch du kannst mich nicht sehen. Ich rolle auf die Seite und starre mich im Spiegel unserer Kleiderschranktür an. Ich sehe jemanden, der nicht ganz da ist; ich sehe ihn verschwommen, und er verbleicht immer mehr, bis er ganz verschwindet.

»Ich will wiederhaben, was wir hatten«, bringe ich hervor.

»Es gibt kein Zurück«, entgegnest du selbstgefällig.

Ich höre den Schlüssel meiner neuen Freundin in der Wohnungstür. Sie schließt auf, und während sie mich zurück in die Realität holt, treibt sie mich weiter von dir weg. Ich sage leise: »Bitte, ich muss dich sehen«, doch die Verbindung ist tot, und du bist weg. Sie geht über den Flur und steuert unser Schlafzimmer an.

Ich lege auf und sehe aus dem Fenster.

Ich sehe, wie sich der Türknauf dreht.

Doch ich bin nicht mehr da.

Nach französischer Art geschnitten

Du trägst nie reizvolle Dessous. Nicht dass du irgendetwas dagegen hättest, du trägst einfach keine. Deine Unterwäsche ist vor allem praktisch: baumwollene Unterhosen, Sport-BHs oder hin und wieder ein Paar Boxershorts. Ich habe noch nie etwas aus Spitze deinen wunderschönen schlanken Körper zieren sehen, noch nie einen Wonderbra diese festen Brüste umschmeicheln sehen oder deine Pussy in einem französisch geschnittenen Slip bewundern können, wenn wir uns ausziehen, um uns bettfertig zu machen oder uns zu lieben. Im Grunde begegnest du allem ausgeprägt Weiblichen mit Unbehagen, doch deine reizvolle Androgynie kommt vor allem in der Kleiderfrage deutlich zum Ausdruck. Du schläfst in meinen abgetragenen Batik-T-Shirts, die dir bei deiner kleinen Statur bis fast an die Knie reichen, und ich bin nicht einmal sicher, ob du mit dem Wort »Seidenstrümpfe« oder »Strapse« überhaupt irgendetwas anfangen kannst.

Es macht natürlich alles Sinn. Du bist ein naturbewusstes Mädchen. Kein Fleisch, nur Tofu, Gemüse und allenfalls ganz selten mal eine Scheibe Lachs. Keine Drogen, höchstens mal ein paar Züge von einem Joint, wenn du gerade mitten in deiner einmal jährlich aufkommenden Partyphase bist. Kein Kaffee, nur Kräutertee, den du, ganz selten, wenn du dich mal richtig schlecht fühlst, mit einem Klacks Honig süßt. Keine Schokolade, allenfalls ein paar Johannisbrotschnipsel mit Nüssen und Beeren, und jede Hand voll dieses Studentenfutters genussvoll ausgekostet. Reizvolle Dessous zu tragen, wäre für dich in etwa so ungewöhnlich wie es für eine französische Hure völlig abnormal wäre, Odwalla zu trinken und eine Hand voll Chlorophyll-Superenergiebringer-Tabletten einzuwerfen.

Deshalb bin ich völlig perplex, als ich den weißen Spitzentanga erblicke, der über dem Bund deiner Wandershorts hervorlugt. Ich kann die Augen nicht mehr von ihm wenden, während ich mich bemühe, auf dem schwierigen Pfad mit dir Schritt zu halten. Anfangs will ich es dir sagen, will mich von hinten an dich heranpirschen und dir ins Ohr flüstern, dass ich es registriert habe. Doch ich denke daran, wie du mir am Beginn unserer Wanderung einen Vortrag über das Tragen von praktischer Unterwäsche gehalten und deinen Gürtel extra eng geschnallt hast, damit er bloß nicht über deine Hüften rutscht. Ich weiß, dass es einen Grund dafür geben muss, dass du deine Grundregel gebrochen hast, und irgendetwas sagt mir, dass ich diesen Grund schon noch herausfinden werde.

Wir nähern uns jetzt dem Gipfel, jenem abgelegenen Fleckchen, von dem aus sich das Golden Gate, wie du mir erzählt hast, unter einem ausbreitet wie ein impressionistisches Tableau. Ich folge dir, und in meiner Hose kribbelt mein Schwanz und gibt mir zu verstehen, dass er im Begriff ist, sich aufzurichten, und unbedingt zum Leben erweckt werden will, während meine Augen wie gebannt deinen französisch geschnittenen Spitzentanga fixieren.

Es passiert schließlich, als du anhältst und dich bückst, um einen Pinienzapfen aufzuheben.

»Guck mal«, sagst du. »Er ist rundum perfekt.« Du erfreust dich wie ein Kind an dem Pinienzapfen – sie sind die Samen der Nadelbäume, wobei ihre Fortpflanzungsfähigkeit normalerweise nicht eine solche Wirkung auf mich hat. Doch in diesem Augenblick bringt der Zapfen meinen Schwanz dazu, schnell und spürbar anzuschwellen und hart zu werden, sodass ich mein Gewicht verlagern und meine Jockey-Unterhose zurechtrücken muss.

Denn als du dich bückst, erhasche ich einen Blick unter dein Top – und sehe tief in deinem Ausschnitt die Spur von Spitze, einen tief ausgeschnittenen BH, der deine hinreißenden Brüste hält.

»Zwickt dich irgendetwas?«, fragst du mich lächelnd und siehst zu mir auf. Du stehst immer noch vornübergebeugt da und liebkost den phallischen Zapfen in einer anzüglichen Geste.

»Überhaupt nicht«, erwidere ich.

»Zu schade aber auch«, entgegnest du, wirfst den Zapfen neben den Pfad und sprintest übertrieben los, wobei deine Hüften heftiger hin- und herwippen, als es ein Wander-Guide durchgehen lassen würde.

Schon ziemlich außer Atem, jogge ich hinter dir her.

Wir erreichen die Felsen schweißgebadet, und dein Tank-Top ist so durchgeschwitzt, dass ich die Träger deines BHs durchschimmern sehe, als du deinen Rucksack von den Schultern streifst, was mich nur noch mehr erregt. Ich folge dir das letzte Wegstück hinaus auf das Plateau aus Felsen und Sand, das nur spärlich mit etwas Gestrüpp bewachsen ist.

»Ist es nicht großartig?«, fragst du und beschreibst mit der Hand einen weiten Bogen über die sich zu unseren Füßen präsentierende Brücke, den Ozean und die Bucht. Du bückst dich und durchstöberst deinen Rucksack; dabei schiebt sich der Tanga noch höher, und deine Wander-Shorts rutschen noch weiter herunter, sodass ich die Kurven deines Hinterns erkennen kann.

»Großartig«, bestätige ich.

Du nimmst die Picknickdecke heraus und breitest sie auf dem trockenen braunen Gras aus. Dann kramst du zwei Plastikweinbecher hervor, platzierst die zum Schutz vor der Hitze in ein Tuch gehüllte Lunchbox auf den Rand der Decke und streckst dich in der noch tief stehenden Morgensonne aus.

»Es ist furchtbar heiß«, seufzt du. »Findest du nicht auch?«

»Brütend heiß«, bestätige ich und geselle mich zu dir.

»Es gibt nur eine Möglichkeit, sich ein bisschen abzukühlen«, stellst du klar und langst nach deiner Gürtelschnalle.

Ich halte inne und sehe zu, wie du den Gürtel öffnest und dir die Shorts über deine glatten, sonnengebräunten Beine streifst. Der knappe Tanga, den du trägst, sitzt so tief, dass der obere Rand deines blonden Schamhaars herauslugt. Vorne auf dem winzigen Stoffdreieck prangt ein von Spitze gesäumtes pinkes Herz.

Du entledigst dich deiner Wanderschuhe, streifst dir die Socken von den Füßen und greifst nach deinem schweißnassen Top, um es dir auszuziehen. Als du es dir über den Kopf ziehst, sehe ich, dass dein BH zu dem Tanga passt, ein ausgesprochen femininer Push-up, der deine kleinen Brüste zwei Körbchengrößen üppiger erscheinen lässt. Die Körbchen sind so tief ausgeschnitten, dass sie gerade noch deine Nippel bedecken, die ganz hart geworden sind und sich unter dem transparenten Hauch von Spitze deutlich abzeichnen. Die Körbchen werden von zwei pinken Herzen geziert, die perfekt zu dem Herz auf deiner Möse passen.

»Ich mag es, mich in der Natur auszuziehen«, erklärst du lächelnd, als du siehst, wie ich deinen in Spitzendessous gehüllten Körper mit meinen Augen verzehre. »Geht es dir nicht auch so?«

Ich verstehe den Wink, entledige mich meines Rucksacks, ziehe mir mein verschwitztes T-Shirt aus, streife mir die Wanderschuhe von den Füßen und ziehe mir meine Wander-Shorts und meine Unterhose auf einmal herunter. Deine Augen fixieren meinen steifen Schwanz, der leicht geneigt auf dich zeigt – wie ein lockender Finger, der dich verführen will, zu mir zu kommen.

Doch mir ist klar, dass ich derjenige bin, der zu dir kommt. Du liegst ausgestreckt auf der Decke, räkelst dich genüsslich und rollst dich von einer Seite auf die andere, sodass ich abwechselnd den superschmalen, zwischen deinen Pobacken hin- und hergleitenden Stoffstreifen und den winzig kleinen herzverzierten Fetzen Spitze bewundern kann, der deine Möse ziert. Du lächelst mich kokett an.

»Als du gestern dein Nickerchen gehalten hast, war ich shoppen«, sagst du. »Ich weiß auch nicht, was mich da überkommen hat.«

Ich geselle mich zu dir auf die Decke, küsse dich auf den Mund und spüre, wie sich deine Zunge drängend einen Weg zwischen meinen Lippen hindurch bahnt. Meine Hände finden deine Nippel, spüren, wie sie unter meiner Berührung noch härter werden. Zu fühlen, wie sie durch den hauchdünnen Stoff dieses extrem femininen Spitzenfummels drücken, erregt mich mehr, als ich gedacht hätte. Deine Finger legen sich um meinen harten Schwanz, und du setzt mit einem Lächeln zum Sprechen an.

»Ich bin hungrig«, flüsterst du. »Hast du auch Hunger?«

»Ich sterbe vor Hunger«, knurre ich.

»Gut«, entgegnest du und rollst dich auf die Seite von mir weg. Ich lange nach dir und betaste deinen Hintern. Der ungewohnte Anblick deines Spitzentangas auf deiner sonnengebräunten Haut fasziniert mich.

Du öffnest den Reißverschluss der Lunchbox und nimmst ein kleines Plastiktütchen heraus, das mit einer Kondensschicht überzogen ist. Dann rollst dich wieder zu mir herum, drehst mich auf den Rücken und hockst dich auf mich.

»Sag aaaaaah!«, forderst du mich auf. »Und schließ deine Augen!«

Ich schließe sie und öffne den Mund. Der eiskalte Happen, den ich im nächsten Moment zwischen den Zähnen spüre, lässt mich erschaudern. Ich beiße zu und schmecke Zartbitterschokolade, die du dir eigentlich nie erlaubst, sowie den Geschmack von Erdbeeren.

»Oh!«, murmele ich mit vollem Mund.

»Psst«, weist du mich zurecht. »Nur probieren! Und lass die Augen zu!«

Ich lasse mir die Köstlichkeit auf der Zunge zergehen und genieße den reifen, anregenden Geschmack. Ich höre dich kauen, und dann küsst du mich; deine Lippen schmecken nach Schokolade und Erdbeeren. »Nicht die Augen aufmachen!«, befiehlst du lachend.

Ich spüre dich erneut in die Lunchbox langen. Dann schiebst du mir etwas kaltes, kleines Rundes in den Mund, und als ich zubeiße, schmecke ich den unglaublich leckeren Saft einer gezuckerten Kirsche. Du gibst mir einen leidenschaftlichen Zungenkuss und schleckst in meinem Mund an der zuckersüßen Leckerei.

»Und jetzt noch eine letzte Überraschung«, sagst du. »Richte dich ein bisschen auf und halte die Augen schön geschlossen!«

Ich höre, wie ein Schraubverschluss geöffnet und mit einem leisen Gurgeln eine Flüssigkeit eingeschenkt wird. Du hältst mir den Rand des Plastikweinbechers an den Mund, legst mir deine freie Hand auf den Hinterkopf und hilfst mir beim Trinken. Mein Mund füllt sich mit Rotwein, der mir warm auf die Brust tropft, und im gleichen Moment erkenne ich den aromatischen Geschmack – Merlot.

»Wie ungeschickt!«, sagst du, beugst dich zu mir runter und leckst mir den vergossenen Wein von der Brust. Deine Zunge verharrt auf mir und wandert hinauf zu meinem Hals und weiter zu meinem Mund. Dann küsst du mich. Du schmeckst nach süßer Schokolade, Früchten und Wein. Du nimmst selber einen Schluck und kuschelst dich auf mich, wobei der weiche Stoff deines Spitzen-BHs mein Gesicht streichelt und sich von dem Rotweinrest, der mir noch auf den Lippen haftet, dunkel verfärbt.

»Ich hätte auch eine Zigarre mitgebracht«, sagst du. »Aber ich glaube, das wäre dann doch zu viel des Guten gewesen.«

Ich bin überwältigt; ich muss dich haben. Mein Mund findet durch die Spitze hindurch deinen Nippel, beißt neckisch zu und saugt an ihm. Du keuchst leise, als ich mit der Zunge gekonnt den Stoff herunterschiebe und deine glatte aufgerichtete Knospe freilege. Dann umfasse ich deinen Hintern und bringe dich zum Aufstöhnen, indem ich den schmalen Streifen Spitze, der deinen Schritt bedeckt, zur Seite schiebe.

»Wenn ich gewusst hätte, dass Schokolade und Wein eine derartige Wirkung auf dich haben«, seufzt du, während ich dich auf meinem Schwanz positioniere, »hätte ich dir diese Mischung schon vor Monaten verabreicht.«

Dann redest du nicht mehr, sondern stöhnst nur noch, als

sich die Spitze meines Schwanzes ihren Weg zwischen deine Schamlippen bahnt und du dich voller Begierde auf mich hinabgleiten lässt und mein Schwanz deine Möse ausfüllt, während mein Mund deinen Nippel liebkost. Die Spitze deines BHs umschmeichelt auf eigenartige, erotische Weise meine Wange – doch das ist nicht der Grund, weshalb ich dich will, und es ist auch nicht die Schokolade oder der Wein, was mich so betört. Es ist das Gefühl, wie deine Möse meinen Schwanz umschlingt, und die Begierde, mit der du dich ihm entgegendrängst, damit er tief in dich eindringt.

Als ich deine Pobacken umfasse und dich auf den Rücken rolle, kippt der Weinbecher um und hinterlässt auf der Decke einen dunklen Fleck. Doch wir halten nicht inne, nicht einmal, als auch noch die Flasche umkippt und der Merlot unter dir eine Lache bildet. Deine Beine heben sich wie von allein auf meine Schultern, ich dringe noch tiefer in dich ein, lange nach der umgekippten Flasche und leere sie auf deinen Brüsten.

»Mein neuer BH«, keuchst du, nur für einen ganz kurzen Moment fähig, deine Sorge vorzutäuschen, denn im nächsten Moment erreicht mein Schwanz deine tiefste Stelle, und du drängst dich mir mit weit geöffneten Schamlippen entgegen. Ich lecke Rotwein von deinen Brüsten, während du mich eng umklammerst, deine Hände wild durch mein Haar fahren und unsere Körper bei jedem begierigen Stoß aneinander klatschen. Als du kurz davor bist zu kommen, habe ich inzwischen nach dem Plastiktütchen gelangt und eine weitere Praline herausgefischt.

»Mach den Mund auf und sag aaah!«, fordere ich dich auf und öffne deine Lippen gerade weit genug mit dem Daumen, um die köstliche Praline auf deine Zunge gleiten lassen zu können. Du beißt nicht ab, sondern nimmst sie ganz entgegen und genießt sie mit geschlossenen Augen. Ich werde wohl nie erfahren, ob du tatsächlich genau in dem Moment kommst, in dem du die Schokolade schmeckst, denn du bist eine der Frauen, die so heftig und so lange kommen, dass es schlichtweg unmöglich ist, den Zeitpunkt deines Orgasmus genau zu bestimmen. Doch dein sich windender Körper und dein durchgedrückter Rücken verraten mir, dass es so weit ist. Ich stoße härter zu, während du kaust und die Praline mit einem schweren und genussvollen Stöhnen herunterschluckst.

Dann schließe ich meine Augen fest. Ich bin kurz davor, in dir zu explodieren. Eigentlich hätte ich es mir ja denken können – doch ich habe alles um mich herum vergessen.

Irgendwie hast du es geschafft, ohne auch nur eine Sekunde unseres Liebesspiels zu versäumen und ohne die geringste Beeinträchtigung deiner eigenen Wonne, nach dem Plastiktütchen zu langen und ihm eine Zitronencremepraline zu entnehmen, wobei dir beim Öffnen sämtliche Pralinen herausgefallen sind und sich auf deinem Bauch verstreut haben. Deine Finger stopfen mir eine Praline in den Mund, und ich schmecke sie im gleichen Moment, in dem ich komme, und mein Orgasmus und der süße Geschmack verschmelzen miteinander, während ich tief in dich hineinstoße und spüre, wie ich im Inneren deines Körpers von dir umklammert werde.

Als du deine Beine von meinen Schultern nimmst und ich deine warmen Schenkel an meinen Seiten spüre, lege ich mich auf dich und spüre die zermatschten Pralinen zwischen uns, deren köstlicher Brei unsere Körper bedeckt.

Ich lecke dir die Schokolade von den Brüsten und verspüre nur den Hauch eines Bedauerns, als ich deinen ruinierten BH sehe. Du öffnest ihn, entwindest dich ihm, langst an dir herunter, streifst deinen Tanga ab und siehst ihn missbilligend an, denn die Schokolade und der Wein sind an dir heruntergelaufen und haben das pinke Herz mit den Spuren unserer Lasterhaftigkeit befleckt.

Dann wirfst du deine neuen Dessous ins Unterholz, wo sie irgendein glücklicher Wanderer finden und sich seine Gedanken machen kann. Du lächelst mich an und siehst mit deinen wein- und schokoladeverschmierten Brüsten irgendwie noch lasziver aus als mit den knappen Spitzendessous.

»Als ob ich es nicht gewusst hätte!«, seufzt du. »Ich hätte mir den Fummel von dieser Dessousverkäuferin nie und nimmer aufschwatzen lassen sollen. Und habe ich es dir nicht schon immer gesagt? Schokolade und Wein sind schmutzige Laster.« Du kuschelst dich noch enger an mich, und wir reiben unsere von dem Gemisch des Wein-Schokoladenbreis und den Säften unserer Ausschweifungen über und über glitschige Haut genüsslich aneinander.

Und als ich dich küsse, schmecke ich beides. Es schmeckt süß, wie du, und ein bisschen verboten.

Der Handwerker

Als wir wegen der Handwerkerarbeiten in dein Haus kommen, weiß ich schon am ersten Tag genau, was du tun wirst. Vielleicht weiß ich es sogar, bevor du es selber weißt. Bevor du realisierst, wie dieses Spiel der Leidenschaft sich entwickelt. Eigentlich ist es ganz einfach. Mir ist von Anfang an klar, dass du einen von uns dreien auswählen wirst. Nur einen. Findest du nicht auch, dass du dich glücklich schätzen kannst, so eine Auswahl zu haben? In meinem Kopf steht bereits fest, für wen du dich entscheiden wirst: Einer von unserem Trio ist zu jung. Der andere ist viel zu sehr in seine Arbeit vertieft, als dass er dich überhaupt registrieren würde – trotz deiner schönen graugrünen Augen und deines vollen Kussmundes. Nicht einmal die Art, wie du dich bewegst, scheint ihm aufzufallen; dein aufreizender Gang und diese spezielle Art, in der du selbst mit hohen Absätzen umher. schreitest. Aber der Dritte bin ich. *Ich* bin derjenige, der dich auf Schritt und Tritt mit Blicken verfolgt, derjenige, der mit den Augen zwinkert und leise in sich hineinlacht, wenn du versuchst, mit uns über die Bauarbeiten zu reden. Du magst über alles Mögliche eine Menge wissen, über Werkzeuge aus vorgeschichtlicher Zeit oder über Koryphäen aus der Politik, aber wenn es um Smalltalk über die Arbeit auf einer Baustelle geht, bist du eine absolute Niete.

Doch das stört mich nicht im Geringsten. Denn am Ende des Tages werde ich derjenige sein, dem es bestimmt ist, dich abzuschleppen, dich auszuziehen und dich über einen Holzbock zu legen. Mann, du siehst wirklich hinreißend aus, ich kann gar nicht aufhören, dich zu bewundern. Als Erstes muss ich deine Handgelenke mit meinem Hosengürtel zusammenbinden. Und dann ist es an der Zeit, dich zu vögeln – anfangs nicht mit meinem Schwanz, sondern mit meinem Schraubenzieher. Der glatte, abgerundete Griff in dir, der metallene Teil kühl in meiner Hand.

Siehst du? Ich weiß alles über dich. Ich habe gesehen, wie du mich bei der Arbeit beobachtet hast. Und du hattest nicht nur mich im Visier, sondern auch meine Werkzeugkiste. Dein Interesse daran war ziemlich augenfällig, denn du fingst jedes Mal an zu stottern und über deine Worte zu stolpern, wenn ich nach den verschiedenen Instrumenten in meiner schweren Werkzeugkiste griff.

Ich mag es, wie du meine Werkzeuge ansichst. Deine Wangen glühen erhitzt, wenn ich über die verschiedenen Geräte streiche. Du willst das schwere Gewicht in dir spüren. Du willst, dass ich dich mit jedem dieser bunten Plastikgriffe ficke. Sie sind viel verführerischer als Sexartikel. Sehr viel verführerischer. Denn meine Werkzeuge sind praktische Gegenstände. Keine künstlichen Attrappen oder Plastikdildos, die wie Männerschwänze aussehen sollen. Meine Werkzeuge sind echt. Das ist der Unterschied. Deshalb stehst du so auf sie.

Ich habe richtig gelegen. Als du mich bittest, nach Feierabend noch ein bisschen länger zu bleiben, um noch etwas zu reparieren, nur eine kleine Sache, an die du vorher nicht gedacht hattest, weiß ich, dass ich richtig gelegen habe. Ich trage meine Kiste in dein Schlafzimmer, wohl wissend, dass dort weder ein Scharnier quietscht noch ein Fenster klemmt. Ich beobachte dich und weiß genau, was passieren wird, als ob ich diesen Film schon einmal gesehen hätte. Habe ich aber nicht. Es ist völliges Neuland für mich zuzusehen, wie du dich ausziehst, die Beine spreizt und mich mit den Augen anflehst zu tun, was ich zu tun habe.

Ich greife schnell nach meinem Lieblingswerkzeug. Dem schönen Schraubenzieher, dem Prachtstück in meiner Werkzeugkiste. Ja, er ist wirklich ein Prachtstück. Ich muss es ja wohl wissen, oder? Er ist so kunstvoll gearbeitet, so glatt und geschmeidig. Ich mache genau das, wovon ich geträumt habe, seit ich dich zum ersten Mal gesehen habe. Ich spreize mit meinen leicht schwieligen Fingern deine Schamlippen und führe das Werkzeug in dich ein. Der Griff verschwindet in deiner glitschigen Möse.

Oh, mein Gott, Baby! Wie dein Blick sich verändert! Deine Augen werden ausdruckslos und matt und starren unerschrocken ins Leere, während ich den Schraubenzieher in dir bewege. Du umfasst ihn mit den Muskeln deiner Möse, das spüre ich. Du willst mehr. Ich schiebe ihn vor und zurück, und du stöhnst. Dann ziehe ich ihn fast ganz hinaus, und du flehst mich an, dich weiter mit meinem Werkzeug zu vögeln.

Kein Problem. Ich kann dir alles geben, was du brauchst. Ich stoße dich weiter mit dem Schraubenzieher, und meine Fingerspitzen sind schon ganz nass von deinen Säften. Du hebst deine Hüften vom Bett, kommst mir entgegen, hilfst mir. Ich kann mir nur ausmalen, wie herrlich sich das anfühlen muss. Wie der kühle runde Plastikgriff sich dick und glatt in deine Möse schmiegt. Ich habe noch nie eine so nasse Frau gesehen. Wie lange hast du hiervon schon geträumt? Ich frage dich nicht. Wahrscheinlich genauso lange wie ich. Habe ich Recht?

Dann siehst du mir in die Augen, und mir ist klar, dass du jetzt mehr willst. Jetzt willst du mich.

Das ist in Ordnung. Ich bin für dich bereit. Ich kann alles, was du willst, in Ordnung bringen.

Wirklich alles.

Mit fünf Sinnen

Ich höre ein Knarren, und die Tür geht auf. Als Nächstes höre ich Schritte nackter Füße, aber ich glaube, auch das Trippeln hochhackiger Schuhe auf dem Teppich in unserem Wohnzimmer wahrzunehmen. Ich liege auf dem Sofa, die Hände rechts und links neben mir in den weichen Veloursamt gepresst, und atme tief ein. Eine Mischung verschiedener Parfüms und weiblicher Körper steigt mir in die Nase. Ich starre lauschend in die Dunkelheit und warte auf das nächste Zeichen.

Das Erste, was ich spüre, sind Lippen auf meinem Mund, die mich küssen. Ein zarter, sanfter Kuss, ein vertrauter Geschmack. Ich spüre deine weiche Wange an meinem Gesicht und deine Fingerspitzen über meine Brust bis zum Rand meiner Boxershorts hinabwandern. Auf einmal bist du weg, und ich werde erneut geküsst, diesmal von einer anderen Frau, und ich schmecke ihren unvertrauten Geschmack, während ihre Zunge ganz sanft über meine Lippen fährt. Ihre Hand liebkost zuerst meine Wange und dann meinen Hals. Dann küsst mich wieder eine andere, diesmal mit einer forscheren, ungestümeren Zunge, die tief in meinen Mund eindringt. Sie küsst mich gierig und nagt zärtlich an meiner Unterlippe. Dann in rascher Folge zwei weitere Frauenmünder; einer auf meinen Lippen und der andere an meinem Ohr, wo mich eine Zungenspitze kitzelt. Ich weiß nicht, ob ich vier oder fünf gezählt habe, und vermutlich ist es auch ganz egal, da ich es sowieso nie erfahren werde.

Dann ertönt Musik, eine langsame, sinnliche Trancemusik, die unter die Haut geht und einen Hauch von dunkler Erotik verbreitet. Ich spüre einen Körper neben mir, dann Schenkel, einen links, einen rechts. Sie besteigt mich.

Ihre nackten Brüste streifen mein Gesicht, ihre festen Nippel kitzeln meine Lippen und öffnen sie sanft. Während sie mich erklimmt wie eine geschmeidige Katze, wiegt sie ihren Körper im Takt zur Musik und streichelt mein Gesicht. Sie lässt sich ganz langsam hinabsinken auf meinen Schoß, und ich spüre durch meine Boxershorts hindurch ihre Möse gegen meinen Schritt pressen. Ich glaube, sie trägt einen String-Tanga. Mein Schwanz wird hart wie ein Knochen und bringt meine Shorts beinahe zum Platzen.

Die Musik wird lauter und feuriger. Die Frau auf mir tanzt jetzt immer wilder, schwingt heftig vor und zurück, ihre Möse fest gegen meinen Schritt gepresst. Ich höre Geflüster und über die Musik hinweg entferntes Gekicher. Ihr seid zu fünft, da bin ich mir inzwischen sicher.

Dann spüre ich, wie sich eine von euch über die Sofalehne beugt und mich seitlich auf den Hals küsst. Ich atme tief ein und erkenne an deinem Duft, dass du es bist. Im gleichen Moment beugt sich die Frau, die auf mir tanzt, vor, und ich höre – oder spüre ich es? –, wie ihr beiden euch küsst.

Sie greift in meinen Schritt, berührt meinen Schwanz und streichelt ihn behutsam durch den dünnen, feuchten Stoff meiner Boxershorts. Ihre Finger umschließen ihn mit festem Griff und kneten ihn sanft.

Oder sind es doch deine Finger? Das ist das Schöne, Beängstigende an der Sache. Ich werde es nie erfahren.

»Eine Frau auf seinem Schoß tanzen zu spüren, ist un-

glaublich sexy«, habe ich dir gestanden. »Irgendwie ist es total erotisch, wenn man sich nicht berühren kann.«

»Aber du kannst immerhin alles sehen«, entgegnetest du.

»Ja, man kann … sehen, riechen und mit dem Rest seines Körpers fühlen. Man kann die Tänzerin atmen und mit einem reden hören. Man kann sie sogar kosten.«

»Kosten?«

»Ja«, sagte ich. »Manchmal küssen sie einen.«

»Aber nicht in den Klubs«, widersprachst du. »Oder wird in Klubs etwa geküsst?«

»Normalerweise nicht«, erwiderte ich. »Aber es gibt Ausnahmen, hin und wieder verstößt mal eine gegen die Regeln. Dafür muss man dann aber ein dickes Trinkgeld springen lassen.«

»Findest du das besonders erotisch?«

»Unglaublich.«

»Und wenn du nicht in einem Klub wärst – wenn zum Beispiel eine Frau zu Hause für dich tanzen würde?«

»Mit den gleichen Regeln?«

»Na ja«, entgegnetest du mit einem süffisanten Lächeln, »ich denke, zu Hause könnte man es mit den Regeln, was das Schmecken und Kosten angeht, ein bisschen lockerer halten. Aber berühren ist verboten.«

Ich grinste. »Ich glaube, das wäre total erotisch.«

»Fändest du es auch erotisch, wenn du nichts sehen könntest? Wenn du zum Beispiel die Augen verbunden hättest?«

»Ja«, erwiderte ich. »Ich glaube, das wäre irrsinnig geil und erotisch.«

»Weil du dann all deine fünf Sinne zum Einsatz bringen müsstest?«

Ich lachte. »Vier«, stellte ich klar. »Ich hätte doch nur noch vier.«

Du hast mich schelmisch, ja geradezu frech, angegrinst, als führtest du etwas im Schilde.

»Nein, du hättest fünf. Du könntest dir ja ausmalen, wie sie aussieht, wenn sie auf deinem Schoß tanzt.«

»Stimmt«, entgegnete ich. »Das könnte ich.«

»Ich weiß doch, wie gern du deine Fantasie mit dir durchgehen lässt«, sagtest du und streicheltest mein Gesicht. »Ich glaube, das Größte für dich wäre, wenn mehrere Frauen auf deinem Schoß tanzen würden und du nie wüsstest, welche dich gerade berührt. Wenn du vielleicht nicht einmal wüsstest, wer sie sind und wie sie aussehen.«

Ich musterte dich argwöhnisch. »Warum willst du das eigentlich alles wissen?«

»Ach, nur so«, hast du mit einem koketten Grinsen erwidert. »Du hast doch bald Geburtstag …«

Sie dreht sich auf meinem Schoß um und setzt sich mit gespreizten Beinen auf meinen Schwanz. Ich spüre den String ihres Tangas an der Wurzel meines Knochens. Sie drückt ihre glatten, prallen Pobacken auf mich nieder und rutscht im Takt der Musik hin und her.

Ich hätte nicht im Traum gedacht, dass es derart unglaublich sein könnte, von ihren Arschbacken massiert zu werden. Sie lehnt sich zurück, legt ihren nackten Rücken auf meine nackte Brust und reibt mit den Schultern mein Gesicht. Sie bedeckt mich mit ihrer Haut, mein Gesicht versinkt in ihrem Geruch. Sie greift nach hinten und liebkost meine Wangen. Ich höre sie schwer atmen, während sie auf mir hin- und herrutscht und passend zur Musik mal leise, mal laut aufseufzt. Ich höre, wie ihr miteinander flüstert und kichert. Offenbar beansprucht diese erste Tänzerin den ganzen Spaß für sich selber.

Sie erhebt sich jetzt von meinem Schoß, und ich spüre einen anderen Körper. Die Brüste der Neuen streifen mein Gesicht. Sie trägt ein Oberteil aus Spitze, und ihre Brüste sind voller und schwerer als die ihrer Vorgängerin. Die Spitze fühlt sich auf meinen Lippen rau an, vor allem da, wo der Stoff über ihren durchdrückenden Nippeln spannt. Sie riecht anders, blumiger, stärker parfümiert. Ich spüre den Druck eines kräftigeren Materials an meinem Schwanz, höre das Knirschen von Leder; sie trägt einen ledernen String-Tanga oder vielleicht auch lederne Hotpants.

Sie hebt ihr Spitzentop hoch und lässt ihre nackten Titten über mein Gesicht streichen. Ich sauge ihren Duft ein, öffne ein wenig die Lippen und lasse meine Zunge herausfahren, um sie zu kosten. Sie schmeckt salzig, aber irgendwie auch süß. Sie schiebt einen ihrer Nippel zwischen meine Lippen, und ich sauge vorsichtig, während sie sich mit ihrer Möse meinem Schwanz entgegendrängt. Ich stöhne leise, doch ihr Nippel in meinem Mund dämpft das Geräusch. Als sie sich vorbeugt, nehme ich ihr Haar zunächst gar nicht zur Kenntnis, doch als sie ihren Kopf an meinem Gesicht reibt, registriere ich ihren kurzen Flaum; sie muss aussehen wie eine süße kleine Elfe. Ist das etwa deine Freundin Shauna, frage ich mich, oder ist sie irgendeine Tänzerin, die du für den heutigen Abend engagiert hast? Aber würde mich eine Tänzerin so an ihren Brüsten saugen lassen? Und Shauna? Dann spüre ich ihre Hotpants, in denen sich ihre heiße Möse verbirgt, sich mir noch kräftiger entgegendrängen, und in dem Moment fällt mir ein, wie sexy Shauna in ihrem kleinen Lederoutfit aussah, als wir uns neulich alle für einen Discoabend aufgedonnert haben. Sie windet sich auf mir, und ich spüre ihren nackten Oberkörper auf mir, während sie mir ihr Spitzenoberteil durch das Gesicht streicht. Ich sauge ihren Duft ganz tief ein. Schließlich streift sie sich den Spitzenfummel über den Kopf und wirft ihn beiseite. Dann küsst sie mich, und ich spüre, wie sich ihre Zunge einen Weg zwischen meine Lippen bahnt. Ab diesem Moment lasse ich alles geschehen, es ist mir völlig egal, ob es Shauna ist oder eine vollkommen Unbekannte, vielleicht eine Studentin, die sich gerade zweihundert Dollar pro Stunde verdient. Ich nehme nur noch ihre warme, weiche, geschmeidige Zunge in meinem Mund wahr. Und ihre nackten Brüste, die sanft über meinen Oberkörper streichen und deren Nippel hart und verlockend sind. Als sie zu mir hochrutscht und die Nippel in meinen Mund gleiten lässt, empfinde ich sie auf meiner Zunge als so köstlich wie nichts anderes auf der Welt.

Schließlich gleitet sie von mir herunter, und ich spüre andere Finger, die zärtlich über meinen Bauch streichen, in meine Boxershorts fahren, meinen Schwanz umfassen und ihn streicheln. Das musst du sein, habe ich Recht? Du würdest doch niemals zulassen, dass eine andere Frau – ob Freundin oder Stripperin – direkt meinen Schwanz berührt, oder? Doch als sich Lippen auf meinen Mund pressen und ich das salzige Aroma einer Frauenzunge schmecke, weiß ich, dass du es doch nicht bist – die Frau küsst vollkommen anders als du. Während sie meinen Schwanz massiert, tanzt sie zu der Musik und reibt sich an mir. Sie trägt nichts weiter als ein knappes Top, das sie über ihre Brüste gezogen hat, und als sie ihre Hand aus meiner Hose zieht und sich mit gespreizten Beinen auf meinen Schritt setzt, spüre ich durch meine Boxershorts hindurch die Nässe ihrer auf meinem Schwanz hin- und herreibenden nackten Möse. Ich höre mich selbst unkontrolliert stöhnen; die Berührung einer nackten Möse fühlt sich selbst durch den hauchdünnen Stoff meiner Boxershorts so gut an, dass ich fürchte, auf der Stelle zu kommen. Sie presst sich mit aller Kraft auf meinen Ständer, rutscht wie wild auf mir hin und her, beugt sich zurück und liebkost mein Gesicht, wobei ihr langes Haar meine Schultern umschmeichelt. Es ist so lang, dass es meine Brust kitzelt; es reicht ihr beinahe bis zum Hintern. Bist du es, Monique? Deine Freundin aus dem Büro, mit der du einmal nach der Arbeit in einer Bar herumgemacht hast? Ich atme tief ein, rieche einen Hauch von Hibiskusshampoo und eine winzige Spur scharfen, moschusartigen weiblichen Schweißes. Sie bewegt sich zur Musik, und ich will am liebsten nach unten greifen, meinen Schwanz herausholen und in sie eindringen. Doch die Regeln lauten anders, und ich würde nie gegen sie verstoßen – denn dann würde diese Tortur auf der Stelle enden, und es ist schließlich die wunderbarste Tortur, die ich je erlebt habe, eine Tortur für alle fünf Sinne.

Monique – oder wer auch immer – steigt jetzt von mir herunter, und ich spüre, wie sich eine andere Frau auf meinen Schoß setzt. Sie ist zierlicher und hat sehr kleine Brüste, mit denen sie meine Lippen kitzelt. Ihre Nippel sind außergewöhnlich groß und hart, und es erregt mich ungemein, diese neue Geschmacksnuance zu kosten, die sich nur einen Hauch von dem Aroma ihrer Vorgängerin unterscheidet. Ich versuche mir vorzustellen, wie sie aussieht, und gehe im Geiste dein Adressbuch mit deinen abenteuerlustigen Freundinnen durch, doch im Grunde weiß ich die ganze Zeit, dass ich sie wahrscheinlich nicht kenne. Ob sie hübsch ist? Egal, denn das Gefühl ihrer Nippel in meinem Mund elektrisiert mich, und ein Spannungsstoß durchzuckt meinen Schwanz. Ich bin mir im Klaren, dass ich nie erfahren werde, wie hübsch sie ist. Ich sauge sanft an ihren Nippeln, während sie sich auf mich setzt und ihren Schritt an meinem reibt. Sie trägt Shorts, vielleicht aus Spandexfaser, aber sie sind so hauteng, dass ich die Lippen ihrer Möse selbst durch meine Boxershorts hindurch an meinem Schwanz spüre. Ich schnuppere an ihr und erkenne den Duft von Sandelholz, der sich mit dem Geruch weiblicher Begierde und dem eher scharfen Aroma ihrer Möse vermischt. Sie schwingt herum und setzt sich mit mir zugewandtem Rücken auf meinen Schritt, ihren kleinen schlanken Po fest auf meinen Schwanz gedrückt. Sie langt nach hinten und zieht vorsichtig ihre Pobacken auseinander, damit mein Schwanz dazwischengleiten kann; meine Eichel flutscht aus meinen Boxershorts hervor und massiert sie durch ihr Spandex-Höschen. Als sie sich zurücklehnt und sanft zum Takt der Musik hin- und herschwingt, streichelt ihr langes lockiges Haar mein Gesicht. Es riecht leicht süßlich und exotisch nach dem Rauch von Nelkenzigaretten, und als sie sich erhebt und weggeht, vermisse ich den Duft.

Dann lässt sich erneut eine andere Frau auf mir nieder; sie kommt mir nicht bekannt vor. Der ganz vom Schweiß aufgeheizte Raum riecht nach dem intensiven und strengen Geruch von Sex. Die Frau küsst mich ungestüm. Ihre Zunge dringt tief in mich ein, ihre üppigen Brüste, deren Nippel ganz hart sind, pressen sich fest an meinen Brustkorb. Sie reibt ihre Möse auf meinem Schwanz, und sie ist so nass, dass ich sie vorne durch meine Boxershorts triefen spüre. Sie ist nackt – und zwar splitternackt, nicht wie meine vorherigen Peinigerinnen, die alle noch irgendwelche knappen Stofffetzen am Leib hatten. Ihre Küsse sind forscher als deine, drängender und unnachgiebiger. Sie ist so salzig, dass ich beinahe das Gefühl habe, Blut zu schmecken, und sie riecht so intensiv nach Sex, dass jedes andere Parfüm an ihrem Körper eine Verschwendung wäre. Als sie in meine Hose greift und meinen Schwanz umfasst, nimmt sie mich derartig heftig, dass ich beinahe komme.

Doch sie kennt sich mit Männerkörpern gut genug aus und hält mich davon ab, sofort zu explodieren. Sie manövriert meinen Schwanz geschickt durch den Schlitz meiner Boxershorts, und was sie dann macht, schockiert mich.

Ich spüre, wie ihre Möse die Spitze meines Schwanzes umfasst. Bestimmt meint sie es nicht ernst, oder? Du würdest doch niemals zulassen, dass es eine andere Frau mit mir treibt. Oder etwa doch?

Sie hockt sich auf mich und zwängt meinen Schwanz tief in sich hinein.

Sie stöhnt laut auf, und ich erkenne die Stimme sofort. Sie lässt ihre Hüften mahlend auf mir hin- und hergleiten und presst meinen Schwanz in die Tiefen ihrer Möse. Dann umschlingt sie mich mit ihren Armen und zieht mich näher an sich heran. Ihre Lippen finden meinen Mund, ihre forsche Zunge dringt tief in mich ein. Sie reitet mich jetzt so wild und verzweifelt und mit einer Leidenschaft, die du noch nie an den Tag gelegt hast. Sie fickt mich zu *ihrem* Vergnügen, und wenn ich in ihr komme, so ist das nur ein Beiprodukt ihrer Lustbefriedigung. Ihr Stöhnen und Seufzen wird lauter und nähert sich dem Höhepunkt.

Ich will mich beherrschen und sie zuerst kommen lassen. Doch ich muss mich gar nicht zurückhalten, denn sie kommt so schnell, dass ich regelrecht überrascht bin, als sie nach mir greift und mich eng an sich presst. Die Explosion der Lust lähmt ihre Hüften vorübergehend, und sie erstarrt für einen Augenblick. Dann legt sie wieder los, lässt ihren Körper auf meinem Schwanz auf- und niedergleiten und den Saft ihrer Lust auf meine Boxershorts triefen. Es dauert nur einen Moment, bis auch ich komme, mein Hintern sich vom Sofa hebt und mein Mund sich öffnet und einen ekstatischen Schrei ausstößt.

Sie bedeckt mein ganzes Gesicht mit Küssen, vertrauten Küssen, und jetzt erkenne ich auch den Geruch. Keine Ahnung, warum ich ihn nicht sofort erkannt habe. Meine einzige Erklärung dafür ist, dass ihr fünf – oder vier oder sechs oder sieben – meine fünf Sinne derart sensibilisiert habt, dass ich in dem mir vertrauten Duft deiner Möse ganz neue Duftnoten gerochen habe, die mir bisher entgangen waren.

Als du dich von mir erhebst, ist mein Schwanz glitschig und nass von meinem Erguss und dem Saft deiner Möse. Du seufzt und flüsterst mir ins Ohr, die Augenbinde noch aufzubehalten. Ich höre Getuschel und Gekicher. Vertraute Stimmen, fremde Stimmen – wer weiß das schon? Bei meinen nun aufs Äußerste geschärften Sinnen fühle ich mich bei jedem Geräusch verzaubert und in die Irre geleitet.

Ich höre Schritte. Ihr verlasst alle den Raum. Erst als die Tür hinter euch ins Schloss fällt, hole ich tief Luft, nehme die Augenbinde ab und blinzele ins Licht.

Die Kleidung der Tänzerinnen, einschließlich der Schuhe, liegt in einem Haufen auf dem Beistelltisch. Also müssen sie diesen Raum alle nackt verlassen haben – und das stimmt mich nachdenklich. Habe ich wirklich dein Stöhnen wiedererkannt und deine Möse und deinen Orgasmus gespürt? Oder hat sich doch eine andere Frau auf mich gesetzt und es mit mir getrieben, während du dabei zugesehen, sie gelenkt und dich daran erfreut hast, wie ich in einem Taumel der Wahrnehmung meiner fünf Sinne schwelgte?

Das ist das Schöne an dem Ganzen.

Ich werde es nie erfahren.

Körperschnäpse

Du kommst in einem Morgenrock an die Tür – in einem Morgenrock und nicht viel mehr als diesem. Vielleicht trägst du auch gar nichts darunter; es würde mich nicht wundern, wenn du unter diesem sexy Gewand völlig nackt wärst, und selbst mit dem Morgenrock bist du so gut wie unbekleidet. Im Grunde ist es gar kein richtiger Morgenrock. Ich kenne dieses leichte, aufreizende Kleidungsstück gar nicht. Als wir noch zusammen waren, hast du eher auf Frottee gestanden und auf Sweatshirts und T-Shirts.

Es ist ein winziger Fummel aus weißem Satin, im Ausschnitt mit einer Spitzenleiste verziert und hauteng – allerdings nicht durchsichtig. Unter dem Stoff zeichnen sich die Rundungen deiner Brüste ab, und du trägst keine Schuhe.

»Hi«, begrüßt du mich und bist weniger überrascht, als ich es erwartet hätte.

»Tut mir Leid«, entgegne ich. »Ich wollte dich nicht wecken.«

»Ich habe noch nicht geschlafen«, stellst du klar. »Ich habe gelesen. Was gibt's?« Du musterst mich mit einem gewissen Ausdruck des Missfallens, und in diesem Moment wird mir klar, dass ich einen Fehler begangen habe.

»Ich ... ich war zufällig in der Gegend«, lüge ich. »Da dachte ich, ich schaue mal vorbei, vielleicht auf einen

Drink, aber, wie ich sehe, liegst du schon im Bett. Ich gehe wieder.«

Du zuckst mit den Achseln. »Nein. Red keinen Unsinn. Ich wollte noch nicht schlafen gehen. Komm rein!«

»Hast du Lust auf einen Drink?«

Du siehst mich misstrauisch an, und ich schwöre, dass deine Augen mich abschätzend taxieren, als ob du dich zu erinnern versuchst, wie mein Körper unter meiner Kleidung aussieht.

»Jedenfalls habe ich keine Lust, mich wieder anzuziehen.«

»Kein Problem«, entgegne ich. »Ich verschwinde wieder.«

Du lächelst. »Nein. Komm rein!«

Ich betrete deine Wohnung, und der Geruch, der mir in die Nase steigt, ist mir so lebhaft in Erinnerung, dass es mich beinahe umhaut. Jeder Mensch hat eine ganz eigene Duftmarke, und wenn sie einem so vertraut ist wie dein Geruch mir, ist es manchmal fast ein bisschen beängstigend, was er in einem auszulösen vermag. Du duftest nach Zimmerpflanzen – Farn, Blumen und Kaktus –, vermischt mit dem Geruch nach Lavendel, Badeprodukten, Bodyöl und Handseife. Neben diesem Duftgemisch steigt mir dein verführerisches Parfüm in die Nase, das du manchmal benutzt, wenn du ausgehst, und zu meiner Überraschung ist dieser letzte Geruch viel stärker, als ich erwartet hätte.

Meine Vermutung wird bestätigt, als ich mitten im Wohnzimmer dein achtlos hingeworfenes schwarzes Kleid sehe und daneben zusammengeknüllte Strapse, einen Tangaslip, einen BH und auf beiden Seiten zwei identische Häuflein aufgerollter Netzstrümpfe. Wie es aussieht, warst du aus und bist früh nach Hause gekommen, vielleicht aus einem Klub – immerhin ist es bereits Mitternacht.

»Ich hätte gar nicht erwartet, dich zu Hause anzutreffen«,

stelle ich fest, hole tief Luft und jongliere in meiner Erinnerung mit den mir bekannten Düften.

»Nun bin ich aber da«, entgegnest du. »Ich habe Corona, Budweiser und Blackened Voodoo Lager da.«

»Voodoo«, sage ich.

»Es ist aber schon ein Jahr alt.«

»Okay, dann Corona.«

»Das ist *zwei* Jahre alt.«

»Äh ...«

»Eigentlich sollte ich wissen, dass du nicht auf Budweiser stehst.«

»Ist schon okay.«

»Na gut«, seufzt du und verziehst die Lippen. »Aber du kennst mich ja. Ich habe auch Tequila da.«

»Hast du auch Limonen?«

Du verdrehst die Augen. »Was für eine Frage!«

»Okay«, sage ich mit einem Lächeln. »Klingt verlockend.«

Ich lasse mich auf deinem kleinen S-förmigen Sofa nieder, der einzigen Sitzgelegenheit in deinem winzigen Wohnzimmer. Ich genieße deinen Duft und stelle erstaunt fest, dass mir neben dem Gemisch aus Lavendel, Farn und Parfüm dieser unverkennbare Duft in die Nase steigt, den ich so geliebt habe, ohne ihm jedoch je einen Namen gegeben zu haben – denn er trägt deinen Namen, es ist der Duft deines Körpers, der Duft deiner Begierde. Vielleicht ist es auch eher der Duft *meiner* Begierde, denn ihn in der Nase zu haben, lässt mich dich noch heftiger begehren, als ich es sowieso schon tue. Ich frage mich kurz, ob du immer noch so schmeckst wie früher.

Du kommst mit einer Flasche Cuervo, einem Budweiser, einer Hand voll Limonen und einem Messer in der Hand zurück. Unter den Gürtel deines kleinen weißen Morgenmantels hast du eine Dose Morton's Kochsalz geschoben. Ihr Gewicht hat den Gürtel ein kleines bisschen geöffnet, sodass der Morgenmantel ein wenig über die Rundungen deiner Brüste gerutscht ist und sie so weit freigelegt hat, dass ich beinahe deine Nippel sehen kann. Ich bemühe mich mit aller Kraft, nicht hinzusehen, doch vergeblich. Ich kann den Blick nicht abwenden. Meine Augen wandern über deine Titten, und ich erinnere mich daran, wie herrlich sie sich auf meinem Körper und auf meinem Gesicht angefühlt haben.

»Ich habe keine Schnapsgläser«, sagst du. »Ich hoffe, du hast nichts gegen einen kleinen Speichelaustausch.«

»Natürlich nicht«, stelle ich klar.

Du viertelst eine Limone und streust dir etwas Salz auf die Hand. Dann hältst du mir die Hand hin. Ich sehe dich fragend an, und du deutest mit einem Nicken auf das kleine Salzhäuflein. Also beuge ich mich vor und lecke dir das Salz von der Hand, wobei sich der Salzgeschmack mit dem vertrauten Geschmack von dir vermischt. Du reichst mir die Tequilaflasche, und ich nehme einen Schluck. Gleichzeitig schiebst du mir ein Stück Limone in den Mund, und ich sauge es aus. Der Geschmack erinnert mich an damals; ich habe keinen Tequila mehr getrunken, seitdem ich dich das letzte Mal ganz nah bei mir gerochen habe. Du lächelst.

»Körperschnäpse, weißt du noch?«

»Für mich klang ›Körperschnäpse‹ immer so, als ob es sich um etwas sehr Laszives handeln müsste«, stelle ich fest.

Du strahlst mich an. »Das kann es auch durchaus sein«, entgegnest du. »Wenn du willst, dass es das ist. An den Part solltest du dich eigentlich auch noch erinnern. Ich meine, *so* lange ist es schließlich noch nicht her.«

Ich nicke und sauge weiter an der Limone.

Du streust dir erneut etwas Salz auf die Hand, leckst es

herunter, trinkst aus der Flasche einen Schluck Tequila und schiebst dir ein Stück Limone in den Mund.

»Also, worüber wolltest du mit mir reden?«, bringst du mit der Limone zwischen den Zähnen hervor.

Ich nehme mein Limonenstück aus dem Mund, lange nach der Tequilaflasche und genehmige mir einen kräftigen Zug, wobei ich immer noch den Salz- und Limonengeschmack auf der Zunge habe. Dann bestreue ich meine Hand mit Salz und halte sie dir hin.

Du nimmst dein Limonenstück kurz heraus, leckst mir das Salz von der Hand, nimmst einen Schluck Tequila, schiebst die Limone wieder zurück in deinen Mund und grinst mich verschmitzt an.

»Du versuchst mich betrunken zu machen«, bringst du hinter der Limone mit gedämpfter Stimme hervor.

Ich betrachte deinen weißen filigranen Satinmorgenmantel, der sich inzwischen fast bis zu deinem Bauchnabel geöffnet hat und mir den Blick auf die Seiten deiner vollen Brüste und auf deinen glatten oberen Bauch freigibt. Du siehst unglaublich aus und mit der Limonenschale, die aus deinem Mund guckt, fast ein bisschen komisch.

»Wie kommst du denn darauf?«

»Na, mitten in der Nacht bei seiner Ex-Freundin hereinzuplatzen und sich Tequila herunterzukippen ist ja wohl nichts anderes als ein Jagdruf nach Beute, oder?«

»Meinst du?« Diesmal streue ich mir das Salz direkt auf die Zunge, nehme einen neuen Schluck und sauge eine weitere Limone. »So weit ich mich erinnere, war das mit dem Tequila deine Idee«, murmele ich mit der Limone im Mund.

»Ich bekenne mich schuldig«, entgegnest du. »Siehst du irgendetwas?«

Ich bin inzwischen leicht betrunken. Meine Augen taxieren deine Brüste. »Im Moment sehe ich in der Tat etwas, das mir gefällt.«

Du siehst an dir herab, hebst den Kopf wieder und lächelst mich an. Dann nimmst du das Limonenstück aus deinem Mund und versuchst vergeblich, deinen Morgenmantel zuzuziehen.

»Siehst du! Es ist doch ein Jagdruf nach Beute.«

Ich bin bereits hart; dein Geruch, der Tequila und der Anblick deines nur spärlich mit weißem Satin bekleideten Körpers haben meine sonst übliche Zurückhaltung sich in Luft auflösen lassen. Ich beuge mich vor, lasse meine Hände unter deinen Morgenmantel gleiten und lege sie auf deine Brüste.

Deine Nippel sind hart, und das kann nicht daran liegen, dass dir kalt ist, denn in deiner Wohnung ist es kuschelig warm.

Als sich der Morgenmantel ganz öffnet, sehe ich, dass du darunter nackt bist. Dein Körper sieht hinreißend aus, so vertraut, so erregend. Ich will dich so dringend, dass es beinahe schmerzt. Ich küsse dich und schmecke neben Salz, Limone und Agave deinen köstlichen Eigengeschmack. Unsere Zungen umspielen einander, und du beugst dich zu mir vor, während meine Hände deine Brüste liebkosen. Du atmest schwer, entweder bist du ein wenig ängstlich oder erregt oder beides. Meine Daumen massieren deine Nippel, und du stöhnst leise auf und drängst dich noch enger an mich. Ich beuge mich herab, lecke deine Nippel einen nach dem anderen und spüre, wie du bei jeder Berührung mit meiner Zunge erbebst.

»Noch einen Schluck Tequila?«, fragst du nervös.

»Gern«, entgegne ich, strecke die Hand aus und schnappe mir die Salzdose. Dann drücke ich dich aufs Sofa hinab, und du lässt es mit weit aufgerissenen Augen und betrunken kichernd geschehen.

Ich bestreue vorsichtig deine Nippel mit Salz, greife nach der Tequilaflasche und lecke.

Als ich den einen Nippel abschlecke, kicherst du und bringst damit beinahe das Salzhäufchen zum Einsturz, das ich auf dem anderen Nippel sorgfältig aufgetürmt habe. Ich nehme einen Schluck, und dabei rieselt Salz auf deinen Bauch.

»Oh, siehst du? Ich habe mir eine Spur gelegt.«

Ich fahre mit der Zunge über deinen Bauch und koste deinen salzigen Schweiß, der mit Mortonss Kochsalz durchsetzt noch salziger schmeckt. Du atmest noch schwerer und windest dich unter den Liebkosungen meiner Zunge. Als ich deinen salzigen Nippel mit meinem Mund umschließe, legst du deine Arme um meinen Kopf und ziehst mich ganz eng an dich, woraufhin ich leicht zubeiße und das Salz abschlecke.

Schließlich hebe ich den Kopf, trinke einen großen Schluck Tequila, schiebe mir ein Limonenstück in den Mund und sehe dich herausfordernd an.

»Bei diesem Spiel können zwei Spieler mitspielen«, stellst du klar. »Zieh dich aus!«

Es ist lange her, dass ich dich diese Worte habe sagen hören, aber ich werde dich nicht nach deinen Beweggründen fragen. An unserer Trunkenheit kann es jedenfalls nicht liegen. *So* viel Tequila haben wir nun auch nicht getrunken. Ich stehe auf, ziehe mich schnell aus und lege meine Sachen in der Sofaecke auf einen Haufen. Deine Augen wandern über meinen steifen Schwanz, und du lächelst.

»Du liebst mich immer noch«, stellst du kichernd fest.

Ich lege mich wieder hin, und du beugst dich über mich

und beträufelst meinen harten Schwanz mit kaltem Limonensaft. Ich schnappe nach Luft.

»Lass es uns mit einem einzigen Kuss machen, sollen wir?«

Du bestreust meinen Schwanz mit Salz, beugst dich mit deinem Mund zu ihm herab und nimmst ihn tief in dir auf. Doch du hörst nicht auf zu lecken, deine Lippen gleiten hoch und runter und bringen mich durch meine Limone hindurch zum Stöhnen. Du besorgst es mir gerade so weit, dass ich beinahe komme; dann richtest du dich auf und nimmst einen Schluck aus der Flasche.

»Zu salzig«, stellst du grinsend fest. »Fehlt noch ein bisschen Saures.« Du schiebst dir ein Stück Limone in den Mund, während ich erneut nach dem Salz lange.

Ich spucke meine Limonenscheibe unappetitlich quer durch deine Wohnung, lege dich erneut auf den Rücken und spreize deine Beine. Ohne dich zu sträuben und ohne zu zögern, lässt du mich deine Schenkel weit öffnen. Dann knie ich mich vor dich und bestreue deine Möse mit Salz.

»Ich hoffe, du hast dich nicht erst kürzlich rasiert«, sage ich und beuge mich wie ein Verhungernder über dich. Der Salzgeschmack überdeckt für einen Moment alles, doch dann geht er in dem intensiven Aroma deiner Möse auf und macht dem brennenden Verlangen meines Schwanzes Platz, das sich sofort bemerkbar macht, als ich anfange, dich zu vernaschen. Obwohl es so lange her ist, schmeckst du so vertraut, und das steigert mein Verlangen noch. Meine Zunge fährt in deine Öffnung und verkostet dich; du schmeckst nass und salzig, besser als Cuervo Gold. Ich drücke meine Zunge auf deine Klitoris und lausche deinem durch die dicke Limonenscheibe dringenden Stöhnen.

»Trink«, forderst du mich auf. »Du verdirbst ja unser Körperschnapsspiel.«

Mein Mund hebt sich gerade einen Fingerbreit von deiner Möse. »Ich habe genug Tequila intus«, stelle ich klar. »Ich trinke keinen Alkohol mehr.«

Dann widme ich mich wieder deiner Möse. Ich drücke meinen Mund kräftig gegen sie und lecke dich gierig, während deine sich hin- und herwindenden Hüften gegen mein Gesicht klatschen. Deine Hände liegen auf meinen Schultern, und ich höre dich meinen Namen erst flüstern, dann stöhnen, dann keuchen, dann ächzen, und es kommt mir nicht einmal in den Sinn, mich zu fragen, wann dir die Limone aus dem Mund gefallen ist. Ich vernasche dich nach allen Regeln der Kunst, lausche, wie du dich dem Orgasmus entgegenstöhnst, und weiß aus jahrelanger Erfahrung, genau im passenden Moment innezuhalten, in dem Moment, in dem du kurz davor bist, aber noch nicht kommst.

»Verdammt«, wimmerst du. »Bitte, lass mich kommen! Ich verabreiche dir so viele Körperschnäpse wie du willst, aber bitte, lass mich kommen!«

Meine Finger gleiten fast wie von selbst in dich, finden deinen G-Punkt und massieren ihn kräftig. Du bettelst förmlich darum, befriedigt zu werden, deine Begierde kennt keine Grenzen mehr. Du stößt mich vom Sofa, besteigst mich und zwingst meinen Kopf mit deinen Schenkeln auf den Boden, während du deine Möse wieder verzweifelt über meinen Mund drängst. Und dann ist dein Mund auf meinem Schwanz – diesmal ohne Salz.

Meine Hände umfassen deine Pobacken, während ich deine Klitoris lecke, und die Spitze meiner Zunge ist ebenso quicklebendig und voller Empfindung wie mein Schwanz, den du kräftig lutschst. Stöhnend hebst und senkst du deine Hüften und reibst deine Möse in meinem Gesicht. Mein Schwanz gleitet in deinen Mund bis hinab zu deiner Kehle, und mit den Händen knetest du meine Eier, während du auf meiner gierig schlagenden Zunge mit hoher Geschwindigkeit dem Orgasmus entgegentreibst. Als du kommst, umfasst du meinen Schwanz und atmest heiß und schwer auf ihm aus, während meine Zunge weiter wild deine Klitoris bearbeitet, bis die Anspannung schließlich aus deinem Körper entweicht und du dich auf mir entspannst. Dein Orgasmus hat dich so erschöpft, dass du zu nichts mehr in der Lage bist, als meinen Schwanz zärtlich zu küssen und deine Zunge träge an ihm rauf- und runterfahren zu lassen.

Ich hebe dich hoch und setze dich aufs Sofa. Dann nehme ich deine Hand und werfe einen Blick Richtung Schlafzimmer.

»Sicher«, sagst du. »Warum nicht? Es ist nur eine etwas andere Art Körperschnaps, oder?«

Wir schaffen es nicht einmal mehr bis zum Bett. Wir landen so hart auf dem Teppichboden, dass ich im ersten Moment fürchte, einen von uns verletzt zu haben. Aber wenn es dir etwas ausgemacht hat, lässt du es dir nicht anmerken. Du spreizt einfach nur die Beine und drängst mich in dich, und deine Möse ist so nass, dass ich mit einem einzigen Stoß in dich eindringe. Wir robben kurz halbherzig Richtung Bett, doch dann geben wir uns ganz den Stößen hin, mit denen ich dich ficke, und dein Rücken krümmt sich, als du zum zweiten Mal kommst, und dann komme auch ich in dir; ein Stöhnen entweicht meinen Lippen, und ich ziehe dich fest an mich und halte dich.

Ich spüre deine Küsse auf meiner Wange und höre, wie sich dein keuchender Atem allmählich wieder normalisiert. Mein Schwanz gleitet aus dir, und ich sehe, dass dein ursprünglich so makelloser weißer Morgenmantel mit Schnaps, Schweiß und Sperma befleckt ist.

»Puh«, seufzt du. »Was Tequila mir doch für Wonnen bescheren kann!«

Früher kam es bei uns nur äußerst selten vor, dass wir uns zweimal hintereinander liebten. Doch als wir ins Bett krabbeln, weiß ich in der gleichen Sekunde, dass es passieren wird. Diesmal vernasche ich dich genüsslich und mit aller Ruhe, endlose Minuten lang, und ich spüre, wie sich mir dein Körper voller Begierde entgegendrängt. Ich koste unser relaxtes Liebesspiel voll aus, denn da ich dich kenne, weiß ich, dass es eher unwahrscheinlich ist, dass du noch einmal kommst. Doch als ich schließlich in dich eindringe – diesmal von hinten, damit ich deine hinreißenden Brüste umfassen kann, die ich so vermisst habe, und damit ich, wie du es so gerne hast, deinen Nacken küssen kann, während ich dich ficke – kommst du fast sofort, ohne dass ich deine Klitoris auch nur berühre. Und trotz meines benebelten Hirns und des leicht kreisenden Schlafzimmers weiß ich, dass es nicht am Tequila liegt.

»Warst du wirklich in der Gegend?«, fragst du mich, während die ersten Sonnenstrahlen durch dein Schlafzimmerfenster fallen.

Ich denke kurz nach.

»Natürlich«, sage ich schließlich.

Du siehst mich argwöhnisch an.

»Kannst du es vielleicht einrichten, am nächsten Wochenende auch wieder in der Gegend zu sein?«

Ich nicke und lächle sanft.

Du kuschelst dich enger mich heran, drückst dein Gesicht an meinen Hals.

»Gut«, stellst du fest. »Ich bin nämlich auf der Suche nach einem neuen Trinkpartner.«

»Aber ich habe es dir doch schon gesagt«, entgegne ich mit einem Lächeln, »ich trinke keinen Alkohol mehr.«

Du kicherst und klingst immer noch ein bisschen beschwipst, obwohl du inzwischen längst wieder nüchtern sein musst.

»Wie schade aber auch«, stellst du fest. »Dann müssen wir uns wohl eine andere Beschäftigung suchen.«

Der Anfang

Ich will von vorne anfangen.

Mit dem schrillen Gebimmel des Weckers, das mich an diesem Morgen durch den Nebel des Tiefschlafs langsam zu Bewusstsein kommen lässt. Dein warmer Körper liegt in Löffelstellung in meinen Armen, und ich will deine Position nicht verändern, um auf die Stop-Taste zu drücken. Du liegst so schön da, so perfekt. Dein Körper ist an mich geschmiegt, dein glänzendes rotes Haar kräuselt sich in kleinen Korkenzieherlöckchen auf meinem Hals und meiner Brust – ein rundum warmer und weicher rothaariger Engel, der völlig unbeeindruckt von dem Wecker gleichmäßig im Rhythmus seiner Träume atmet.

Ich ziehe vorsichtig einen Arm unter dir hervor und stelle den Lärm ab. Dann rücke ich ein wenig von dir ab, damit ich deinen Schlaf auf keinen Fall störe. Ich will nachdenken. Ich will ergründen, wie es zu all dem gekommen ist. Aber ich kann die Augen nicht von dir wenden. Noch nie hat mich eine Frau, die überhaupt nichts tut, derart in den Bann gezogen – eine Frau, die nichts tut als zu schlafen, um genau zu sein.

Du siehst aus wie das Modell auf einem Gemälde eines Präraffaeliten, das ich vor einigen Sommern in Italien gesehen habe – eine Nymphe, die mit geschlossenen Augen und über der Brust gefalteten Händen stromabwärts treibt und über deren Kopf ein Heiligenschein schwebt.

Nach einem kurzen Moment sinke ich zurück in dic daunengefüllten Kissen und versuche mir die Ereignisse des zurückliegenden Abends noch einmal vor Augen zu führen. Aber gestern Abend war gar nicht der eigentliche Anfang. Nein, bestimmt nicht. Allerdings ist mir nicht so richtig klar, wann es genau angefangen hat. Das Einzige, was mir absolut bewusst ist, ist der sommerliche Duft, der von deinem sonnengebräunten Körper aufgestiegen ist, als wir uns von der Tür Richtung Bett bewegt haben, und dein weißes Unterkleid mit den schmalen Strapsen, das sich auf meinen Fingerspitzen so leicht und zart angefühlt hat. Ich habe erst den seidenen Stoff liebkost und dann, als wir uns gemeinsam in das warme Nest meines Bettes haben fallen lassen, deine seidenweiche Haut. Aber *das* war bei weitem nicht der Anfang – es war der Höhepunkt. Der Gipfel.

Wie du dich unter mir angefühlt hast, war geradezu unreal – mein Gott, so warm und bereit. Ich habe dir das Unterkleid über deine Hüften geschoben und entdeckt, dass du dich deines Höschens bereits entledigt hattest, während ich mich ausgezogen habe. Ich habe meine Hand zu deiner Möse hinaufgleiten lassen und gefühlt, wie nass du warst. Nass und bereit.

Genau danach hatte ich mich so lange gesehnt, mit dem Mund an der Spalte zwischen deinen Beinen zu sein und meine Zunge über und um deine Klitoris kreisen zu lassen. Du hast gestöhnt, deine Hüften angehoben, um mir zu helfen, und als du meinen Namen gesagt hast, dachte ich, dass ich sofort auf der Matratze kommen würde. Natürlich habe ich dich meinen Namen schon oft sagen hören. Aber noch nie so. Noch nie wie einen lang gezogenen Seufzer aus tiefster Wonne und Lust.

Während du jetzt neben mir schläfst, versuche ich mir jede einzelne Einstellung des lebendigen Films der vergangenen Nacht vor Augen zu rufen. Doch das ist es eigentlich gar nicht, worüber ich nachdenken will. Es trägt nur dazu bei, dass ich schon wieder hart werde. Was ich eigentlich ergründen will, ist, woher du es gewusst hast, wie du es eingefädelt hast, dass wir hier endeten. Also strenge ich mich ein bisschen mehr an und rufe mir in Erinnerung, wie wir uns in einer ähnlichen Umarmung wie jetzt direkt in der Mitte des Klubs unter der verspiegelten Discokugel mit sexy Drehungen über die Tanzfläche bewegt haben. Unter den in allen Regenbogenfarben schillernden Lichtblitzen war ziemlich offensichtlich, was passieren würde, was die Zukunft für uns in petto hatte.

Aber auch *das* war nicht der Anfang.

Vielleicht ist der tatsächliche Beginn der Geschichte jener Tag, an dem ich dich zum ersten Mal gesehen habe, jener Moment, in dem wir einander vorgestellt wurden.

»Hier rüber!«, rief mein Chef und winkte mich in der Kantine an seinen Tisch. »Das ist unser neuer Artdirector«, sagte er und zeigte auf dich. »Ich habe sie gerade herumgeführt.« Dann erzählte er, dass es dein erster Tag sei, du dich mit deinen neuen Kollegen allem Anschein nach gut verstündest und offenbar wüsstest, dich »zu behaupten«. Ich will nicht verhehlen, dass ich kaum fähig war zu sprechen, als es an mir war, etwas zu sagen. Wie betäubt hörte ich ihn meinen Titel erläutern, »Leiter der Reportagenredaktion«. Es war, als ob er in einer fremden Sprache spräche. Ich sah dich, und ich begehrte dich. Wir schüttelten einander die Hände und versuchten einander einzuschätzen.

Freund oder Feind? Verbündeter oder Gegner?

Ich erinnere mich, dass ich deine Hand ein bisschen zu lange gehalten habe, ein paar Augenblicke länger als die vorgesehene Handschüttelzeit, die einem jene innere Uhr vorschreibt, über die offenbar jeder verfügt. Ich erinnere mich auch noch an deinen Gesichtsausdruck, mit dem du mich taxiert hast, und wie du mich dann mit deinen karmesinrot glänzenden Lippen und weit nach oben gezogenen Mundwinkeln angelächelt hast. Ich dachte »eine Rothaarige mit rotem Lippenstift«. Ich bin schon vorher mit Frauen deiner Haarfarbe aus gewesen und bin es leid, es ihnen immer wieder zu sagen. Rothaarige Frauen sollten keinen roten Lippenstift benutzen, oder? Wie kommt es, dass du dir trotz deiner Haarfarbe rote Lippen erlauben kannst? Ich weiß zwar nicht wie, aber irgendwie schaffst du es, sämtliche festgesetzten Regeln zu brechen. Du weißt immer ganz genau, was gut aussieht. Vermutlich liegt es daran, dass du Artdirector bist – oder vielleicht ist es auch so, dass man sich als Artdirector mit Stilfragen einfach auskennt.

Wir waren sofort Freunde, was unter Kollegen eher selten vorkommt und umso außergewöhnlicher ist, als wir auch noch die Geschlechtsbarriere zu überwinden hatten. Doch irgendwie passten unser Sinn für Humor und unsere jeweilige Lebenseinstellung zueinander, und da hat es einfach klick gemacht. Zum Mittag zog es uns nach draußen, um auf den vorderen Stufen unseres Bürohauses Brezeln zu essen, die wir an einem Straßenstand gekauft hatten. Abends zogen wir durch die Bars deiner Wohngegend in West Hollywood oder gingen bei mir in Venice aus. Ich weiß, dass es von Anfang an Gerede gab. Wie viele Frauen und Männer aus dem Kollegenkreis sind schon miteinander befreundet? Solche, die es nicht gleich miteinander treiben, gibt es vermutlich kaum. Aber bei uns war es so. Wir gingen am Wochenende ins Kino, grillten gemeinsam oder sahen uns Spiele der Los Angeles Dodgers an.

Irgendetwas war immer da. Irgendetwas ist immer der Auslöser. Wie der Funke vor dem Entzünden der Flamme oder das Prasseln der Regentropfen auf dem Bürgersteig, bevor ein Unwetter losbricht. Deshalb ist es so schwer für mich, den Anfang von all dem auszumachen, während dein warmer, weicher Körper sich an mich schmiegt. Es scheint irgendwie, als wäre es schon immer so gewesen.

Natürlich gab es *den* Moment, in dem wir von bloßen Freunden zu Liebhabern geworden sind. Im wörtlichen Sinne trug sich dieser Moment in der vergangenen Nacht zu, da haben wir uns zum ersten Mal angefasst und der Fleischeslust gefrönt. Doch ich will es wieder etwas unbestimmter fassen und feststellen, dass ich dich schon seit der Berührung unserer Fingerspitzen bei jenem etwas zu langen Händeschütteln begehrt habe, dass mein Verlangen nach dir geweckt war, als diese stark angemalten Lippen sich bei unserer gegenseitigen Vorstellung zu einem zufriedenen Lächeln hochgezogen haben.

Ich wollte dich von Anfang an.

Gestern Abend waren wir im Lula's, unserer Lieblingsbar, die von unserem Büro in Brentwood nur einen Katzensprung entfernt ist. Wir hatten jeder ein paar Drinks, eiskalte Margaritas und einige Gläschen honigfarbenen Tequila. Dann hast du, offensichtlich vom Alkohol ermutigt, einen neuen Klub erwähnt, der bei dir in der Gegend aufgemacht hat und über den du etwas gelesen hattest. Ich hatte sofort Lust auf eine kleine Abwechslung von den Läden, in denen wir uns sonst immer herumtrieben, und so sprangen wir in meinen silbernen Alfa, kurbelten das Dach herunter und brausten den Wilshire Boulevard entlang in Richtung Santa Monica Boulevard.

Wir fanden ohne Probleme einen Parkplatz, direkt an der Straße, an der auch die Zentrale von Tower Records liegt, und gingen in den Klub. Ich betrachtete dich in dem dämmrigen Licht. Die spiralenförmigen bunten Lichtstrahlen der Disco-Spots zuckten über dein Gesicht und ließen deine goldenen Wolfsaugen flach und mattgelb erscheinen.

»Na los!«, hast du mich gedrängt und sanft in Richtung Theke gezogen. Ich folgte dir langsam und bewegte mich automatisch im Rhythmus der Dancemusik. Die Stimme des Sängers sandte gleichmäßig harmonische Wellen aus, und der hämmernde Takt des Songs verschmolz mit dem pochenden Rauschen meines Bluts in meinen Ohren.

Und dann, an der Bar, als wir vor unseren neuen Drinks saßen, spürte ich plötzlich deine Hand auf meinem Schenkel. Sie lag einfach nur da, und als dich ein markig aussehender Punk zum Tanzen auffordern wollte, schütteltest du den Kopf und sagtest »nein«. Du warst mit mir da. Ich muss gestehen, ich fühlte mich so geehrt, als ob ich auf dem Spielplatz als erstes Kind für die Kickball-Mannschaft gewählt worden wäre. Dann spürte ich noch etwas, eine Enge in meiner Kehle, etwas Hartes zwischen meinen Beinen ... *Sei ehrlich*, ermahnte ich mich selbst. *War dieses drängende Verlangen in deinem Schritt nicht immer da, wenn wir zusammen waren?*

Ich hatte keine Zeit, dieser nagenden inneren Stimme zu antworten. Du nahmst mir mein geeistes Glas aus der Hand, beugtest dich weit zu mir vor und flüstertest: »Willst du mit mir tanzen?« Und dann, nach einer kurzen Pause, mit einem unverkennbaren Verlangen in der Stimme: »Bitte«. Wie sollte ich einer derart säuselnden Stimme etwas abschlagen? Was für einen Wunsch auch immer sie äußerte?

Deine vollen Brüste streiften mich leicht am Arm; deine Finger krabbelten den Ärmel meines grauen Hemdes hinauf und wieder herunter. Dann umfassten deine Fingerspitzen mein Handgelenk, als ob sie meinen Puls fühlten, als ob sie mich zu lesen versuchten, und diese einfache Berührung eröffnete mir eine ganz neue Welt. Das simple Gefühl deiner Finger auf meinen Adern, deiner Finger, die meine Lebenslinien und meine Blutströme lasen, machte mir schlagartig alles klar. Deine Berührung strahlte Energie aus, eine Energie, die ich schon bei unserer ersten Begegnung gespürt hatte. Doch jetzt war der Fluss dieser Energie von dir auf mich und wieder zu dir zurück regelrecht spürbar, und ich erhob mich von meinem Barhocker, bevor mein Hirn sich meiner Körperaktionen überhaupt bewusst war.

Ich nahm deine Hand, und wir gingen zusammen zur Tanzfläche. Ich bemerkte sofort die wohlwollenden Blicke, Blicke von Männern, die dich sehnsüchtig anstarrten. Ich folgte ihren Blicken, die an deinen im Takt zur Musik hin- und herwiegenden Hüften klebten und an deiner roten Mähne, die dich wie ein Feuerring umgab und unter den zuckenden Strahlern ständig die Farbe wechselte.

Rot. Gold. Kupfer.

Deine geschminkten Lippen formten sich zu einem aufmunternden Lächeln, und als das erste langsame Stück gespielt wurde, nahmst du mich in die Arme. Es war ein altes, mir vertrautes Stück, das mir an die Ohren drang, während du dich an mich schmiegtest: D'yer Mak'er von Led Zeppelin.

Der ganze Raum verschwamm vor meinen Augen. Ich konnte zwar noch die anderen Körper um uns herum spüren – die Hitze der neben uns Tanzenden, den Geruch so vieler auf engstem Raum versammelter Frauen –, doch im Geiste war ich mit dir in meiner eigenen Welt. Dich anzusehen, war atemberaubend: die pulsierende Ader in dem Grübchen an deinem Hals, deine geschminkten lächelnden Lippen. Ich hatte Angst, das glänzende Rot auf deinen Lippen zu verschmieren, befürchtete, es in einem plötzlichen Anfall restlos wegzuküssen.

Ich konnte es nicht erwarten, dich nach Hause zu kriegen, ich konnte keinen einzigen Takt länger warten. Ich musste dich küssen. Unsere Münder berührten einander, und im gleichen Augenblick spürte ich pure Wonne. Dein Mund öffnete sich auf meinen Lippen und sog mich begierig auf. Dein Lippenstift schmeckte irgendwie wachsig und verschwand von deinem Mund. Irgendetwas stimmte nicht an dem Geschmack; schmeckte künstlich, aber das Verschwinden der Farbe auf deinen Lippen hatte auch etwas Sexuelles, weil ich bereits dabei war, dich auszuziehen. Indem ich den Lippenstift wegleckte, legte ich die wirkliche, echte Frau frei, die sich unter der gesellschaftlichen Schale befand.

Ich musste bereits an später denken, wie ich dir zärtlich jeden Tupfer Make-up aus deinem Gesicht entfernen würde. Wie ich dich ausziehen, dich waschen, dich vor mir hinlegen und deinen Anblick auf mich wirken lassen würde.

Wir bewegten uns kreisend über die Tanzfläche und umarmten uns immer enger. Dein Atem roch nach Alkohol, doch davon abgesehen stieg mir wieder der reine Duft deines Körpers in die Nase. Dieser Duft, der mir so vertraut war. Als ich dich erneut küsste, wusste ich auf einmal, wie es wäre, von dir zu kosten, mich vor dich zu knien, den Kopf auf deine Schenkel zu legen und tief Luft zu holen und die Wolken deines ganz eigenen Duftes zu inhalieren.

»Ich gehöre dir«, flüstertest du, führtest deine weiche Hand an meine Wange und strichst mir über meine sprießenden Bartstoppeln. Dann hast du mein Gesicht zu dir gedreht, sodass ich dir direkt in die Augen blicken konnte, und mich in dem Moment geküsst, in dem die Worte deinen Mund verlassen hatten. Deine Zunge bahnte sich einen Weg zwischen meine Lippen, und du trankst von mir. Ich umfasste deine schlanke Taille und gab mich ganz dem Kuss hin; mein Hirn war im Leerlauf, jeder Gedanke erloschen wie eine Kerze, die von einem plötzlichen Luftzug ausgeblasen wird.

Zischen. Flackern. Aus.

Deine Küsse waren heiß und rein. Jede deiner Bewegungen ließ erkennen, dass du Besitz von mir ergreifen wolltest: deine Lippen auf meinem Mund, deine Hände in meinem Haar, deine Finger auf meinem Nacken. Ich fühlte mich plötzlich wieder wie ein kribbelnd erregter Teenager, der im verblassenden Licht eines Sommertags dem passenden Zeitpunkt für den ersten Kuss entgegenfiebert.

Dann nahmst du mich bei der Hand – wobei du mich, begleitet von einem Drücken deiner Fingerspitzen, immer noch auf diese liebevolle ermutigende Weise angelächelt hast – und führtest mich durch das Gedränge der tanzenden Paare zu einer der Unisex-Toiletten. In dem Klub hatte jede einzelne Toilette mit dazugehörigem Waschraum einen separaten Eingang, der mit Postern von sexy Filmstars verziert war: Kathleen Turner, Linda Hamilton, Meg Tilly. Ein buntes Gemisch hübscher Gesichter lächelte auf uns hinab. Du wähltest die dritte Tür, zogst mich hinein und drehtest den Knauf um, sodass auf der anderen Seite das Besetzt-Zeichen erschien.

Der Toilettenraum überraschte mich mit seinem in Marmor eingelassenen Waschbecken, dem großen runden Spiegel aus den Zwanzigern und den blau getönten verspiegelten

Wänden. Die Wände und der Spiegel erzeugten eine Mehrfachreflektion, sodass unser Spiegelbild verdoppelt, verdreifacht und bis ins Unendliche vervielfacht wurde. Direkt neben der Tür stand ein hölzerner Kleiderständer, und eine Seite des Raums wurde komplett von einer gepolsterten Bank ausgefüllt.

Während ich den Raum in Augenschein nahm, zogst du dir dein Jerseykleid aus und schmiegtest dich in meine Arme. Von der Tanzfläche her konnten wir immer noch die Musik hören, und im schummerigen Licht unseres privaten Toilettenraums tanzten wir jetzt alleine. Die blau getönten Spiegelwände erzeugten ein mehrfaches Spiegelbild unserer eng umschlungenen, langsam kreisenden Körper, und das Gefühl von nackter Haut auf nackter Haut vermittelte mir dieses überwältigende Gefühl des ersten Kusses.

xxxIch betrachte uns von oben, als ob ich meinen Körper verlassen hätte. Ich öffne die Strapse deines Unterkleidchens und streife dir den winzigen Stofffetzen herunter. Dann bahnt sich mein Mund küssend seinen Weg über den Grat deiner Schultern zu deinem Schlüsselbein, weiter zu deinem Halsgrübchen – deine Brüste lässt er aus –, dann hinab zu deinem Bauch, deinen Hüften, überspringt deine Möse und wandert weiter zu deinen Knien, über deine Wade, deine Fußknöchel, die Spanne deiner Füße bis hin zu deinen Zehen.

Ich küsse dich langsam, verweile ausgiebig an jeder Station meines Weges. Als ich meine Rückreise antrete und mich an dir hochküsse, erbebst du. Ich küsse mit der gleichen Gemächlichkeit und Zärtlichkeit die Beuge deiner Kniekehlen und die empfindliche Haut deiner inneren Schenkel, und dann drücke ich mein Gesicht, ohne deinen Rhythmus zu stören, an deine Möse.

Ich bin sicher, dass man dein Stöhnen bis auf die Tanzfläche hört. Du seufzt so laut, dass bestimmt gleich jemand kommt, um nachzusehen, was los ist. Aber ich mache unbeirrt weiter, sehe nicht einmal zu dir auf, während ich mein Werk fortsetze.

Ich spreize deine Schamlippen und lecke und schlecke deine Klitoris. Gierig, unglaublich gierig. Deine Finger verlieren sich in meinem Haar, wirbeln und spielen auf meinem Kopf. Du flüsterst mit rauer Stimme meinen Namen, wiederholst ihn lauter, als meine kreisende Zunge schneller und heftiger wird.

Nein, wenn ich jetzt zurückdenke, liege ich doch falsch. Ich habe vorhin gelogen. Es hat nicht gestern Abend angefangen. Es hat auch nicht angefangen, als ich dir zum ersten Mal die Hand geschüttelt habe. Es hat bereits angefangen, bevor ich dich überhaupt kennen gelernt habe. Ich habe auf dich gewartet. Das weiß ich jetzt, da dein Körper sich so liebevoll an mich schmiegt. Ich habe auf dich gewartet und du auf mich.

Meine Zunge setzt ihre magischen Kreise fort, bis du kommst. Und dann löst du mich umgehend ab.

Ich betrachte uns erneut. Wie ich am Becken lehne und es mit beiden Händen fest umfasse. Ich bin völlig weg, das verrät dir schon mein keuchender Atem und das Pochen und Hüpfen der Ader in meinem Hals.

Ich bin so high, das ich keinen Laut hervorbringe. Kein Stöhnen. Keinen Seufzer. Ich bin erstarrt, ganz im Bann meiner Gefühle und brenne darauf, dass du es mir besorgst.

Ja, so, genau so. Das kalte Waschbecken, meine Finger,

die sich krampfhaft, geradezu schmerzend in dem Porzellan verkrallen. Und da unten du, mein süßer rothaariger Feger, der mich nach allen Regeln der Kunst aussaugt.

Aber das war gestern Abend. Und jetzt ist es Morgen, und du liegst eingekuschelt wie ein Kätzchen in meinen Armen und atmest in diesem tiefen, gleichmäßigen Rhythmus, der Glückseligkeit bedeutet.

Absolute Glückseligkeit.

Ich streichele dein Haar und lege meine Hand auf deinen Nacken, um deine Wärme zu spüren. Und ich sehe dich lange und intensiv an, und in diesem Moment wird mir klar, dass es völlig egal ist, wann es angefangen hat, sondern einzig und allein zählt, dass es überhaupt angefangen hat.

Im Nachtzug

»Est-ce que je peux partager ce compartiment avec vous?«

Dein Akzent ist so furchtbar, dass ich dich kaum verstehe. Du bist hübsch – unglaublich hübsch sogar, und du siehst sehr französisch aus. Nicht, dass ich wüsste, was »französisch aussehen« eigentlich bedeutet, aber mit Französinnen verbinde ich nun mal einen ganz bestimmten Stil, und du verkörperst ihn – trotz dieses amerikanischen Akzents, der über deine hübschen Lippen kommt, als du nervös die Worte aneinander reihst. Vielleicht ist es das zu enge T-Shirt, das diesen Eindruck bei mir erweckt. Doch dann sehe ich den Ring in deiner Nase und die offensichtlichen Konturen von Ringen an deinen Brustwarzen. Du bist Amerikanerin – daran besteht nicht der geringste Zweifel. Es wäre auch ohne deine schwarz gefärbte Bobfrisur offensichtlich und auch wenn du nicht dieses weiße T-Shirt mit dem Logo der Einstürzenden Neubauten tragen würdest, dessen Aufdruck von der Ausbuchtung deiner vollen Brüste, den festen Knospen deiner Nippel und den Nippelringen etwas verformt ist. Du könntest auch als Deutsche durchgehen, aber dann müsste dein Französisch besser sein. Das kurze schwarze Röckchen, das du trägst, sieht jedenfalls eher nach Europa aus als nach Berkeley – und die schwarzen kniehohen Doc-Martens-Stiefel könnten eher Doc Maartens ausgesprochen werden. Deine Piercings könnten darauf hindeuten, dass du Berlinerin bist.

Aber du bist Amerikanerin – daran zweifele ich keine Sekunde. Du bist jener ganz spezielle amerikanische Reisetyp – ich glaube, man nennt ihn American Eurotrash –, der dem Zauber des Alten Kontinents erlegen ist und den es drängt, good old Europe zu erkunden. Vielleicht in deinem ersten Collegejahr? Oder kurz nach deinem Abschluss? Ich seufze und rufe mir meinen eigenen ersten Europatrip in Erinnerung. Das war vor zwei Jahren, und ich war ausstaffiert mit Tour-d-France-T-Shirts und Nina-Hagen-Buttons. Zu was für Zynikern wir uns doch innerhalb weniger Jahre entpuppen können!

Wir haben gerade den Bahnhof eines kleinen französischen Dorfes verlassen, und deinem schweren Armeerucksack nach zu urteilen, der fast genauso hip aussieht wie dein Röckchen, deine Stiefel und deine Piercings, bist du gerade zugestiegen.

Ich registriere mit gewissem Interesse, dass dein enges T-Shirt hochgerutscht ist und deinen ebenfalls gepiercten Bauchnabel offenbart sowie den Ansatz eines dieser zurzeit angesagten Primitiv-Tattoos: stilisierter schwarzer Efeu, der sich leicht kräuselt und mit Stacheldraht verwoben ist.

»Est-ce que je peux partager ce compartiment avec vous? Vous? Partager? Ce compartiment?«

Du starrst mich sanftmütig und mit weit aufgerissenen Augen an. Ich sehe die Verzweiflung in deinem Blick, die Art, wie du deinen Englisch-Französisch-Sprachführer studierst, und ich sehe, dass dein Parisaufenthalt an dir gezehrt hat – ein paar Juniwochen, in denen dir ständig irgendwelche ignoranten Amerikaner in die Arme gelaufen sind, denen du geholfen hast, Baguettes zu bestellen. Wäre es nicht nach neun Uhr abends, und säßen wir nicht im Nachtzug nach Berlin, und hätte ich nicht einen langen Tag hinter mir, an dem ich mir ständig irgendwelchen Business-Schwachsinn anhören musste, wäre ich wahrscheinlich freundlicher und würde sagen: »Ich spreche Englisch.« Vielleicht hätte ich sogar hinzugefügt, dass ich Amerikaner bin, anstatt einen französischen Akzent vorzutäuschen, was ich gelegentlich tue, wenn mir gerade nicht danach ist, mich zu sehr mit meinen mit schillernden Haiwaiihemden ausstaffierten Landsleuten zu verbrüdern. Ich sehe im Augenblick bestimmt nicht aus wie ein amerikanischer Tourist, denn von dem Interview, das ich in Paris beruflich mit einem unausstehlichen texanischen Ölmillionär geführt habe, der mich zudem wie Dreck behandelt hat, musste ich auf schnellstem Wege zum Bahnhof eilen, um den Zug noch zu erwischen. Ich trage einen teuren Anzug, der von der stundenlangen Zugfahrt schon ziemlich zerknittert ist.

»Oui«, erwidere ich. *»S'il vous plaît, prenez un siège.«*

Du starrst mich an wie ein Reh, das in die grellen Scheinwerfer eines Autos blickt. Deine Augen wandern zwischen deinem Sprachführer und mir hin und her.

»Tut mir Leid«, bringst du schließlich hervor. »Ich spreche kein Französisch. *Parlais vous Anglais?«*

Ich seufze und ringe mit meinem Gewissen. Du bist wirklich süß, doch es ist schon sehr spät, und ich musste im Laufe des Tages bereits so viele Amerikanismen über mich ergehen lassen, dass es mir für heute langt.

»Nein«, stelle ich klar.

»Oh, okay«, murmelst du, lässt dich in dem ansonsten leeren Abteil auf dem Platz mir gegenüber nieder und durchstöberst deine Tasche nach etwas Lesestoff.

Draußen auf dem Gang brennt nur schwaches Licht, aber

wir haben beide unsere Leselampen angeschaltet. Ich hatte meine eigentlich gerade ausknipsen und ein bisschen schlafen wollen, doch jetzt habe ich keine rechte Lust mehr. Zum Teil liegt es sicher an deinem hübschen Gesicht, aus dem sich noch viel mehr machen ließe. Du bist nur ein paar Jahre jünger als ich, aber was dein Auftreten angeht, liegen Welten zwischen uns. Am meisten jedoch hindert mich mein schlechtes Gewissen am Schlafen, weil ich dir vorgegaukelt habe, Franzose zu sein, obwohl du als Alleinreisende mit Sicherheit liebend gerne ein bisschen mit einem Landsmann geplaudert hättest.

Also sitze ich da und tue so, als läse ich eine französische Zeitschrift; dabei schaffe ich es nur, mir die Bilder anzusehen. Ich staune immer wieder, wie viel Nacktheit einem in französischen Publikationen geboten wird. Beim Betrachten der Fotos schlanker französischer Models geht mir durch den Kopf, dass ich während meiner gesamten Dienstreise mit keiner einzigen Frau zusammen gewesen bin – drei Monate Verzicht, Arbeitsüberlastung und Ersatzbefriedigung. Und es bringt mich auch nicht gerade zur Ruhe, dass du dich gerade genussvoll räkelst, als ich von meiner Zeitschrift aufblicke. Dein Rücken ist gekrümmt, dein geschmeidiger Körper in den Sitz gekuschelt, deine Brüste spannen unter dem zu engen T-Shirt, und dein schwarzer BH zeichnet sich unter dem dünnen weißen durchgeschwitzten Stoff ganz deutlich ab. Deine Augen sind geschlossen, und während du dich mit sichtlichem Vergnügen streckst – es sieht beinahe so aus wie eine Yoga-Übung –, nimmt dein Gesicht einen völlig verzückten Ausdruck an, fast so, als gäbst du dich sexuellen Wonnen hin.

Ich kann meinen Blick nicht von dir abwenden, betrachte deinen blassen Bauch und deine raffinierten Tattoos, registriere, dass dein kurzer Rock auf deinen Schenkeln hochgerutscht ist und die Ränder deiner schwarzen Netzstrümpfe und die Strapse offenbart, an denen sie befestigt sind. Sehr punkrockmäßig. Und extrem verführerisch. Deine Knie sind leicht gespreizt, und ich kann ziemlich weit unter deinen Rock sehen. Bestimmt bist du dir nach deinem Spurt, um den Zug nicht zu verpassen, nicht bewusst, dass du dich mir beinahe exhibitionistisch präsentierst. Du gibst dich einfach nur dem herrlichen Gefühl hin, dich endlich strecken und räkeln zu können.

Doch plötzlich öffnest du die Augen und ertappst mich. Ertappst mich dabei, wie ich dich mit Augen verzehre, denn das Verlangen steht mir ohne jeden Zweifel im Gesicht geschrieben.

Doch anstatt mich mit einem missbilligenden Blick zu strafen, lächelst du mich an. Für einen Augenblick erwarte ich, dass du einfach wegsiehst, doch vielleicht überlegst du es dir im letzten Moment anders. Jedenfalls siehst du nicht weg, sondern fixierst mich unbeirrt, selbst dann noch, als ich rot werde, und lässt mich dadurch wissen, dass du dir sehr wohl bewusst bist, dass du mich in Verlegenheit gebracht hast.

»Pardon«, murmele ich und sehe nach unten.

Du antwortest nicht. Stattdessen stehst du auf, beugst dich über deinen Rucksack und breitest den Inhalt auf dem Sitz aus. Vielleicht bilde ich es mir ja nur ein, aber ich glaube, du bückst dich ein bisschen weiter runter als nötig. Diesmal kann ich meinen Blick wirklich nicht von dir wenden – es ist völlig unmöglich, wie ein überwältigender innerer Drang. Du ziehst mich mit dieser für Amerikaner so typischen Nassforschheit in den Bann, dieser Unverfrorenheit, an die ich mich schon so gewöhnt habe – allerdings nicht auf diese Weise. Warum passiert mir so etwas mit Frauen nie zu Hause?

Oh, Gott, du trägst einen Tanga! Als du dich hinunterbeugst, sehe ich unter deinem engen Rock den schmalen Streifen zwischen deinen runden Pobacken. Ich erkenne sogar den oberen Rand: Es ist ein schwarzer Spitzentanga, der allem Anschein nach aus äußerst wenig Stoff besteht.

Sehr europäisch, möchte ich dir am liebsten sagen, doch ich halte meine Zunge im Zaum und beobachte, wie du dich noch tiefer hinunterbeugst, anstatt dich hinzuknien, was es dir ohne jeden Zweifel erleichtern würde, in deinen Rucksack zu langen. Du beugst dich jetzt ganz weit nach vorn, und da dir dein T-Shirt am Rücken hochrutscht, bietet sich mir durch deine leicht gespreizten Beine ein exzellenter Blick auf deine einladend herunterbaumelnden vollen Brüste. Ich hole tief Luft und stelle fest, dass ich dich in dem kleinen Abteil riechen kann – den scharfen Duft weiblichen Schweißes, den Geruch einer Collegestudentin, die seit Wochen unterwegs ist und viele Stunden in Zügen verbracht und an Sex gedacht hat. Der Geruch ist so sexy, dass es mich geradezu schmerzt, ihn einzuatmen. Ich spüre, wie sich in meiner Anzughose mein Schwanz regt, und bedecke meinen Schoß mit der Zeitschrift, während ich dich weiter beobachte, bis du findest, wonach du gesucht hast. Du hältst einen Schminkspiegel in der Hand und hantierst mit ihm herum, während der Zug dich aufreizend vor und zurück schaukelt.

Du trägst Lippenstift auf.

Aber du bist noch nicht mit mir fertig. Du greifst jetzt hinter dich und ziehst eine kleine Show ab, indem du langsam den String deines Tangas zurechtrückst, als ob du fürchtetest, dass ich deine verführerische Unterwäsche noch nicht gesehen hätte. Dann lässt du dich wieder auf deinem Platz nieder und wartest ein paar Sekunden, bevor du erneut zu mir hinübersiehst. Du ertappst mich auch diesmal, aber jetzt sehe ich nicht weg. Du heftest deine Augen auf mich, lächelst mich verschmitzt an und nagst an deiner Fingerspitze. Deine Lippen sind knallrot angemalt, ein Rot, das eine meiner Ex-Freundinnen als »Schwanzlutscherinnen-Rot« bezeichnet hat. Mein Herz pocht wie wild in meiner Brust, und das Atmen fällt mir schwer.

Deine Lippen umschließen deine Fingerspitze, während du an deinem Nagel kaust. Ich kann nicht umhin, dich anzustarren – auch wenn du ein unbedarftes, eingebildetes Mädel bist, das sich seiner Wirkung auf mich gar nicht bewusst ist. Mir ist alles egal. Meine Augen gieren nach dir, lechzen danach, deinen Körper zu verzehren. Wenn mein Gaffen dich stören würde, wärst du längst aus dem Abteil verschwunden.

Also sehe ich dich an und bin so verzaubert von der Art und Weise, wie du an deinem Nagel kaust, dass ich etliche Minuten brauche, bis ich realisiere, was du liest.

Nicht, dass ich das Buch kennen würde, das du in den Händen hältst. Aber ich kenne das Genre. Den Einband ziert eine knapp bekleidete Nymphe, und der etwas zweideutige Titel lautet in etwa »Der Kuss des Fremden« – zweideutig zumindest für amerikanische Leser. Es könnte der Titel einer Romanze sein, aber ich weiß, dass es keine ist. Ich habe selber schon solche Bücher gelesen.

Du liest einen Porno.

Mein Schwanz ist jetzt hart wie ein Knochen, so hart, dass er mir wehtut nach all den Wochen, in denen er schlaff und vernachlässigt herumgehangen hat, während ich mich in Belgien, Frankreich und Deutschland nach einer Beratertätigkeit umgesehen habe. Doch jetzt läuft er erneut zu Bestform auf. Ich spüre, wie er sich mit jedem Pulsschlag mit mehr Blut füllt. Noch nie habe ich eine Frau intensiver begehrt als dich in diesem Augenblick.

Ich tue so, als würde ich meine Zeitschrift lesen, doch jedes der schlanken französischen Models hat auf einmal dein Gesicht, präsentiert sich mir splitternackt und bedeutet mir, mich zu ihm zu gesellen.

Als der Schaffner in unser Abteil kommt, muss ich meine Fahrkarte aus meiner Jacketttasche holen. Dabei rutscht mir die Zeitschrift vom Schoß, und als ich sie wieder aufgehoben habe und aufblicke, sehe ich, dass du auf meinen Schritt starrst. Die verräterische Ausbuchtung unter dem dünnen Stoff meiner Anzughose ist nicht zu übersehen. Dem Schaffner fällt sie ebenfalls auf. Er sieht erst mich an, dann dich, dann wieder mich und zieht die Augenbrauen hoch.

»Merci«, sagt er und gibt mir mein Ticket gelocht zurück.

Du lehnst dich in deinem Sitz zurück und streckst die Beine aus; deine Knie sind jetzt gespreizt. Oh, Gott, ich kann wieder beinahe bis oben unter deinen Rock sehen. Die glatte, samtweiche Haut deiner hellen Oberschenkel weckt in mir den Drang, sofort wieder etwas fallen zu lassen, damit ich eine Ausrede habe, mich erneut zu bücken und einen Blick auf dein Höschen zu werfen – auf deinen Tanga, den winzigen schwarzen Tanga, auf den ich eben schon einmal einen Blick erhascht habe.

Du kaust auf deinem rot lackierten Fingernagel und vertiefst dich in dein Buch, als ob dich jeder einzelne Absatz entzückte. Ich blinzele und versuche den Rückseitentext zu lesen. Alles, was ich entziffern kann, sind ein paar einzelne Satzfetzen: »Vorliebe für eine Tracht Prügel«, »anonyme Fleischeslust«, »unbändige Begierde« und, ganz am Ende, »wird eine schamlose Schlampe«.

Als du über den Rand deines Buches siehst, ertappst du

mich beim Lesen des Rückseitentextes und lächelst mich an. Willst du mich zum Narren halten, oder wartest du, im Sinne des Titels deines Buches, auf den Kuss eines Fremden? Gelähmt von meinem intensiven Verlangen und dem langsamen Geschuckel des Zuges, versuche ich tief durchzuatmen und warte geduldig auf den nächsten Schachzug in unserem Verführungsspiel.

Kurz darauf hält der Zug an. Wir sind an der Grenze. Der Zollbeamte öffnet unser Abteil, und du reichst ihm deinen Pass. Ohne nachzudenken gebe ich ihm meinen ebenfalls.

Als ich erneut zu dir hinübersehe, starrst du mich an, die Mundwinkel zu einem anzüglichen Grinsen verzogen.

»So, so«, murmelst du vor dich hin.

In dem Moment wird mir klar, dass du meinen Pass erkannt hast. Du weißt, dass ich Amerikaner bin, und ich würde am liebsten im Erdboden versinken.

Für ein paar endlose Minuten sitze ich einfach nur da. Mein Gesicht durchläuft verschiedene Rottöne, und ich brauche eine ganze Weile, bis ich realisiere, dass du erneut deine provokative Leseposition eingenommen hast: Du hängst lässig in deinem Sitz und hast die Beine leicht gespreizt, um mich dazu zu verleiten, dich anzusehen. Als du dich streckst, springen mir deine Nippel ins Auge, die sich deutlich unter deinem weißen T-Shirt abzeichnen. Du siehst mir kurz in die Augen und widmest dich wieder deiner Lektüre.

»Ich nehme es Ihnen nicht übel«, sagst du schließlich und seufzt. »Viele amerikanische Mädchen stehen auf Franzosen. Kein Wunder, dass Sie vorgeben, Franzose zu sein, wenn Sie die Chance wittern, ein naives Yankee-Mädel zu becircen. Kann es sein, dass Sie auf Beutezug sind und eine kleine Amerikanerin flachlegen wollen?«

»Also«, beginne ich, doch ich finde nicht die passenden Worte.

Du lachst. »Aber ich glaube, ich kann Ihnen auch nichts mehr vormachen, oder? Sie wissen, was ich lese.«

»Tut mir Leid«, bringe ich hervor. »Es ist nicht, wie Sie denken – ich habe in letzter Zeit einfach nur mit zu vielen Amerikanern zu tun gehabt.«

Du siehst mir tief in die Augen. Dein Lächeln ist hübsch, aber grausam.

»Sie sind ganz schöne Arschlöcher, nicht wahr?«

»Das kann man wohl sagen.«

»Na ja, vielleicht sollte ich mich mit meinem Urteil lieber zurückhalten. Auf Reisen ist jeder ein Arschloch. Ist das nicht so?«

Jetzt ist dein Lächeln entwaffnend, geradezu freundlich.

Ich will mich vorstellen, doch du hebst die Hand.

»Bitte«, bremst du mich. »Ich ziehe es vor, Sie einfach ›Frenchy‹ zu nennen.«

Ich erröte. »Und wie heißen Sie?«

Du siehst mich misstrauisch an.

»Hm ... nein, Frenchy, ich glaube, das verrate ich Ihnen nicht. Immerhin sind Sie Amerikaner. Und in Amerika gibt es jede Menge Anmacher, stimmen Sie mir da nicht zu? Und wie mir scheint, gehören Sie zu der eher besessenen Sorte.«

Ich laufe noch röter an, doch du lächelst, rutscht noch tiefer in deinen Sitz und spreizt deine Knie noch ein bisschen weiter auseinander. Jetzt gibt es nichts mehr zu deuteln – ich kann dir mühelos unter den Rock gucken, sehe deutlich den winzigen Fetzen aus schwarzer Spitze, der deine Möse umschmiegt. Ich frage mich, ob du da unten wohl auch gepierct bist. Ich kann meinen Blick nicht mehr von dir wenden, und als du erneut aufsiehst, siehst du, dass ich dir schamlos unter den Rock gaffe. Ein Blick in deine Augen verrät mir, dass es dich nach Sex gelüstet, erst recht, als du auch noch deine Lippen leckst, diese schwanzlutscherinnenroten Lippen.

»Ich sehe nichts Verwerfliches darin, auf Beutezug zu sein und eine kleine Amerikanerin flachlegen zu wollen«, sagst du. »Ich bin sogar selber für mein gelegentliches Jagdfieber bekannt.«

Mehr musst du nicht sagen. Ich stehe auf, gehe zur Tür unseres Abteils und schließe sie. Dann ziehe ich die Vorhänge zu und drehe mich wieder zu dir um. Du bist noch tiefer gerutscht und liegst jetzt mit gespreizten Beinen in deinem Sitz und lächelst mich an.

Ich nehme deinen Rucksack, stelle ihn auf meinen Sitz und nehme neben dir Platz. Du richtest dich auf, wirfst dein Buch auf deinen Rucksack und drehst dich halb zu mir um.

Deine Lippen und deine Zunge schmecken nach Nelkenzigaretten, und als wir uns küssen, dringt deine Zunge tief in meinen Mund ein. Ich schließe dich in meine Arme, und du drückst dich fest an mich, verschmilzt mit mir. Ich spüre die harten Spitzen deiner mit kleinen Metallringen gepiercten Nippel. Deine Brüste wippen sanft gegen meinen Brustkorb, während wir uns gierig küssen. Du legst deine Beine auf meine Oberschenkel, lehnst dich an die Wand des Abteils und ziehst mich näher zu dir heran.

Ich spüre jetzt, wie deine Schenkel meinen Schwanz reiben. Du schiebst deine Hand unter mein Jackett und hilfst mir, es auszuziehen. Ich öffne den Knoten meiner Krawatte, und du ziehst sie mir vom Hals und wirfst sie quer durchs Abteil. Draußen ist es ziemlich warm, und drinnen wird es von Minute zu Minute heißer. Du knöpfst mein Hemd auf, und deine Atmung wird immer schneller.

Ich schiebe dein T-Shirt hoch und sehe, dass dein schwarzer BH heruntergerutscht ist und deine Nippel freigibt. Viel verhüllt das kleine Ding ohnehin nicht – es ist im wörtlichen Sinne ein Halbschalen-BH, der fast nur aus einer schmalen steifen Polsterung besteht, die deine Brüste anheben und voneinander trennen soll. Dabei hättest du das gar nicht nötig. Als ich mit den Fingerspitzen deine Titten streichele, stelle ich fest, dass sie absolut fest sind. Ebenso wenig bräuchtest du die Ringe in deinen Nippeln – ich glaube, sie wären auch ohne die Piercings hart und aufgerichtet. Allerdings muss ich zugeben, dass sie dir eine exotische Aura verleihen, die Aura einer Frau eben, der man im Nachtzug nach Berlin begegnet.

Als ich deine Brüste liebkose, stöhnst du leise auf. Du knöpfst mein Hemd auf und streifst es mir über die Schultern. Es fällt, weich und schlaff von meinem Schweiß, auf den Boden des Abteils. Ich beuge mich vor, meine Lippen finden deine Nippel, und ich zerre die Spitzenkörbchen deines BHs noch weiter herunter, damit ich einen deiner Nippel ganz in den Mund nehmen kann. Meine freie Hand spielt mit dem anderen Nippel, und ich höre dich wimmern, als ich ein bisschen fester zukneife. Deine Hand gleitet erst zwischen deine eigenen Beine und dann an meinen Schritt, wo sie über meinen harten Schwanz streicht, während das Ruckeln des Zuges uns sanft hin und her schaukelt.

Ich öffne den vorderen Verschluss deines BHs und schäle den hauchdünnen Stoff von deinen Brüsten. Du langst herunter, umfasst den Saum deines hautengen T-Shirts, ziehst es dir über den Kopf und wirfst es beiseite. Ich beuge mich vor und küsse dich leidenschaftlich. Unsere Zungen umwirbeln einander, und unsere jetzt nackten Oberkörper gleiten auf einem dünnen Schweißfilm aneinander.

»Haben Sie schon mal eine Unbekannte gefickt?«, fragst du mich im Flüsterton.

»Nein«, erwidere ich. »Ich glaube nicht.«

»Dann tun Sie es gleich zum ersten Mal«, stellst du fest und löst meinen Gürtel.

Jetzt ist es an mir, mich so weit wie möglich in meinem Sitz zurückzulehnen, während du zwischen meinen gespreizten Beinen auf die Knie gehst und mit meiner Gürtelschnalle und meinem Reißverschluss kurzen Prozess machst. Mein Schwanz brennt, seit du das Abteil betreten hast – er brennt vor Verlangen, vor Verlangen nach dir.

Deine schwanzlutscherinnen-roten Lippen senken sich herab auf meinen Schwanz, und du lässt ihn schlürfend in deinem Mund verschwinden und wimmerst dabei leise auf. Du lässt deine Zunge um meine Eichel kreisen und umklammerst mit den Lippen fest den Schaft meines Schwanzes, während dein Kopf sich langsam hebt und senkt und meine Finger durch deine schwarze Bobfrisur fahren. Ich stöhne laut, schere mich nicht darum, ob mich womöglich andere Fahrgäste hören. Die Wände dieser Zugabteile sind bekanntlich sehr dünn, aber ich kann mich einfach nicht zurückhalten, selbst wenn ich es versuchen würde. Du bist eine wahre Künstlerin und vollbringst Unglaubliches mit deinem hübschen Mund – aber vielleicht bist du auch nur so heiß auf mich, dass du nicht anders kannst. Deine Lippen und deine Zunge sind überall; sie gleiten auf meinem Schwanz auf und nieder, umwirbeln seine Spitze, wenn einzelne Sehnsuchtstropfen in deinen Mund träufeln, woraufhin du noch gieriger saugst. Deine Fingerspitzen kneten sanft meine Eier, deine scharfen Nägel spielen mit meiner empfindlichen Haut. Währenddessen wandert deine andere Hand hinauf zu meiner Brust und knetet erst den einen und dann den anderen Nippel, und die ganze Zeit saugst du wie eine Besessene an meinem Schwanz.

Ich bin kurz davor zu kommen – sehr kurz davor sogar. Ich fühle, wie dein Mund meinen Schwanz umschließt und droht, mich auszusaugen und mich ohne Rucksicht auf meine eigene Lust sofort zum Explodieren zu bringen. Du vernaschst mich und nimmst dir, was du willst, egal, ob es dir gegeben werden will oder nicht. Meine Hüften heben und senken sich im Einklang mit deinen Mundbewegungen, und du spürst, dass ich kurz vor einem Orgasmus bin.

Du lässt keuchend und mit sichtlicher Not von mir ab. Deine Zunge und deine Lippen sind immer noch in Bewegung, als ob sie von allein angetrieben würden. Du siehst mich an, dein Lippenstift zur Hälfte in deinem Gesicht verschmiert, die andere Hälfte auf meinem Schwanz.

»Ich will, dass Sie in meinem Mund kommen«, keuchst du. »Aber schaffen Sie es, danach noch einmal hart zu werden?«

»Ich glaube, das ist kein Problem«, entgegne ich, doch ich habe den Satz noch nicht beendet, da bist du schon wieder bei der Sache: Deine Finger umfassen die Wurzel meines Schwanzes, dein Kopf hebt und senkt sich in rasendem Tempo. Ein Nein akzeptierst du nicht. Die festen Saugbewegungen deines Mundes und die Hitze deiner stürmischen Zunge an der Unterseite meiner Eichel treiben mich jetzt unaufhaltsam dem Höhepunkt entgegen. Als mein Hintern sich mit einem heftigen Stoß vom Sitz hebt, weißt du, dass ich so weit bin, und ich höre, wie den Tiefen deiner Kehle ein sehnsüchtiges Stöhnen entweicht, während du gierig und ungeduldig darauf wartest, mit meinem Saft gefüllt zu werden.

Dann spüre ich, wie es mich zum ersten Mal durchzuckt, und du saugst gierig wie eine Verdurstende, als ich in deinem Mund komme. Ein erneutes Zucken, und du saugst genauso heftig und gierig und hast bereits geschluckt, bevor ich überhaupt merke, dass ich fertig bin. Du blickst zu mir auf.

An deinen Lippen kleben noch Spuren von meinem Saft, und deine Augen tanzen und funkeln.

Ein Lächeln huscht über deine Lippen, und du leckst sie genüsslich ab.

»Sie haben den ganzen Abend darauf gestarrt«, flüsterst du. »Mal sehen, ob Sie es wirklich so nötig haben, wie Sie glauben.«

Du stehst auf und siehst in dem gelben Licht des Zugabteils einfach umwerfend aus. Ich beobachte wie verzaubert, wie du deine Finger unter den Gummibund deines Rockes gleiten lässt und ihn dir über deine Hüften schiebst. Als er deine Oberschenkel erreicht, fällt er auf deine Stiefel hinab und offenbart deine Möse, die nur von dem extrem winzigen Tanga verhüllt ist, der mich von Anfang an so aus dem Häuschen gebracht hat. Du hast dich gründlich rasiert – ich sehe nicht die Spur eines Schamhaars.

Du beförderst dein Röckchen mit einem Tritt zur Seite, drehst dich um und bückst dich, damit ich deinen Hintern betasten kann. Du hast dort einige weitere viel sagende Tattoos, unter anderem auf deiner einen Pobacke eine rote Rose und auf der Rückseite deines Oberschenkels eine nackte Gogo-Tänzerin. Ich lange nach deinem Tanga, ziehe ihn runter und rieche im gleichen Moment, in dem der nasse Stoff von dir gleitet, den vollen Duft deiner Möse.

Der Tanga ist vollkommen durchnässt.

Der winzige Stofffetzen landet auf deinen Knöcheln, und du verpasst ihm ebenfalls einen Tritt. Jetzt bist du bis auf deine kniehohen Stiefel nackt, und als du dich auf meinen Schoß hockst, rieche ich deine Möse so intensiv, dass mich ein unglaubliches Verlangen überkommt.

Ich bedeute dir, dich wieder auf deinen Platz zu setzen, auf den Platz, auf dem du mich stundenlang angemacht hast, wo du vielleicht hin- und herüberlegt hast, ob du es mit mir treiben sollst oder nicht. Jetzt sind deine glatten Beine weit und willig auseinander gespreizt, und deine weichen Schenkel laden mich unmissverständlich ein. Ich gehe auf die Knie, schiebe mein Gesicht zwischen deine Beine und spüre deine Möse.

Sie ist nicht nur rasiert – sie ist absolut glatt und seidenweich. *Muss ganz schön schwierig sein, seine Möse in billigen Unterkünften so schön gepflegt und glatt zu erhalten,* geht es mir durch den Kopf. Eine rasierte Möse zu berühren, ist ein völlig neues Feeling für mich, und es erregt mich ungemein, mit meiner Zunge über dein seidenes Fleisch zu fahren. Als ich deine Schamlippen lecke, hältst du die Luft an und atmest dann ganz langsam weiter. Ich öffne mit der Zungenspitze deine Lippen und lege die feste Knospe deines Eingangs frei, der vor Nässe glitzert und danach lechzt, von mir vernascht zu werden.

Meine Zunge findet deine Möse, und ich lecke dich wie ein Verhungernder.

Jetzt stöhnst du – laut und unkontrolliert. Deine Möse ist stark und muskulös, und sie schmeckt streng, aber das macht mich nur umso gieriger. Meine Zunge umspielt deine Öffnung, und ich koste den Saft und registriere, wie unglaublich nass du bist. Vielleicht hast du vorhin gar nicht überlegt, ob du es mit mir treiben sollst oder nicht – vielleicht warst du mit dem festen Entschluss in dieses Abteil gekommen, es auf jeden Fall zu treiben, wen auch immer du antreffen würdest egal, ob Männlein oder Weiblein.

Ich lasse meine Zunge zu deinem Kitzler hinaufwandern und spüre die ungewohnte Wärme von rostfreiem Stahl. Ein kleiner Ring ziert die Kuppe deiner Klitoris – für mich eine völlig neue Erfahrung. Ich sauge deine Klitoris und deinen

Klitorisring in meinen Mund und umspiele sie mit meiner wirbelnden Zungenspitze. Du presst deine Schenkel wie ein Schraubstock um mein Gesicht, und dein nackter Körper windet sich vor Wonne. Meine Hände wandern an dir hinauf und ertasten deine vollen Brüste. Ich nehme deine Nippel zwischen Daumen und Zeigefinger und knete sie, während ich gierig deine Möse vernasche. Ich habe noch nie im Leben etwas derart Leckeres verkostet – und ich kann gar nicht genug bekommen. Ich lasse meine Zunge wieder zu deinem Eingang wandern und spüre, wie deine Säfte beinahe herausströmen, wie sie auf meine Zunge fließen und meinen Durst stillen, so wie mein Saft vorhin deinen Durst gestillt hat.

Ich wende mich erneut deiner Klitoris zu und knete deine Nippel noch ein wenig fester. Dein Stöhnen wird lauter, als ich mich ganz auf deinen gepiercten Kitzler konzentriere. Ich fühle mich wie ein Löwe, der seine Beute verspeist – oder ist es anders herum?

Du stöhnst jetzt wie verrückt, als ob du sehr bald kommen würdest. Deine Hände liegen inzwischen auf meinen, halten sie auf deinen Brüsten, als ob du mir bedeuten wolltest, sie nicht wegzunehmen – oder um mich zu warnen, bloß nicht aufzuhören? Ich knete deine Nippel daraufhin noch kräftiger, und die langsamen Stöße deiner Hüfte, mit denen du deine Möse kraftvoll gegen meinen Mund presst, werden immer schneller, bis ich die einzelnen Stöße gar nicht mehr ausmachen kann und du dich wie wild an mir reibst.

Ich gebe mich ganz deiner köstlichen Möse hin, verliere mich in dem Gefühl, von deinen Schenkeln umschlungen zu sein, und bin derart von den Gerüchen deines Körpers überwältigt, dass ich fast nicht merke, wie hart ich schon wieder bin.

Eigentlich werde ich fast nie hart, wenn ich gerade gekommen bin. Ich habe keine Ahnung, wie viele Minuten vergangen sind, seitdem ich deinen Mund mit meinem Saft gefüllt habe, aber die Tatsache, dass mein Schwanz vor Begierde nach dir schon wieder pocht, zeigt, wie sehr du mich antörnst – aber das war mir sowieso längst klar. Du würdest dich jetzt auf der Stelle von mir ficken lassen, da bin ich sicher. Wenn ich mich aufrichten, deine Beine über meine Schultern legen und in dich eindringen würde, würdest du mich anflehen weiterzumachen. Aber ich bin noch nicht fertig mit dir – ich will jede einzelne Geschmacksnuance, jedes Gefühl, das deine Möse zu bieten hat, auskosten. Deshalb fahre ich ein weiteres Mal mit der Zunge über deine Öffnung und dringe so weit wie nur irgend möglich in dich ein. Du stöhnst noch lauter, und ich spüre, wie du dich windest und versuchst, deine Möse noch kräftiger an mein Gesicht zu pressen.

»Fick mich!«, flehst du mich an. »Fick mich sofort!«

Ich komme mit dem Kopf hoch zu deinem Gesicht, und du küsst mich mit weit geöffnetem Mund, obwohl der Saft deiner Möse mir noch von den Lippen tropft. Du langst nach unten, ertastet, dass ich wieder hart bin, und seufzt erleichtert. Doch du führst meinen Schwanz nicht an deine Möse, steckst ihn nicht in dich hinein. Stattdessen flehst du mich an, dich zu ficken. Du willst gefickt *werden.*

Ich folge deiner Aufforderung und drücke die Spitze meines Schwanzes ohne Zuhilfenahme meiner Hände an deine Möse.

Du bist so nass, dass ich sofort problemlos in dich eindringen könnte. Mein Schwanz findet deinen Eingang ohne die geringste Mühe. Doch ich hebe ihn nur leicht an, drücke ihn gegen deine Klitoris und spüre deinen Ring an meiner Eichel. Deine Hände liegen reglos neben dir, lassen mich die Kontrolle übernehmen. Du siehst zu mir auf, und dein leises Stöhnen klingt fast wie ein Schluchzer der Verzweiflung. Deine Augen sind weit geöffnet, und du siehst aus, als würdest du vor Verlangen nach meinem Schwanz beinahe in Tränen ausbrechen.

»Fick mich!«, wimmerst du. »Bitte! Bitte fick mich jetzt!«

Jetzt kann ich nicht mehr. Eine winzige Verlagerung meiner Hüften genügt, und die Spitze meines Schwanzes gleitet von deiner Klitoris hinunter, zurück zwischen deine Schamlippen und an den geschwollenen Eingang deiner Möse.

Du siehst mich mit flehenden Augen an. Verzweifelt. Gierig.

»Bitte!«, wimmerst du noch einmal. »Bitte fick mich!«

Ich dringe mit einem einzigen Stoß in dich ein, bis es nicht mehr weiter geht. Du reißt die Augen und den Mund weit auf und beginnst zu zittern. Im ersten Moment befürchte ich, dass ich dir wehgetan habe, doch dann schlingst du deine Arme um mich und drückst mich fest an dich, sodass unsere schwitzenden Körper aneinander glitschen und du keine Luft mehr bekommst. Du kommst. Heftig und unkontrolliert. Ich spüre, wie deine Möse den Schaft meines Schwanzes krampfartig umklammert. Ich gleite aus dir heraus und stoße erneut zu. Dein ganzer Körper spannt und krümmt sich, und du presst dich an mich und drängst dich meinen harten Stößen entgegen. Ich ficke dich jetzt mit rhythmischen Stößen, und dein Orgasmus verebbt und geht in ein leises, verzücktes Stöhnen über, während ich unaufhörlich meinen Schwanz weiter in dich hineinstoße und bei jedem Stoß mit der Spitze meines Schwanzes deinen Muttermund berühre.

Als ich aus dir herausgleite, glänzt mein steifer Knochen vom Saft deiner Möse. Das winzige Abteil ist von deinem starken Geruch erfüllt, und ich will dich so lange ficken wie ich kann und in jeder nur erdenklichen Pose.

Unsere Blicke begegnen sich, und du scheinst auf Anhieb zu wissen, warum ich aus dir herausgegangen bin.

»Oh, mein Gott!«, flüsterst du. »Willst du mich von hinten ficken?«

Eigentlich will ich sagen »wenn du möchtest«, doch es ist nicht zu verkennen, dass allein das Aussprechen dieses Satzes deine Erregung noch einmal gesteigert hat. »Du fickst mich von hinten«, flüsterst du. »Wie ein Hund.«

»Amerikanischer können wir es doch nicht treiben, oder?«, entgegne ich.

Du gleitest von deinem Sitz, beugst dich über die Kante und streckst mir deinen Hintern entgegen. Dann spreizt du die Beine und siehst mich über die Schulter an.

»Jetzt, wo du es sagst«, murmelst du. »Französisch haben wir es schon gemacht. Was hältst du von Griechisch?«

Ich sehe dich an. Du ziehst die Augenbrauen hoch und grinst.

»Im Ernst?«, frage ich.

»Ja«, erwiderst du und deutest mit einem Nicken auf deine Tasche. »Das Außenfach.«

Du kniest mit erhobenem Gesäß und gespreizten Beinen vor mir und präsentierst mir prachtvoll deine Möse und deinen Hintern, damit ich mich darüber hermachen kann. Ich entdecke die kleine Flasche mit dem Gleitmittel und wende mich wieder dir zu. Deine Hüften schaukeln im Rhythmus des ruckelnden Zuges langsam vor und zurück, während du darauf wartest, dass mein Schwanz erneut in dich eindringt.

Deine Möse ist nass; sie tropft geradezu vor Verlangen. Ich drücke mich von hinten an dich, und mein Schwanz findet sofort sein Ziel. Diesmal dringe ich ganz sanft in dich ein, und du drängst dich mir entgegen und stöhnst leise. In dieser Position kannst du dich viel besser bewegen; du gleitest rhythmisch auf meinem Schwanz hin und her, reibst deine Möse auf meinem Knochen, während ich die Flasche mit dem Gleitmittel öffne und einen Strahl zwischen deine Pobacken spritze.

Dir stockt der Atem, und dann wimmerst du leise, als ich mit meinem Daumen deinen After ertaste. Ich vögele dich jetzt sanft und rhythmisch, und du hörst auf zurückzustoßen. Du hältst einfach still, lässt mich die Kontrolle übernehmen, lässt mich dich nehmen. Ich reibe vorsichtig deine Poöffnung, bis sie sich ein wenig weitet und mein Daumen fast wie von selbst hineingleitet.

»Oh, Gott, ist das gut!«, stöhnst du.

»Bist du sicher, dass du das willst?«

»Ich erkunde Europa – bis aufs Äußerste«, erwiderst du.

Ich ziehe meinen Schwanz aus deiner Möse und träufele noch etwas zusätzliches Gleitmittel auf meine Eichel. Du langst nach hinten, spreizt deine Pobacken und hältst sie für mich auf. Ich verändere meine Stellung gerade so weit, dass dein Hintereingang sich im passenden Winkel befindet. Dann drücke ich die Spitze meines Schwanzes an deinen After, und beinahe im gleichen Augenblick drängst du dich mir entgegen.

»Ja«, flüsterst du. »Es ist gut.«

Ich dringe mit einem langsamen, glatten Stoß in dich ein. Für einen Augenblick erstarrt dein ganzer Körper, und ich fürchte, dass du es nicht aushältst, dass du die Aufnahmebereitschaft deines Afters überschätzt hast. Doch dann stöhnst du und flüsterst wieder und immer wieder: »Fick mich!«, und ich beginne zuzustoßen und deinen mir hoch entgegengereckten Hintern zu ficken, und es geht mit jedem Stoß besser, weil deine Öffnung sich weitet. Deine Hand ist zwischen deine Beine geglitten und reibt schnell und heftig deine Klitoris. Dein Stöhnen ist jetzt lauter denn je, so törnen dich meine Stöße in deinen Hintern an.

»Ich komme wieder«, keuchst du, und dann spüre ich erneut die krampfartigen Zuckungen, doch diesmal fühlen sie sich anders an, denn diesmal umklammerst und melkst du meinen Schwanz mit deinem After. »Fick mich noch kräftiger!«, keuchst du unter größter Anstrengung, auf dem Höhepunkt deines Orgasmus, und ich ficke dich noch schneller, dringe noch tiefer in dich ein und fülle jeden Zentimeter deiner Poöffnung aus, während sich mit aller Macht mein eigener Orgasmus anbahnt. Als ich explodiere, zuckst du immer noch, und dein nackter Körper bebt und windet sich auf dem Sitz, während du dich mir weiter entgegendrängst. Wogen der Befriedigung durchströmen meinen Körper, während ich tief in deinem Hintern komme.

Als ich aus dir hinausgleite, sinkst du auf den Boden, seufzt und siehst zu mir auf.

»Amerikanische Beute«, wisperst du erschöpft. »Darüber geht nichts.«

Wir liegen eng umschlungen in den Sitzen, als der Zug in irgendeiner Stadt, in der du aussteigen willst, in den Bahnhof rollt. Du löst dich aus meiner Umklammerung, und ich stelle mich schlafend. Abschiede waren mir schon immer unangenehm.

Du kritzelst mir eine Nachricht auf ein Stück Papier und steckst sie unter mein zerknittertes Jackett. Ich lese sie, sobald du die Abteiltür hinter dir zugezogen hast.

Lieber Frenchy,
hier meine Telefonnummer zu Hause in den Staaten – falls du je rüberfliegen solltest. Es ist eine lange Reise, aber viel-

leicht schaffst du es ja irgendwann einmal. Wenn du anrufst, sag meiner Mitbewohnerin einfach, dass du Frenchy bist.

Unterschrieben hast du mit einem Smiley-Gesicht mit Teufelshörnern. Der Name fehlt.

Ich inhaliere die stickige Luft des beengten Abteils und rieche noch einmal all deine verschiedenen Körperpartien.

»Vive le Frenchy«, murmele ich zu mir selbst und lege mich wieder schlafen.

Tief in dir

Du warst von all meinen Freundinnen die Einzige, die ich nach unserer Trennung vermisst habe. Die anderen haben nach ihrem Abschied nicht einmal einen Anflug von Traurigkeit bei mir hinterlassen – und womöglich sagt das ja einiges über die Auswahl meiner Liebschaften aus –, aber du warst mir in all den Jahren immer präsent. Erinnerungen an dich. Bilder von uns beiden. Mir ist völlig klar, warum wir Schluss gemacht haben. Es machte damals eindeutig Sinn. Wir waren viel zu jung, um zusammenzubleiben, das war das einzige Manko an unserer Beziehung. Du hast gesagt, du wolltest dich noch ein bisschen austoben und mehr Erfahrungen sammeln, bevor du dich endgültig bindest. Und ich war viel zu sprunghaft, um dich zum Bleiben zu überreden. Wahrscheinlich ist es gut, dass ich dich habe ziehen lassen. Um unser beider willen. Denn wenn ich dich auf Biegen und Brechen zum Bleiben gebracht hätte, wärst du bestimmt nicht glücklich mit mir geworden. Ich hätte dich vermutlich ins Unglück gestürzt.

Jetzt, da ich in den Dreißigern bin, (belassen wir es einfach bei dieser groben Angabe) ist mir erst klar geworden, wie sehr ich dich tatsächlich geliebt habe. Du warst der perfekte Gegenpart zu meiner ruhigen, stillen Art. Du warst voller Energie, gefühlsbetont, leicht zugänglich für andere

Leute. Ich sehe streng aus, gehe in all meinem Tun bedacht und methodisch vor und bin nur schwer aus der Ruhe zu bringen. Zusammen gaben wir das ideale Paar ab. Du konntest mich dazu bringen, ein bisschen mehr aus mir herauszugehen, ich hingegen habe dir geholfen, dich auf das Wesentliche zu konzentrieren, die Richtung einzuschlagen, in die du wirklich gehen wolltest.

Seit meiner letzten unglücklichen Trennung habe ich viel an dich gedacht und mit dem Gedanken gespielt, ob ich versuchen sollte, dich ausfindig zu machen. Anders als sonst hatte ich diesmal beschlossen, für eine Weile allein zu bleiben. Normalerweise warf ich mich nach einer gescheiterten Beziehung sofort ins Getümmel, um jemand Neues anzubaggern. Ich streifte durch die Tanzklubs, frischte meine Bekanntschaften mit den unzähligen hübschen Barkeeperinnen unserer Stadt auf und ging auf die Piste. Irgendein warmer Körper in meinem Bett war besser als gar nichts, dachte ich. So denken doch im Grunde die meisten Typen, oder?

Seitdem meine Gedanken nur noch um dich kreisten, führte ich eher ein Einsiedlerdasein. Ich ging ins Fitnessstudio, um meine Aggressionen abzutrainieren. Wenn ich zum Abreagieren zusätzlich auch noch den harten Asphalt unter meinen Füßen spüren musste, ging ich Joggen. Und wenn das Bedürfnis nach Sex in mir aufstieg (wie es bei jedem gesunden Mann der Fall ist), lieh ich mir Pornofilme aus. Und da ... am allerunwahrscheinlichsten Ort überhaupt, entdeckte ich dich, meine unanständige Ex-Liebe.

Wer hätte das gedacht? Das war meine erste Frage. War es das, was du gemeint hattest, als du damals sagtest, du wolltest losziehen und die Welt erkunden?

Du hast in einem ziemlich geilen Streifen mitgespielt, nicht in einem dieser unsäglichen Rammelfilme, aber es war doch eindeutig ein Porno. Wie immer sahst du hinreißend aus, dein langes honigfarbenes Haar hattest du bis auf Kinnlänge zu einer Bobfrisur gestutzt, und deine weißen Zähne strahlten im Schweinwerferlicht, als du in die Kamera lächeltest, bevor du deinen Mund zur Möse irgendeiner Schlampe herabsenktest. Ich war entzückt. Ich hatte uns damals immer einmal beim Sex filmen wollen, es letztendlich aber nie tatsächlich getan. Und jetzt sah ich dich all diese herrlichen sinnlichen Dinge tun, die wir immer getan hatten, als wir noch zusammen waren – nur, dass du es diesmal mit einer anderen Frau triebst. Wie verdammt beeindruckend es anzusehen war! Meine erste, instinktive Reaktion war falscher Stolz. Ich war drauf und dran, alle meine Kumpels anzurufen und sie zu einer Pornovideo-Session einzuladen – und damit zu prahlen, dass ich mit dir zusammen gewesen war, und jetzt seht sie euch an! Das hätte bei allen schwer Eindruck geschunden.

Doch irgendwie hätte ich mich dir gegenüber untreu gefühlt. Verrückt, nicht wahr? Da ließt du dich nach allen Regeln der Kunst von einer anderen …

Nein, warte. … von zwei anderen Gespielinnen verwöhnen. Man sehe sich das an! Du und die andere Frau – und jetzt gesellt sich auch noch eine dritte zu euch. In dem Moment wäre ich beinahe verrückt geworden.

Was mich wirklich umgehauen hat, war, als du es mit den beiden Ladys auf einmal getrieben hast. Du hattest dir einen Dildo umgeschnallt und ficktest in Missionarsstellung eine Blondine, während dir eine zierliche Asiatin, die ebenfalls einen Dildo umgeschnallt hatte, ihr Ding von hinten reinschob. Dafür gab es keine Worte: meine Ex-Freundin, dieses kesse schlanke Ding, zwischen zwei anderen Schönheiten bei einem »Dreier-Frauen-Sandwich«.

Es war definitiv mehr, als ich ertragen konnte. Meine Ängste und Scheu, dich anzurufen, lösten sich schlagartig in Luft auf. Aber wie sollte ich dich ausfindig machen? Wir hatten seit Jahren nicht miteinander gesprochen. Trotzdem kramte ich mein altes Adressbüchlein hervor und wählte deine alte Nummer, obwohl ich mir kaum vorstellen konnte, Glück zu haben, aber ich hatte keine Ahnung, wo ich sonst anfangen sollte. Zu meiner Freude hatte ich deine Mitbewohnerin an der Strippe, die inzwischen deine Ex-Mitbewohnerin war und mir deine neue Nummer gab. Ich wählte sie mit zitternden Händen und war sicher, nur deinen Anrufbeantworter zu erreichen. Doch stattdessen warst du dran.

Du klangst warm und schläfrig, und ich stellte mir dich mit einem Buch in der Hand ins Bett eingekuschelt vor, neben dir eine dampfende Tasse Tee. Oder vielleicht warst du auch im Wohnzimmer, hast an einem Glas Sherry genippt und dir im Fernsehen irgendeinen alten Schwarzweißfilm angesehen. Oder du warst mit einem Mann im Bett, dessen Schwanz tief in dir steckte, einem Mann mit einer hässlichen Seite, der testen wollte, ob du fähig warst, ein Telefonat zu führen, während du gefickt wurdest. Das war schon eine angenehmere Vorstellung – sie gefiel mir tatsächlich, obwohl ich auf den fiktiven Liebhaber, den ich in meinem Hirn erschaffen hatte, sofort eifersüchtig war.

»Ich habe dich in deinem Filmdebüt gesehen«, sagte ich, ohne meinen Namen zu nennen. Du würdest meine Stimme schon erkennen. Wenn nicht, sollte es eben so sein, dann musste ich in die Röhre gucken. »Nette Szene, als die dritte Frau ins Bild kommt.«

»Hallo! Was für eine Überraschung!«, hast du entgegnet, und ich hörte dir an, dass du lächeltest.

»Wie bist du denn zu so etwas gekommen?«

Es folgte ein kurzes Zögern, als ob du überlegtest, ob ich dein Verhalten womöglich verurteilen wollte. Doch dann kamst du zu dem richtigen Schluss, dass es einfach nur eine Frage der Neugier war. Wer bin ich schließlich, mir ein Urteil über dein Verhalten anzumaßen? Ich habe in der Vergangenheit auch alle möglichen Dinge getan, von denen du weißt und für die du mich verurteilen könntest. Nach einer kurzen Pause hast du kurz aufgelacht und erwidert: »Ich habe es nur dieses eine Mal gemacht. Es war eine Art Mutprobe. Ich wollte wissen, ob ich es könnte, und habe meine Freundinnen zum Mitmachen bewegt, sodass das Ganze nichts Beängstigendes hatte. Gleichzeitig haben wir dabei ein hübsches Sümmchen Geld eingestrichen. Was hast du gedacht, als du den Film gesehen hast?«

»Dass du darin aussiehst wie ein Engel.«

»Was noch?«

»Ich habe mir gewünscht, dass *ich* es in dem Video mit dir treiben würde. Und im richtigen Leben auch.«

»Du hältst es also nicht für unklug von mir, mich für so etwas hergegeben zu haben?«

»Wie kommst du denn darauf?«, entgegnete ich. »Immerhin habe ich dich dank des Films wieder gefunden.«

Du hast geseufzt und in deiner so typischen verträumten Art geflüstert: »Ich vermisse dich.«

Das war es, was ich hören wollte. Ich gestand dir, wie scharf du mich mit deinem Film gemacht hattest, und flehte dich an, dich wieder sehen zu dürfen. Diesmal zögertest du keine Sekunde. Du gabst mir deine Adresse – eine Wohnanlage, die vom Sunset-Boulevard abgeht – und versprachst mir, bei meiner Ankunft bereit zu sein.

Und du warst bereit. Und wie sogar! Du nahmst mich nackt in Empfang und präsentiertest mir mit einer schnellen

Drehung deinen hinreißenden Körper, bevor du mich hereinließt. Dann führtest du mich ohne ein Wort auf den Balkon. Und mit dem Blick auf das unter uns liegende Hollywood und auf die Leuchtreklame all der viel versprechenden Filmsternchen tauchte ich immer wieder mit meinem knallharten Schwanz in dich ein. Du kralltest dich am Geländer fest, während ich es dir besorgte, und gingst auf die Zehenspitzen, um mir den bestmöglichen Zugang von hinten zu gewähren. Du warst absolut nass, und bei jedem Stoß hieß deine Möse meinen Schwanz mit einem einladenden Schmatzen willkommen.

»Ich habe dich auch vermisst«, brachte ich hervor, drückte meine Lippen auf deinen Nacken und atmete tief ein, um einen Hauch deines Duftes zu inhalieren, den Duft deiner Haut unter dem betörenden Aroma von Chanel Nummer fünf. Die Welle deines Geruchs überrollte mich und überschwemmte mich mit Erinnerungen an unsere Zeit vor zwölf Jahren, als wir beide noch viel jünger und sehr viel unbedarfter gewesen waren.

Doch jetzt, während ich die süße samtige Möse meiner bezaubernden Ex vögelte, wurde mir bewusst, dass die lange Zeit unseres Getrenntseins dieses Wiedersehen nur noch himmlischer machte. Dass wir dank unseres Alters eine verbesserte Chance auf eine Neuauflage unserer Beziehung hatten. Das flüsterte ich dir ins Ohr, während du deinen hinreißenden Körper gegen meinen drängtest, deine Hüften sich hoben und senkten und du jetzt selber die Zügel übernahmst und mich ficktest, anstatt dich von mir ficken zu lassen.

O Gott, wie ich das vermisst hatte! Das Zusammenspiel unserer Körper hat schon immer wunderbar funktioniert, nicht wahr? Ich schien perfekt in dich hineinzupassen. Und die Art, wie du meinen Schwanz mit deiner Möse umklammertest und den Druck dann wieder ein wenig gelöst hast, ließ mich genau wissen, wie lange du noch brauchen würdest, um zu kommen. Ich war nie wieder mit einer anderen Frau dermaßen im Einklang.

Ich streichelte deine vollen runden Brüste, während wir es trieben, und wiegte sie in meinen Händen. Mit einem Kribbeln rief ich mir jede einzelne Linie und jede Kurve deines Körpers in Erinnerung. In meiner Fantasie hatte ich mir das hier in den vergangenen zwölf Jahren immer wieder vorgestellt. Es tatsächlich wieder zu tun, war für mich wie die Verwirklichung eines schmutzigen Tagtraumes.

»Oh, ja!«, stimmtest du mir zu, während du auf meinem Schwanz kamst, und dann, während deines Orgasmus immer lauter werdend: »Ja, o ja, ja, o ja!« Ein sündiges Sex-Mantra, das wie ein Echo in das unter uns liegende glitzernde Hollywood hinunterhallte.

»Jaaaaaa!«, schriest du aus vollem Halse, als ich die Zügel wieder übernahm und meinen Schwanz versenkte …

… tief in dir.

Das Ausstellungsstück

Alle redeten über dich. Beginnen wir mit dieser simplen Tatsache. Alle zerrissen sich den Mund über dich, als ob du der nächste Star wärst. Sie wissen schon, was ich meine. Diese wissende Art, in der die Leute Klatsch verbreiten oder Dinge weitertratschen, die sie nur vom Hörensagen kennen.

»Hast du schon von ihr gehört? Ist sie nicht wirklich großartig?«

»Aber ja. Ein neuer Matisse.«

»Tatsächlich? Ich dachte eher Modigliani …«

Und immer in diesem Theaterflüstern, mit geradezu ehrfürchtiger, gedämpfter Stimme. Eine Zeit lang schien es mir so, als ob jedes Mal, wenn ich mich umdrehte, irgendjemand deinen Namen nannte.

»Sie ist einfach großartig«, schwärmten sie. Sie redeten über deine charakteristischen roten Lippen und über deine avantgardistische Art, beim Reden auf deine Gesprächspartner herabzublicken, als stündest du auf einem Podest und wir anderen wären nichts als winzige Ameisen, die auf dem Boden vor dir herumkrabbeln. Künstler, die im Rampenlicht stehen, neigen dazu, sich so zu verhalten wie du. Das ist Teil der Schau. Und Kunstliebhaber und Mäzene, die bereit sind, für ein Kunstwerk das Hundertfache dessen auszugeben, was es wirklich wert ist, scheinen darauf zu stehen, von Künstlern herablassend behandelt zu werden.

Fragen Sie mich nicht, warum das so ist. Ich weiß es nicht. Ich kann nur vermuten, dass es der gleichen unausgesprochenen Regel folgt, nach der die Leute etwas für wertvoller halten, bloß weil es teurer ist. Dabei wissen die meisten von uns, dass dies keineswegs immer der Fall ist. Aber wenn Sie denselben Pullover einmal mit 300 Dollar und einmal mit 30 Dollar auszeichnen, findet sich auf jeden Fall eine Gruppe Frauen, die den für 300 Dollar kauft und unzählige Gründe dafür anführt, warum er von besserer Qualität ist als das identische, billigere Gegenstück.

Ich muss sagen, dass deine Kunst meiner Meinung nach in genau diese Kategorie fiel. Deine Stücke waren durchschnittlich, so weit ich das beurteilen kann. Ein interessierter Sammler hätte etwas in der Art, wie du es machst, an jeder x-beliebigen lokalen Kunstakademie finden können. Doch irgendein tattriger Mäzen hatte beschlossen, dass du eine aufstrebende Künstlerin warst. Und dieser Jemand hatte dir aus eigenen Stücken eine Ausstellung beschert, auf der andere Mäzene umherstrichen wie jene heuchlerischen Schmeichler, die atemlos und in Ehrfurcht erstarrt die neuen Kleider des Kaisers bewundern und mit lauten Ohs und Ahs dicke Schecks über viele tausend Dollar ausstellten.

Okay, vielleicht war ich dir gegenüber voreingenommen. Ich hasse es nun einmal, wenn mir andere Leute erzählen, dass ich irgendetwas großartig finden werde. Wie zum Beispiel den Film *Titanic* – oh, er wird dich umhauen. Wirklich? Ich konnte mir den beknackten Streifen nicht einmal bis zu Ende ansehen. Oder Tartarbeefsteak – wie köstlich! Das musst du unbedingt probieren! Tatsächlich? In meinen Augen sieht es aus wie ein Klumpen rohes Rindfleisch. Dies war also meine Geistesverfassung, mit der ich kam, um dein Werk leibhaftig in Augenschein zu nehmen, anstatt nur die Abdrucke im Katalog zu begutachten.

Auf der Ausstellung konzentrierte sich das Gemurmel der Besucher auf die Feststellung, dass dein Werk anders war. Einzigartig. Dass deine Bilder etwas Neues, bisher noch nie Dagewesenes hätten. Nun gut, ich muss gestehen, dass dies auch mein Interesse geweckt hatte, und so hatte ich als Kunstkritiker einer der angesehensten Zeitungen des Landes (ich werde mich nicht selbst beweihräuchern, indem ich verrate, welche) auf die Einladung hin zugesagt und besuchte die Ausstellung.

Ich hatte dich schon vorher getroffen, und du wirktest auf mich genauso nichts sagend, wie ich dich aufgrund der Klatschgeschichten eingeschätzt hatte. Es ist schon in Ordnung, wenn du jetzt darüber lachst. Ich sage nur, wie ich es damals empfunden habe. Doch als ich durch die Galerie strich und deine Bilder studierte, versuchte ich herauszufinden, was es bloß war, das sie tatsächlich so andersartig machte. Erschrocken fand ich mich plötzlich unter dem gleichen Bann schmeichlerischer Faszination wieder, die ich an den Kunstliebhabern normalerweise so verachtete. Und da war tatsächlich etwas, das in den Reproduktionen, die ich bisher gesehen hatte, nicht zu Tage getreten war, etwas, das die Fotos nicht wiederzugeben vermochten.

Ich ging so nah an eines der Bilder heran, dass ich es beinahe mit der Nase berührte, und genau in diesem Moment spürte ich die Gegenwart eines anderen Körpers. Was Timing angeht, kennst du dich bestens aus; du warst unbeirrt in meine persönliche Sphäre eingedrungen und drücktest deine rubinrot glänzenden Lippen an mein Ohr. Ich spürte deinen kitzelnden Atem, und er jagte mir einen Schauer über den Rücken. Heute muss ich zugeben, dass ich sofort knallhart war und es mich einige Mühe gekostet hat, meine unterkühlte Haltung aufrechtzuerhalten. Mein Nacken versteifte sich, und ich rührte mich nicht, als du flüstertest: »Ich habe ein Geheimnis ... soll ich es Ihnen anvertrauen?«

»Ein Geheimnis?«, erwiderte ich. »Warum sollten Sie es mir anvertrauen wollen?«

»Sie wissen schon«, entgegnetest du. »Es ist dieses brennende Verlangen zu beichten ...«

Ich wurde noch härter. Heute kann ich es ja sagen. Diese Worte ließen mich härter werden als eine Eisenstange. Ich hätte mich am liebsten umgedreht, dich an mich gerissen und in die Arme genommen, dir in die Augen gestarrt und darauf bestanden, dass du genau das tust: beichten. Ich wollte die ganze Welt der Kunst vergessen, denn dies war genau die Art Gespräch, die meine Libido anstachelte. Doch wir waren in aller Öffentlichkeit und zahllosen Blicken ausgesetzt, weshalb ich einfach nur sagte: »Beichten Sie.«

Und dann nahmst du meine Hand und führtest mich in den hinteren Bereich der Galerie, ins Privatbüro des Galeristen. Du hast die Tür hinter uns geschlossen, bist erneut in meine Sphäre eingedrungen und kamst mir so nah, dass ich mich zusammenreißen musste, um nicht zurückzuweichen.

»Ich mische etwas ganz Besonderes in meine Farben«, erklärtest du. »Eine reine Ingredienz. Die reinste, die es überhaupt gibt.«

Ich spürte eine tiefe Enttäuschung. Aufgrund deines Gebarens in der Galerie hatte ich gehofft, dass du mir etwas über deine sexuellen Vorlieben anvertrauen würdest, vielleicht deine unbändige Lust auf wilden, animalischen Sex mit jedem Kunstjournalisten, der dir über den Weg läuft. Wäre das nicht ein wirklicher Glückstreffer gewesen? Doch so wie die Dinge lagen, nahm ich dich ins Visier und versuchte, in deinen Augen zu lesen, was du mir wohl im Stillen anzuvertrauen gedachtest. Du hattest irgendetwas Besonderes an dir. Vielleicht redeten die Leute deshalb so viel über dich. Du sahst irgendwie anders aus als jede Frau, die ich bisher in meinem Leben gesehen hatte. Du warst weder mit einem Filmstar noch mit irgendeiner anderen Berühmtheit zu vergleichen. Du hattest eine ganz eigene Ausstrahlung.

Dein goldblondes Haar schimmerte merkwürdig unter den Lichtern, und deine Lippen, die in diesem bizarren Rotton geschminkt waren, schürzten sich zu einem bezaubernden Lächeln, welches dein Gesicht in das einer himmlischen Schönheit verwandelte. Während ich dich sprachlos ansah, zogst du dir dein Kleid aus, entledigtest dich deiner Unterwäsche, legtest dich mit gespreizten Beinen auf den Boden und begannst zu masturbieren. Zu meinem riesigen Erstaunen redetest du unbeirrt weiter, während du dich massiertest, deine Finger in dem Spalt zwischen deinen Beinen verschwanden und deine Hüften sich auf dem kalten Marmorboden hoben und senkten.

»Ich mische diese ganz spezielle geheime Substanz in meine Farben. Und irgendwie finden die Leute meine Bilder aus irgendeinem Grund bemerkenswert schön und werden geradezu süchtig danach, sie anzusehen. Meine Bilder haben für ihre Betrachter einen magischen Glanz ...«

Und während du redetest, stemmten sich die ganze Zeit deine schlanken Hüften gegen den Boden. Von meinem Aussichtspunkt konnte ich deine rasierten Schamlippen sehen, deren helles Rosa an der Innenseite kräftiger und dunkler wirkte. Deine Finger gingen mit großer Geschwindigkeit zu Werke, und schließlich führtest du zwei von ihnen in dich ein. Das wollte ich am liebsten für dich tun. Nicht mit meinen Fingern, sondern mit meinem Schwanz. Wenn du es mir bedeutet hättest, hätte ich es sofort getan, hätte mich erst zwischen deine Beine gehockt und meine wirbelnde Zunge über die Stelle fahren lassen, von der ich sicher war, dass es sich um deine ziemlich angeschwollene Klitoris handelte. Und dann hätte ich dich flach auf den Rücken gelegt und wäre auf dich gestiegen. Mein Schwanz gierte danach, in deine Möse einzutauchen. Gierte so heftig danach, dass ich es nur schwer ertragen konnte, untätig dazustehen und deiner Vorführung zuzusehen.

Jetzt nahmst du deinen Daumen zur Hilfe, der blitzschnell auf der Stelle kreiste, an der deine Klitoris sein musste. Ich konnte sie jedoch nicht sehen, da dein Daumen mir die Sicht versperrte.

»Haben Sie es auch anderen Leuten erzählt?«, fragte ich leise. Ich wollte dich auf keinen Fall unterbrechen. Du lagst da wie ein Engel auf dem Boden, dein Atem ging inzwischen immer schneller. Ich konnte sehen, dass du dich deinem Höhepunkt nähertest, denn deine Wangen glänzten erhitzt und rosa, und deine Lippen hatten sich geöffnet. Es fiel dir zusehends schwerer, mir beim Sprechen in die Augen zu sehen. Eigentlich konntest du deinen Blick fast gar nicht mehr auf mich richten.

»Nein …«, brachtest du keuchend hervor. Ein dritter Finger gesellte sich zu den beiden, die bereits in dir steckten, und ich vermutete, dass du diese Finger mit deinen inneren Muskeln zusammendrücktest. »Nein … niemand weiß es. Aber Sie …« Du holtest tief Luft. »Sie sind Kunstkritiker. Sie hätten es bestimmt herausgefunden. Oder?«

Ich schüttelte den Kopf, beugte mich zu dir herunter und ließ meine Finger über deinen Körper fahren, strich über deine Rippen, über deinen weichen, glatten Bauch, spreizte mit meinen eigenen Fingern die Lippen deiner Möse und blickte hinein in das wahre Kunstwerk, bewunderte diese geheimnisvollen Farbschattierungen, dieses dunkle tiefe Rosa, diesen unglaublich saftigen vollen Ton.

»Können Sie sich das vorstellen?«, flüstertest du. »Können Sie sich vorstellen, mir zuzusehen, wie ich einen Pinsel in meine Möse tunke … und dann mit ihm über ein fertiges Werk streiche und dadurch diesen geheimnisvollen glänzenden Schein erzeuge?«

Ich schüttelte erneut den Kopf. Doch während du geredet hast, konnte ich genau das sehen.. Ich sah dich genau das tun, was du mir beschrieben hast. Du krümmtest deinen Rücken und erbebtest, und dann kamst du, was ich deshalb ganz genau wusste, weil ich dir half. Künstler sind genauso wie alle anderen Ausübenden der kreativen Berufe: Schauspieler, Sänger, Komiker – sie brauchen immer ein Publikum.

»Werden Sie es enthüllen?«, fragtest du als Nächstes und versuchtest dich zu fassen, doch offensichtlich wogtest du immer noch auf dem Wellenkamm deines Orgasmus. »Werden Sie mich verraten?«

Ich schüttelte wieder den Kopf, immer noch etwas benommen von dieser Show, von dieser Performance. Doch als du dich wieder anzogst und zurückgingst in den Ausstellungsbereich der Galerie, fasste ich dich an den Schultern und zog dich zu mir heran. Diesmal drückte ich meine Lippen an dein Ohr und flüsterte: »Ich würde gerne eines Ihrer Bilder kaufen …«

Dein Gesicht erhellte sich mit einem Lächeln.

»Und zwar würde ich Sie bitten, ein Selbstporträt für mich zu malen.«

Dein Lächeln wurde noch breiter, und du nicktest. »Ich male ein ganz spezielles Bild für Sie«, flüstertest du zurück. »Eins, dass nur für Ihre Augen bestimmt ist.«

Liebesbrief

Mein Baby, mein Darling. Mein grünäugiges Mädchen. Du willst mich, das weiß ich. Die Art, wie du mich anblickst, wenn du glaubst, dass ich es nicht merke! Die Art, wie du mich anstarrst und wie deine Augen intensiv und aufmerksam die Konturen meines Körpers studieren! Keine Sorge, *chica*. Ich nehme dich wahr.

Ich weiß Bescheid.

Wenn du in der passenden Stimmung bist und dir Unanständiges durch den Kopf geht, siehst du mich auf eine ganz besondere Weise an. Dieser Hauch von Schamesröte auf deinen Wangen, wenn du unter deinen langen schwarzen Wimpern hervorlugst! Ich mag diesen Blick, diese Spur von Schuldbewusstsein, und wie deine Wangen rosig-pink anlaufen, wenn ich dich ertappe.

Vielleicht meinst du, dass ich deine geheimsten Wünsche nicht errate. Vielleicht hat außer mir noch nie jemand anders deine Wünsche erkannt. Wahrscheinlich hast du ein paar Andeutungen fallen lassen und versucht, auf subtile Weise klarzustellen, was du magst, jedoch vergebens. Bei mir musst du dir keine Sorgen machen. Mir musst du nichts erklären. Wenn zwei Menschen sich so gut kennen wie wir, ist es eine Leichtigkeit, die Wünsche und Bedürfnisse des anderen zu entschlüsseln, auch die, über die man nicht spricht.

Du willst jemanden, der dir den Hintern versohlt. Kein Problem, das kann ich dir besorgen. Dem Verlangen kann ich ohne weiteres nachkommen. Du willst einen starken, dominanten Mann, der dich über sein robustes Knie legt, dir dein kurzes Röckchen hochschiebt, dein knappes Höschen runterzieht und deinen frechen Hintern versohlt. Keine Sorge, *bella*. Für mich bist du schon nackt. Es ist nichts Verwerfliches an deinen nicht jugendfreien Fantasien, die dir am meisten Freude bereiten, wenn du allein im Bett liegst, deine Finger rasend schnell deine Klitoris reiben und deine Atmung heftig und schnell wird. Es gibt nichts an dir, das mich erschrecken könnte.

Absolut gar nichts.

Du kannst mir alles beichten. Du kannst deine Augen schließen, am Fußende deines Bettes knien und sagen: »Segne mich, Herr, denn ich habe gesündigt …«, und ich höre mir all deine Untaten an und wasche dich von deinen Sünden rein. Sei versichert, dass deine Vergehen gebührend bestraft werden, dass ich dir den Schmerz zufüge, den du brauchst, und die Demütigung, nach der du dich sehnst.

Und dann, wenn dicke Tränen über dein hübsches, gespielt unschuldiges Gesicht kullern, beschere ich dir schier unglaubliche Freuden. Ich überhäufe dich mit mehr Liebe und Zärtlichkeit, als du dir vorstellen kannst und du verdienst. Sobald du deine Bestrafung über dich hast ergehen lassen – wie es sich für ein anständiges beziehungsweise *unanständiges* Mädchen gehört –, sorge ich dafür, dass alles besser wird. Ich bringe deine Möse vor Begierde zum Pochen, und ich sorge dafür, dass dir die Säfte deiner Lust die Schenkel hinunterlaufen.

Beichte mir einfach alles, Darling, und deine Sünden werden dir vergeben.

Entscheidung für das Management

Ich stand im Feinschmeckerladen an, und in meinem Einkaufskorb befand sich nichts außer einer Dose Tomaten und einer Flasche Gin. Dummerweise hatte ich meine Sonnenbrille in der Satteltasche meines Motorrads vergessen, und das war diese Woche in der Werkstatt. Also blinzelte ich und versuchte, dem unangenehm grellen Neonlicht auszuweichen, das in dem Laden brannte. Zuerst nahm ich dich nur verschwommen wahr, eine Frau, die hinter mir in der Schlange stand und ihre Einkäufe auf das Rollband stapelte, einen Artikel nach dem anderen. Ich spürte deine Bewegungen, spürte, dass du mich ansahst, doch an diesem Tag geschah für mich alles im Zeitlupentempo.

Schließlich drehte ich mich zu dir um und sah dich an.

Ich erkannte dich sofort. Du warst die neue Managerin in einem der Filmstudios von Hollywood, und ich dachte das Gleiche, was ich gedacht hatte, als ich zum ersten Mal das Foto von dir gesehen hatte: dass du viel zu hübsch bist für eine Managerin. Das mag sexistisch klingen, aber es ist so. Mein zweiter Gedanke beim Anblick deines Fotos war gewesen, dass ich dich ficken wollte. So, jetzt weißt du es. So denken Typen nun mal. Sie sehen eine hübsche Frau und wollen sie ficken.

Doch bei mir war da noch mehr. Ich sah dein Foto, diese Hochglanzaufnahme in Schwarzweiß, und mir stockte für einen Moment der Atem. Du gefielst mir sehr. Du sahst ganz anders aus als all die Sternchen und die Möchtegernsternchen, als all die Promis und ihr Gefolge. Und du hast dich auch von den wenigen anderen Frauen in deiner Machtliga unterschieden. Du hast nicht im Geringsten so ausgesehen, als würdest du versuchen, deine Führungsposition durch männliches Gehabe zu unterstreichen.

Du sahst aus, als wüsstest du, was du tatst.

Jetzt, da ich dich leibhaftig vor Augen hatte, fand ich meinen ersten Eindruck von dir bestätigt. Zunächst einmal gefiel mir allein die Tatsache, dass du deine Einkäufe selber erledigtest. Und den Artikeln in deinem Einkaufswagen nach zu urteilen, hattest du nicht nur ein paar vergessene Zutaten für irgendein ausgeflipptes Feinschmeckermenü zusammengesucht – du schienst richtiges Essen zu kaufen.

Nachdem ich den Inhalt deines Wagens gründlich in Augenschein genommen hatte, trafen sich unsere Blicke. Deine hellgrünen, dunkel umrandeten Augen waren faszinierend, sogar im kalten Licht des Lebensmittelgeschäfts. Es bestand nicht der geringste Zweifel – du sahst umwerfend aus und warst genau mein Typ. Aber ich war an diesem Tag überhaupt nicht in Stimmung. Ich hatte eine lange Nacht hinter mir und kämpfte mit dem furchtbarsten Kater meines Lebens. Alles, was ich wollte, war, nach Hause zu gehen und mich ins Bett zu legen. Natürlich wollte ich dich kennen lernen, unbedingt sogar. Aber ich wollte dich kennen lernen, wenn ich in Bestform war. Wenn ich bereit war entgegenzunehmen, was auch immer du mir zu bieten hattest. Doch du hast mir keine Chance gelassen, sondern einfach den ersten Schritt getan. Damit hätte ich bei dir rechnen müssen, nicht wahr? Jemand in deiner Position muss es gewohnt sein, sich zu nehmen, was er will.

Du rücktest näher an mich heran, drangst in meine persönliche Sphäre ein. Dann kamst du mit deinen Lippen an mein Ohr und flüstertest: »Tut mir Leid, dass ich Sie so ansehe. Aber Sie haben irgendetwas ...«

Das war ein Satz, den man in Hollywood häufiger hörte, ein Satz, mit dem man jungen Sternchen Hoffnung machte, die ins Filmgeschäft einsteigen wollten. In L.A. darf man nie unhöflich sein, weil man immer Gefahr läuft, dass derjenige, dem man ruppig begegnet, der nächste Casting Director ist, vor dem man vorspielt, oder der nächste Produzent, bei dem man auf eine Assistentenstelle hofft. Doch ich fühlte mich an diesem Tag so schlecht, dass mir alles egal war, und entgegnete: »Ich soll irgendetwas haben? Hmmm ... ich ahne, was Sie meinen! Ich sehe aus wie ein verkaterter Kerl, der in seinen Tagesklamotten geschlafen hat und von seiner Freundin, diesem Miststück, verlassen wurde!«

Eigentlich hatte ich gedacht, dass dich meine Reaktion abschrecken würde. Doch stattdessen hast du mich so breit angegrinst, dass deine Zähne in dem scheußlichen Neonlicht blitzten, und mich gebeten, auf dich zu warten. Du wolltest nur noch kurz deine Einkäufe bezahlen und dann mit mir reden. Ich mochte deine Art. Du hattest Mumm.

»Ich bin mit dem Taxi hier«, sagte ich. »Mein Stahlross hat letzte Woche den Geist aufgegeben.«

»Ihr Stahlross? Hatten Sie einen Platten?«

Ich konnte mir ein spöttisches Lächeln nicht verkneifen. Was glaubtest du wohl? Dass ich mit einem Fahrrad durch die Gegend strampelte? »Ich habe eine Harley«, stellte ich klar, um gar nicht erst falsche Vermutungen aufkommen zu lassen.

»Ich fahre Sie, wohin Sie wollen.«

Ich drängte mich durch das Menschengetümmel und bezahlte meinen Taxifahrer. Dann wartete ich. Jetzt hattest du mich wirklich neugierig gemacht, noch neugieriger, als mich der Anblick deines Fotos sowieso schon gemacht hatte. Normalerweise sprechen Frauen mich nicht von sich aus an wie du. Ich wirke wahrscheinlich zu schroff, als dass sie auf mich zugehen würden. Die meisten Frauen warten, bis ich den ersten Schritt tue und ein Gespräch beginne. Deshalb also noch einmal – deine Art gefiel mir sehr.

Du kamst mit deiner kleinen Einkaufstasche aus dem Laden und führtest mich zu deinem Jaguar. Als wir eingestiegen waren, nahmst du mich noch einmal ins Visier. »Sie haben irgendetwas …«, murmeltest du zu dir selber, zucktest mit den Schultern und hast lauter hinzugefügt: »Sie erinnern mich an jemanden.«

Bisher warst du diejenige gewesen, die mich unentwegt beeindruckt hatte. Doch jetzt wollte ich dir zeigen, dass auch ich etwas drauf hatte. Ohne ein Wort, ohne jede Vorwarnung, beugte ich mich zu dir herüber und küsste dich – und zwar leidenschaftlich. Mit der einen Hand hielt ich dein Kinn, meinen freien Arm schlang ich um deinen schlanken Körper und zog dich zu mir heran. Als du dich weder sträubtest noch mich zu hindern versuchtest, rückte ich noch näher, knöpfte deine frische weiße Bluse auf und küsste erst deine Schultern, knabberte neckisch an ihnen und widmete mich dann deinen unter Spitzenkörbchen verborgenen Brüsten und deinem flachen, sonnengebräunten Bauch.

Um ehrlich zu sein – ich hätte einfach an Ort und Stelle weitergemacht. Ich hätte so lange weitergemacht, bis du mich in die Schranken gewiesen hättest, doch nach einer Weile sagtest du »warte«, ließt den Wagen an und fuhrst uns in eine nahe gelegene Sackgasse. Dort angekommen, legtest du dich wieder zurück und signalisiertest mir, meine Schuldigkeit zu tun. Doch anstatt deinem Wunsch nachzukommen, öffnete ich die Autotür, stieg aus und sah dich durch die Windschutzscheibe an, bis du ebenfalls ausstiegst und mir folgtest.

Wir befanden uns hinter einigen der stattlichsten Herrenhäuser von Beverley Hills. Die Sackgasse war breiter als so manche Straße mitten in der City, doch sie war, abgesehen von einer einsamen, streunenden Perserkatze, absolut menschenleer. Ich presste deine Hände gegen die Stuckmauer des nächstbesten schlossartigen Gebäudes, atmete tief ein und inhalierte den Duft Glyzinien, die über uns herabhingen. Dann zog ich dich aus und legte jedes Einzelne deiner Kleidungsstücke auf die Haube deines schicken Autos. Du protestiertest nicht, und das gefiel mir.

Ich befreite meinen Schwanz, spuckte mir auf die Finger und befeuchtete ihn von oben bis unten, was, wie ich schnell feststellte, gar nicht nötig gewesen wäre. Deine Möse erwartete mich bereits schön nass, und sie duftete so herrlich wie das helllilafarbene Blütenmeer, unter dem wir standen. Ich stieß dir meinen Schwanz von hinten zwischen deine Schenkel. Auf diese Weise mache ich es gerne – treibe es wie ein Tier. Ich drang tief in dich ein, umfasste deine Taille und bewegte deinen Körper im Takt meines Herzschlags auf meinem Schwanz hin und her.

Du gabst, während wir es trieben, beinahe keinen einzigen Laut von dir – im Gegensatz zu meiner letzten Ex-Freundin, deren vorgetäuschte Lustschreie unsere Nachbarn nicht nur einmal veranlassten, die Notrufnummer zu wählen. Du warst ungewöhnlich selbstbeherrscht, doch ich spürte trotzdem, als du kurz davor warst zu kommen. Dein Körper erstarrte in meinen Händen, deine Muskeln spannten sich, und deine Haut schien unter den warmen Strahlen der kalifornischen Sonne zu glühen.

Ich liebte den Anblick deines nackten, an mein schwarzes Outfit gepressten Körpers und wie du meine Hose mit deinen Rückstößen ganz nass machtest.

Am meisten aber gefiel mir, dass du nicht wusstest, wer ich war. Wenn ich mich nicht von selbst zu erkennen gab, würdest du es erst am nächsten Morgen beim Lesen des Branchendienstes erfahren. Funktioniert diese Welt nicht immer so? Erst wenn man etwas schwarz auf weiß sieht, hält man es für wahr.

Als du kamst, durchzuckten heftige Schauder deinen Körper, die nach einer Weile langsam verebbten und dich atemlos zurückließen. Du drehtest dich zu mir um, neigtest den Kopf, und deine grünen Augen strahlten vor Glück. Ich stand an dein Auto gelehnt da, sah dich an und wartete, wann der Groschen bei dir fallen würde. Doch du warst in deiner eigenen Welt versunken. Während du dich leise anzogst, wendetest du deine faszinierenden Augen nicht von mir ab. Ich öffnete die Tür deines Wagens, nahm meine Sachen heraus und ging die Sackgasse hinunter.

»Ich fahre Sie nach Hause«, riefst du hinter mir her. »He ... !«, und dann folgte eine Pause, in der dir klar wurde, dass du meinen Namen gar nicht kanntest. Ob dir so etwas wohl zum ersten Mal passierte? Ob du es schon jemals mit einem Unbekannten getrieben hattest? Eigentlich schienst du dafür nicht der Typ zu sein, aber wer weiß? Schließlich hattest du mich heute Nachmittag schon einmal ziemlich überrascht. Hattest du womöglich noch weitere derartige Überraschungen auf Lager? Jetzt war ich an der Reihe, dich zu überraschen.

Ich kramte meinen Schlüssel aus meiner Hosentasche hervor und schloss das Hintertor zu meinem Haus auf. »Nicht nötig!«, rief ich prahlerisch zurück, wohl wissend, dass du mir folgen würdest, ich dir eine Bloody Mary servieren würde und wir in aller Ruhe über unsere künftige Zusammenarbeit reden konnten. »Ich bin schon zu Hause.«

Die Regeln des Spiels

Ich sehe dich durch die Eingangslobby schreiten, und du siehst unglaublich aus. Du trägst ein knappes stahlblaues Kleid, das ich noch nie an dir gesehen habe – es ist so eng anliegend, so kurz und so tief ausgeschnitten, dass du aussiehst wie eine Edelhure. Diesem Eindruck tut auch das schwarze Bolerojäckchen keinen Abbruch – es ist genauso eng und betont die Rundungen deiner vollen Brüste in dem hautengen, tief ausgeschnittenen Kleid. Du gibst eine so hinreißende Hure ab, dass ich die Regeln des Spiels beinahe zu erraten meine, doch als du mit einem wissenden Lächeln auf deinen vollen, rot geschminkten Lippen auf mich zugeschlendert kommst, gerate ich vorübergehend wieder ins Schwanken. Du hast eine kleine Perlenkette umgelegt und trägst schwarze, durchsichtige Strümpfe und hochhackige Schuhe.

Jetzt verstehe ich – oder besser gesagt, ich glaube zu verstehen –, warum du mich mit einem Bündel Hundert-Dollar-Scheine und in einem Armani-Anzug herausgeputzt an einem Dienstagabend um zweiundzwanzig Uhr in die Lobby des besten Hotels der Stadt bestellt hast. Vielleicht zu einem späten Abendessen im Hotelrestaurant, das in den Lokalzeitungen vor kurzem ein paar glänzende Kritiken bekommen hat, und anschließend zu einer heiße Orgie in einer Hotelsuite. Die Vorstellung fasziniert mich, obwohl ich mich genauso gerne in deiner Wohnung mit dir getroffen hätte, in der ich den besten Sex meines Lebens hatte. Die bloße Vorstellung bringt meinen Schwanz dazu, sich in meiner Hose zu regen, und zwar noch bevor du dich auf dem Barhocker neben mir niederlässt.

»Ist der Platz noch frei?«, fragst du, nachdem du es dir bequem gemacht hast.

»Ja«, erwidere ich mit einem Lächeln. Ich bin drauf und dran, »Hi« zu sagen, dich zu umarmen und bei deinem Namen zu nennen, doch bevor ich dazu komme, ergreifst du das Wort.

»Ich bin Simone«, stellst du dich vor und hältst mir eine Hand hin, damit ich sie schüttele oder dir einen Handkuss gebe. Im ersten Moment bin ich ziemlich perplex: Das ist überhaupt nicht dein Name. Auch nicht dein zweiter Vorname, oder dein Spitzname oder ein Aliasname – jedenfalls nicht, dass ich wüsste. Doch dann fällt bei mir der Groschen, und mir ist klar, was du vorhast, du kleines ungezogenes Ding.

»Schön Sie kennen zu lernen, äh, Simone«, entgegne ich, nehme deine Hand und gebe dir einen Handkuss. »Ich bin … Mike.«

»Schön *Sie* kennen zu lernen, *Mike.*« Bei dem Namen schiebst du die Lippen verächtlich vor, um mich wissen zu lassen, dass du ihn auch dann sofort als falsch erkannt hättest, wenn wir nicht seit Monaten miteinander schlafen würden. »Sind Sie auch wegen der Tagung in der Stadt?«

Ich ringe nach einer Antwort, denn in diesem Augenblick registriere ich, dass du nicht dein übliches Parfüm aufgetragen hast. Stattdessen riechst du nach irgendeinem teuren, aber zugleich etwas geschmacklosen, anzüglichen, verführerischen Duftwässerchen.

»Genau«, entgegne ich nervös. »Ich bin wegen der Tagung in der Stadt.«

Dein Duft macht mich ganz schwindelig, dein Spiel versetzt mich in höchste Aufregung. Als du auf deinem Barhocker herumrutschst, schiebt sich dein kurzes Kleid ein wenig hoch, und ich sehe, dass du Strapse trägst, die am Spitzenrand deiner Strümpfe befestigt sind. Ich frage mich, was du wohl sonst noch unter dem winzigen Kleid anhast.

»Was darf ich Ihnen servieren?«, fragt die Barkeeperin, ein kesses Mädchen im Collegealter in einer edlen weißen Bluse.

Du siehst mich an und ziehst die Augenbrauen hoch.

»Darf ich Sie zu einem Drink einladen?«, platze ich aufgeregt heraus.

Auf deinem Gesicht macht sich ein bezauberndes, liebenswürdiges Lächeln breit. »Aber gerne. Ich nehme einen Cosmopolitan.«

Natürlich, was auch sonst? denke ich und bestelle mir selbst einen weiteren Johnnie Walker Black pur. Du hast noch nie einen Cosmopolitan bestellt, jedenfalls nicht, solange ich dich kenne, aber was sollte eine Edelhure wohl sonst bestellen?

»Ich liebe den Geschmack von Scotch«, stellst du klar. »Auf den Lippen eines Mannes ist er unglaublich sexy.«

Ich schlucke nervös. Eigentlich sollte alles ganz locker und einfach sein, schließlich ist es alles andere als überraschend, dass du mich ein weiteres Mal zu einem erotischen Abenteuer verführst. Doch ich spüre, wie sich mir die Brust zuschnürt und ich Herzklopfen bekomme, als ob du tatsächlich eine Fremde wärst. Ob es an deinem Geruch liegt? Oder an deinem lasziven Blick, der mir sagt, dass ich nichts weiter als eine Beute für dich bin, die du jagen, fangen und verschlingen willst.

»Arbeiten Sie hier in der Gegend?«, frage ich.

»Könnte man so sagen«, erwiderst du grinsend.

Die Barkeeperin bringt unsere Drinks, und ich bezahle sie auf der Stelle und schiebe ihr als Trinkgeld einen Fünf-Dollar-Schein hin. Sie bedankt sich herzlich und bedenkt uns beide mit einem missbilligenden Blick, wobei sie dich eindeutig länger fixiert, die Hure von Babylon, die dieses edle Hotel in ein zweitklassiges Bordell umfunktioniert.

Ich kippe mir die Hälfte meines Scotchs herunter, während du vorsichtig an deinem Cosmo nippst. »Sie tragen einen eleganten Anzug«, stellst du fest. »Bestimmt hat Ihre Frau Ihnen bei der Auswahl geholfen.«

Ich lache unbehaglich, und diesmal ist es höchstens zur Hälfte gespielt.

»Freundin?«

»Ja«, bestätige ich. »Ich habe eine Freundin.«

»Natürlich«, sagst du und spielst mit den Lippen am Strohhalm deines Cocktails herum. »Bei einem Typen wie Ihnen überrascht mich das gar nicht. Sie kennen ja den Spruch.«

»Welchen Spruch?« Ich kippe mir den Rest meines Scotchs herunter, und die Barkeeperin füllt mein Glas, ohne zu fragen, wieder auf.

»Die Guten sind alle schon vergeben. Ihre Freundin kann sich sehr glücklich schätzen. Sind Sie schon lange zusammen?«

»Fast ein Jahr«, erwidere ich und füge mit einem Grinsen hinzu: »Sie ist großartig, aber sie könnte ein bisschen abenteuerlustiger sein.«

Ich sehe, wie sich deine Augen verengen, und weiß, dass ich die Spielregeln mit dieser simplen Feststellung gebrochen und dich mit der Aussicht auf die Enthüllung streng gehüteter Geheimnisse – wenn auch falscher – am Haken habe und die Angelschnur einholen werde, bevor du es überhaupt mitbekommst.

Doch du bleibst cool und spielst unbeirrt weiter.

»Abenteuerlustiger? Wie soll ich das verstehen, Mike?«

»Sie wissen schon – im Bett.«

»Oh«, entgegnest du und nippst an deinem Drink. »In sexueller Hinsicht abenteuerlustiger.«

»Genau«, bestätige ich. »Ich hoffe, ich habe Sie nicht geschockt.«

Du kicherst und starrst mich mit geschürzten Lippen an.

»Oh nein, Mike«, seufzt du. »Ich glaube kaum, dass Sie mich mit Worten schocken können.«

»Dann bin ich ja erleichtert«, stelle ich fest.

»Was weigert sich Ihre Freundin denn zu tun?«, fragst du. »Was auch immer es ist, ich bin sicher, dass es eine Frau gibt, die Ihnen diesen Wunsch mit größter Freude erfüllen würde.«

»Glauben Sie? Neulich erst wollte ich mich eines Abends vom Kronleuchter herabhängen lassen. Und sie sagte: ›Aber Liebling, denkst du denn gar nicht an die Kaution?‹«

»Tatsächlich?«

Ich nippe an meinem Scotch und lächle dich an.

»Na ja, ich denke, dass alle sexuell potenten Männer wie Sie ein paar Dinge wollen, die ihre Frauen oder Freundinnen nicht mit ihnen machen. Zum Beispiel ist es ja eine allgemein bekannte Tatsache, dass die meisten Männer hin und wieder eine ordentliche Tracht Prügel brauchen.«

»Tatsächlich?«

»Aber ja«, bekräftigst du und schürzt erneut die Lippen. »Man muss ihnen kräftig den Hintern versohlen. Vor allem wenn sie sich als Klugscheißer geben, was gewisse Männer mit großer Regelmäßigkeit tun.«

»Ist das so?«

Du grinst und lachst dann breit. »Wenn ein Mann jedoch selber abenteuerlustig ist, sollte er angemessen belohnt werden, meinen Sie nicht auch? Immerhin stehen einige Frauen sehr darauf, wenn ein Mann von ihnen außergewöhnliche Dinge verlangt. Von Kronleuchtern einmal abgesehen.«

»Solche Frauen gibt es wirklich?«

»Hm.« Deine Zunge umspielt den Strohhalm, und du ziehst mich über den Rand deines Glases hinweg mit den Augen aus.

Die Barkeeperin sieht uns missbilligend an. »Noch einen Cosmo, Ma'am?«

»Bitte«, sage ich. »Sie erlauben doch?«

»Aber gerne. Vielen Dank.« Du lächelst die Barkeeperin an und hauchst ihr einen Kuss zu. Sie errötet und sieht weg.

»Also, was für unanständige Dinge wollen Sie *wirklich* tun, Mike? Die Geschichte mit dem Kronleuchter kaufe ich Ihnen nicht ab. Aber ich bin sicher, dass es etwas richtig Schmutziges gibt, das Sie liebend gerne einmal ausprobieren würden.«

»Nein«, entgegne ich. »Etwas richtig Schmutziges ... da fällt mir nichts ein.«

»Na kommen Sie! Etwas, das Sie sich nicht trauen würden, Ihre Frau zu fragen. Ich meine, Ihre Freundin.«

»Genau, meine Freundin«, bekräftige ich.

»Etwas, von dem Sie glauben, dass sie es nie tun würde.«

»Also, ich weiß nicht.«

»Nun kommen Sie schon!«, drängst du. »Ich bin eine Fremde. Sie können mir alles anvertrauen, ohne dass es je jemand anders zu Ohren kommt. Und kommen Sie mir nicht mit Oralsex oder etwas in der Art – ich bin sicher, dass sich Ihre Freundin auf dem Gebiet bestens auskennt.«

»O ja«, bestätige ich schnell. »Sie ist … unglaublich.«

»Tatsächlich?«, entgegnest du lächelnd. »Sie kann gut blasen?«

Ich sehe mich verstohlen um und vergewissere mich, dass niemand zuhören kann.

»Absolut unglaublich«, bekräftige ich. »Besser als sie hat mir noch keine Frau einen geblasen.«

Du kicherst. »So etwas sollten Sie nicht unbedingt einer Frau auf die Nase binden, die Sie gerade erst kennen gelernt haben, Mike. Sie könnte es als Herausforderung verstehen.«

»Aber es ist so, im Ernst.«

»Nun aber raus mit der Sprache!«, drängst du mich. »Sie wechseln das Thema. Jetzt ist es an der Zeit, die wahren Wünsche zu beichten.«

»Nach Ihnen.«

»Oh, geht es jetzt auf einmal um mich?« Du beugst dich auf deinem Barhocker zur Seite und kommst ganz nah an mich heran. »Sie wollen wirklich meine sexuellen Fantasien hören?«

»Wenn Sie mir Ihre verraten, vertraue ich Ihnen auch meine an.«

Unsere Blicke begegnen sich, und für einen Augenblick ist es beinahe so, als würde ich dich *nicht* kennen, als hätte das komplexe Spiel, das wir spielen, in dir eine ganz neue Frau zum Vorschein gebracht.

»Sind Sie treu, Mike?«

»Meiner Freundin?«

»Ja, wem sonst?«

»Aber ja, absolut«, stelle ich klar.

»Das ist es nämlich, wovon ich träume«, sagst du leise und kommst noch näher an mich heran, damit dich garantiert niemand anders hören kann. »Einen Mann wie Sie kennen zu lernen, einen wirklich ... gut aussehenden, erfolgreichen, attraktiven Mann ...«

»Äh, danke«, werfe ich errötend ein.

»Einen Mann, der nie und nimmer auf die Idee käme fremdzugehen; einen Mann, der absolut zuverlässig ist. Und diesen Mann so scharf zu machen, dass er vor Begierde verrückt wird, die Kontrolle über sich verliert und seine Freundin betrügt, ohne auch nur darüber nachzudenken.«

Ich starre dir mit klopfendem Herzen in die Augen.

»Glauben Sie nicht, dass das geil wäre, Mike?«

»Ich ... ich weiß nicht.«

»Glauben Sie nicht, dass es geil wäre, absolut die Kontrolle über sich zu verlieren, jegliche Hoffnung aufzugeben, der Mann zu bleiben, der Sie eigentlich sein wollen, und sich bedingungslos in einem Hotelzimmer einer Schlampe hinzugeben? Einer Frau, die Sie noch nie zuvor gesehen haben?«

Ich ringe nach Luft, und als ich mir den Rest meines Scotchs herunterkippe, füllt die Barkeeperin das Glas nicht wieder auf. Sie hat sich ans andere Ende der Theke verzogen, poliert Gläser und bedenkt uns dabei mit mürrischen Blicken.

»Doch«, sage ich schließlich, beuge mich zu dir herüber und lege meine Hand auf deinen Rücken. »Vermutlich wäre das tatsächlich ziemlich geil.«

Du seufzt, setzt dich wieder gerade hin, langst hinter dich und schiebst behutsam meine Hand weg. »Es ist natürlich nur eine Fantasie«, stellst du klar und hältst der Barkeeperin dein leeres Glas hin. Sie scheint nicht gerade erfreut, dass du noch einen Drink verlangst, doch sie füllt unsere Gläser auf, und ich werfe einen Zwanzig-Dollar-Schein auf den Tresen. Sie ignoriert ihn.

»Nur eine Fantasie«, wiederholst du betrübt und spielst mit der Zunge am Rand deines Glases herum.

»Es muss ja nicht unbedingt eine Fantasie bleiben«, sage ich. Du siehst mich erneut an und lächelst.

»Muss es nicht?«

»Nein«, stelle ich klar.

»Aber Sie haben mir doch gerade erst erzählt, dass Sie treu sind. Ich dachte, Sie wären für mich absolut unerreichbar. Ich meine, Sie würden doch nie …«

»Bitte«, falle ich dir ins Wort, »lassen Sie uns ein Zimmer nehmen!«

Du lachst. »Also wirklich, Mike … Sie wollen mir doch nicht etwa weismachen, dass Sie ernsthaft daran denken, Ihre Freundin zu betrügen, oder? Sie haben mir doch eben erst erzählt, dass keine andere Frau so gut bläst wie sie.«

»Das stimmt«, bestätige ich. »Sie ist unglaublich.«

»Und das alles wollen sie für ein paar Stunden in einem Hotelzimmer aufs Spiel setzen – mit einer Frau, die Sie nicht einmal kennen? Sie müssen wohl denken, dass ich es Ihnen noch besser mit dem Mund besorge.«

Mein Schwanz ist inzwischen so hart, dass ich fürchte, kaum zur Rezeption gehen zu können. »Bitte!«, dränge ich. »Ich nehme ein Zimmer. Auf meine Rechnung.«

»Tja, Mike … Leider muss ich mich in einigen Minuten auf den Weg zum Flughafen machen. Ich darf auf keinen Fall meinen Flug verpassen.«

»Bitte!«, flehe ich dich an. »Bitte bleiben Sie! Ich würde Sie liebend gerne ein bisschen besser kennen lernen.«

»Das glaube ich Ihnen aufs Wort«, entgegnest du, rückst noch weiter von mir ab und wendest dich der Barkeeperin zu. Sie ignoriert uns inzwischen komplett.

»Können Sie Ihren Flug nicht umbuchen?«

»Leider nein. Ich habe ein Ticket, das man weder umbuchen noch erstatten lassen kann.«

Du spielst deine Rolle so gut, dass ich dich beinahe wirklich für ein Callgirl halte. Du hast mich am Haken, und in mir macht sich das starke Gefühl breit, dass du es tatsächlich fertig bringst, jeden Moment aus der Tür zu spazieren und mich, keuchend vor Begierde, unbefriedigt und frustriert zurückzulassen. Es ist so kompliziert und vertrackt, dass ich versucht bin, zu lachen. Doch ich tue es nicht, denn das Spiel ist ernst geworden, und mein pochender Schwanz in meiner Hose sagt mir, dass es jetzt, da keiner von uns beiden verlieren will, kein Zurück mehr gibt.

»Ich zahle Ihnen ein neues Flugticket«, sage ich.

Du wendest dich wieder mir zu und drückst den Rücken durch, sodass deine Brüste sich einladend unter dem Stoff deines knappen blauen Kleides abzeichnen. Ich kann deine aufgerichteten Nippel sehen, die mir mehr als deutlich verraten, dass du genauso scharf und willensschwach bist wie ich, und in ihnen erkenne ich die gleiche unbändige Lust, die auch in mir kocht und die dabei ist, mich in eine selbst erzeugte Hölle der Lust und Verdammnis zu führen. Aber mir ist jetzt alles egal. Ich will nur noch dich, will meine Lippen um jeden dieser harten Nippel legen und von ihnen kosten. Will dir dieses knappe blaue Kleid herunterstreifen und dich nackt auf eines dieser weichen teuren Hotelbetten tragen und in ihm einsinken lassen.

»Oh, das kann ich nicht zulassen.«

»Ich zahle den Flug ... und Ihr Hotelzimmer.«

»Aber, Mike, Ihnen ist doch wohl klar, dass ich mir kein Zimmer mit Ihnen teilen werde – ich kenne Sie ja kaum.«

»Ich besorge Ihnen ein eigenes Zimmer.« Du bist meine Freundin, aber ich verzehre mich derart vor Verlangen nach dir, dass ich nicht im Traum auf die Idee käme, mir in Erinnerung zu rufen, dass ich dich an jedem x-beliebigen Abend zu Hause haben kann. Ich will dich hier und jetzt, oben in diesem Hotel in einem gemieteten Zimmer.

»Na gut«, sagst du und beugst dich wieder zu mir herüber, legst deine Hand in meinen Schoß und streichst mit den Fingerspitzen über meinen Schwanz. »Was das Extrazimmer angeht, werden wir sehen. Fürs Erste reicht vielleicht ein Zimmer.«

»Wie viel?«

»Wie viel was, Mike?«

»Wie viel kostet der Flug?«

»Fünfhundert Dollar«, sagst du.

»Genau fünfhundert?«

»Ja«, bestätigst du. »Genau fünfhundert. Haben Sie so viel in bar dabei?«

»Ja.«

»Sie haben mich wohl erwartet.«

»Ich besorge uns jetzt ein Zimmer.«

Du kommst noch näher an mich heran, sodass ich deinen süßen Atem in meinem Gesicht spüre. »In Ordnung. Bringen Sie mir einen der Schlüssel, und legen Sie das Geld von innen vor die Tür, wenn Sie im Zimmer sind. Ich komme dann gleich nach.«

»Aber versetzen Sie mich nicht!«, weise ich dich zurecht.

»Aber Mike«, hauchst du leise und bist mir so nah, dass unsere Lippen sich beinahe berühren. »Das würde mir nicht im Traum einfallen.«

Ich weiß, dass alles nur ein Spiel ist; wir haben uns erst gestern Nacht geliebt – zu unserer beiderseitigen überwältigenden Befriedigung. Aber ich fühle mich, als wäre ich inmitten deiner schmutzigsten Fantasie gelandet, auf jenem äußersten Grat, auf dem du schreitest, wenn du dich schlecht fühlst.

Du spielst deine Rolle wirklich gut – besser, als ich es mir je hätte träumen lassen. Das Merkwürdige an der ganzen Sache ist, dass es mich nicht kümmert. Es ist mir völlig egal, dass alles gespielt ist, dass wir in Wahrheit ein Liebespaar sind und du nichts, aber auch gar nichts von einem Callgirl hast. All das ist mir total gleichgültig – das Einzige, was im Moment für mich zählt, ist, dass ich dich haben will, und zwar jetzt und hier, in einem Hotelzimmer, und ich will dich »Simone« nennen und fünfhundert Dollar für die Liebesnacht bezahlen.

Als ich zur Theke zurückkehre, unterhältst du dich angeregt mit der Barkeeperin, die seit meinem Weggang deutlich freundlicher geworden zu sein scheint. Ihr lacht miteinander wie zwei alte Freundinnen.

Ich steuere deinen Barhocker an und drücke dir den Schlüssel in die Hand. Dann beuge ich mich vor, um dich zu küssen, doch du wendest dich ab, sodass mein Kuss auf deiner Wange landet.

Deine Schau ist perfekt. Bisher hat noch kein Geld den Besitzer gewechselt, also bekomme ich keine Gegenleistung. Ich lächle dich an, mein steifer Schwanz pocht in meiner Hose.

»Ich sehe dich dann oben«, flüstere ich.

»Ja, Darling«, entgegnest du. »Ich komme gleich nach.« Du zwinkerst der Barkeeperin zu, die daraufhin errötet.

Beim Öffnen der Tür schlägt mir dieser vertraute Geruch eines frisch gesäuberten Hotelzimmers entgegen. Ich schließe die Tür hinter mir und knipse das Licht neben dem riesigen Bett an. Dann drehe ich die Lampe zur Wand – so ist die Beleuchtung stimmungsvoller.

Ich bin nicht sicher, was ich als Nächstes tun soll – soll ich dich mit einem Drink in der Hand begrüßen? Oder dich in die Arme nehmen, wenn du hereinkommst? Beide Varianten scheinen mir hoffnungslos deplatziert, deshalb entscheide ich mich für die direkteste Begrüßung, die mir einfällt.

Ich ziehe mich aus.

Dann fische ich die fünf Hundertdollarscheine hervor, die du mich angewiesen hast mitzubringen, und lege sie ausgefächert auf die Frisierkommode neben der Tür. Der Geruch des Geldes macht mich noch härter. Mein Schwanz schmerzt geradezu vor Verlangen nach deiner Berührung. Ich betrachte die fünf Geldscheine, gehe zurück zu meiner achtlos hingeworfenen Anzughose und fische meine Brieftasche hervor. Dann entnehme ich ihr sämtliche Zwanziger und lege zehn kreuzweise auf die ausgefächerten Hunderter. Betrachte es als Trinkgeld – in gutem Glauben vorab entrichtet, da ich weiß, dass dies der Fick meines Lebens werden wird.

Ich beschließe, noch schnell unter die Dusche zu springen, wo ich mich nur kurz abbrause und mich nicht groß mit Seife aufhalte. Während ich tropfend zum Bett gehe, trockne ich mich ab. Dann werfe ich das Handtuch in die Ecke und schlage die Decke zurück. Die Laken fühlen sich auf meinem nackten Körper angenehm kühl an; sie liegen schwer und gestärkt auf meinem Schwanz. Jeder Zentimeter meines Körpers kribbelt vor freudiger Erwartung. Mit klopfendem Herzen fiebere ich derAnkunft meiner gut bezahlten Hure entgegen.

Als ich den Schlüssel in der Tür höre, kann ich nicht anders, als mich windend an der Bettdecke zu reiben. In dem Moment denke ich, dass ich dich mit solcher Inbrunst begehre, wie ich in meinem ganzen Leben noch nie eine Frau begehrt habe. Mein Schwanz pocht bei dem Geräusch des sich drehenden Schlüssels.

»Du bist sehr großzügig, Mike«, stellst du fest und lässt

die Geldscheine in deinem Portmonee verschwinden. »So großzügig wie gut aussehend.«

»Danke.«

»Was willst du tun, Mike?«

»Dich lieben.«

Du lachst und hältst dir die Hand vor den Mund, als ob du nicht glauben könntest, was ich da gerade gesagt habe. »Oh, Mike. Das bezweifle ich.«

»Na gut«, entgegne ich. »Ich will dich ficken.«

»Tatsächlich? Ist das alles?«

»Ich will dich rammeln, dass du schreist«, stelle ich klar. »Ich will dich durchficken, was das Zeug hält, und dich so oft kommen lassen, dass du in Tränen ausbrichst.«

Du lächelst. »Darfst du so mit deiner Freundin reden?«

»Sie ermuntert mich sogar dazu.«

»Sie muss ein wirklich unanständiges Mädchen sein. Unanständig und geil.«

»So ist es, Simone. Sie ist absolut geil.«

Du legst dein Portmonee auf die Kommode, streifst dir dein Bolerojäckchen von den Schultern und kommst ans Bett. Das Kleid umspannt deine Brüste, und ich sehe deine vor Erregung aufgerichteten Nippel. Du stellst dich seitlich neben das Bett, beugst dich ein wenig herab und drehst mir den Rücken zu.

»Machst du mir den Reißverschluss auf?«, fragst du mit weicher, verführerischer Stimme.

Ich ziehe den Reißverschluss herunter und enthülle den schmalen Streifen deines Spitzen-BHs. Du gehst ans Fußende des Bettes, streifst dir das Kleid herunter und entblößt Stück für Stück deinen Körper. Mein Gott, du siehst unglaublich aus! Ich will dich immer, wenn ich dir beim Ausziehen zusehe, aber jetzt ist mein Verlangen drängender denn je – ich bin schier verrückt vor Begierde. Dein schwarzer BH ist so tief geschnitten und sitzt so eng, dass deine Brüste herausquellen; deine Nippel haben sich bereits ihren Weg durch die hauchdünnen Spitzenrüschen gebahnt, die die Ränder der Halbschalen zieren. Dein zu dem BH passender Tanga ist extrem knapp und sitzt so tief, dass ich dein Schamhaar sehen könnte, wenn du es nicht sorgfältig zurechtgestutzt hättest. Deine Strapse umrahmen auf köstliche Weise deinen Schritt, und ich registriere, dass du den Tanga über die Strapse gezogen hast.

Du kommst aufs Bett, hockst dich rittlings auf mich und schlägst die Decke zurück. Dann beugst du dich zu mir herunter, drückst deine Brüste auf meinen Oberkörper und küsst meinen Hals.

»Ich will von dir gefickt werden«, flüsterst du. »Wie immer du willst. Heute Nacht gehöre ich dir.«

Ich umarme dich und drücke dich eng an mich. Unsere Lippen berühren sich, deine Zunge schmeckt nach Wodka, Lime und Triple sec. Ich umfasse zärtlich deinen nackten Hintern, und du krümmst deinen Rücken, führst deine Brüste an mein Gesicht und drängst mir dein Hinterteil entgegen. Ich sauge zärtlich an deinen harten Nippeln, während du unter die Decke fasst, meinen Schwanz nimmst, ihn mit deinen schlanken Fingern umfasst und massierst. Du beginnst ihn gierig zu liebkosen, und bevor ich mich versehe, tauchst du unter der zerwühlten Decke ab, und ich spüre deine Lippen heiß und glibberig auf meinem Schwanz. Du nimmst ihn in den Mund, und deine Lippen gleiten auf ihm herab, bis sie beinahe die Wurzel meines Liebesknochens umfassen. Ich lange nach deiner Taille und drehe dich um. Dann streife ich deinen Tanga herunter. Du entwindest dich ihm, und ich sehe, dass du dir das Schamhaar nicht nur zurechtgestutzt hast, sondern völlig rasiert bist. Du drehst dich auf mir um, hockst dich mit gespreizten Beinen auf mein Gesicht und positionierst deine Möse behutsam direkt über meinem Mund. Ich schmecke das intensive moschusartige Aroma, und meine Zunge tastet sich zu deiner Klitoris vor und umspielt sie, während du mit meinem Schwanz im Mund leise stöhnst. Mein Mund saugt sich an deinen Schamlippen fest, deine Hüften mahlen hin und her, und aus deiner auf meinem Gesicht reitenden glatten Möse ergießen sich deine Säfte.

Du nimmst dir Zeit, denn du bist eine Expertin. Natürlich weißt du genau, wie du mich am besten zum Kommen bringst, aber in deiner Rolle weißt du es *jedem* Mann zu besorgen, und es ist ganz offensichtlich, dass du es noch herauszögern willst. Dein Mund bewegt sich genau im richtigen Rhythmus, um mich bis zum Punkt kurz davor zu bringen, um mich immer genau bis an den Rand des Orgasmus zu treiben, während dein Kopf auf meinem Schwanz auf- und niedergleitet. Und dann drosselst du plötzlich völlig unvermittelt das Tempo, lässt meinen Schwanz aus deinem Mund gleiten, kitzelst meine Eichel nur noch mit der äußersten Spitze deiner Zunge und lässt mich ein wenig abkühlen, sodass du meinen harten Liebesknochen so lange vernaschen kannst, wie es dir gefällt. Ich hingegen bin nicht annähernd so großzügig. Ich will, dass du kommst, und zwar sofort, weil ich danach lechze zu spüren, wie du dich auf mir aufbäumst, während deine mahlenden Hüften deine Möse auf meinem Gesicht hin- und herreiben und du brennend vor Begierde meinen Schwanz lutschst. Ich konzentriere mich voll und ganz auf deine Klitoris und lasse meine Zunge nur hin und wieder zu deiner engen Öffnung hinunterfahren, um von deinen fließenden Säften zu kosten. Du bist nass, unglaublich nass – und zwar seit dem ersten Augenblick, in dem meine Lippen deine Möse berührt haben. Deine Bewegungen verraten mir, dass du kurz davor bist; du wirst jeden Augenblick kommen.

Natürlich weiß ich, dass dein Gebaren nicht unbedingt etwas zu sagen hat – eine gute Hure ist schließlich jederzeit im Stande, einen Orgasmus vorzutäuschen, wenn ihr Freier sie vernascht, oder? Ohne Derartiges je erlebt zu haben, koste ich die Gewissheit aus, dass du, selbst wenn du nicht kurz davor wärst zu kommen, so tun würdest als ob – schließlich habe ich eher dafür bezahlt, dass du auf deine Kosten kommst als um meiner eigenen Befriedigung willen, denn so verlangt es mein Ego; mein Ego verlangt, dass du kommst, stöhnend auf meinem Gesicht.

Allerdings weiß ich, dass du mir einen Orgasmus nie und nimmer so gut vortäuschen könntest, dass ich ihn tatsächlich für echt hielte. Ich weiß, dass du nie und nimmer vortäuschen könntest, wie sich dein ganzer Körper auf mir krümmt und windet und wie dein Mund gierig meinen Schwanz verschlingt und nur noch aus einem Paar Lippen besteht, das völlig außer Kontrolle inbrünstig und selbstvergessen zu Werke geht. Du könntest nie und nimmer vortäuschen, wie deine Schenkel mein Gesicht umklammern, wie sich dein Rücken krümmt, dein Atem nur noch gepresst hervorkommt und du auf mir erbebst.

Du könntest mir nie und nimmer etwas vorspielen – es ist einzigartig, wie du kommst.

Oder könntest du es doch?

Aber es ist mir auch egal. Denn jetzt kommst du wirklich, und ich will es. Ich will es unbedingt und sauge, während sich die Wellen deines Orgasmus aufbauen, unaufhörlich an deiner Klitoris und bearbeite sie mit meiner wirbelnden Zunge, bis du schließlich wimmerst: »Ich komme ... ich komme ... nicht aufhören«, und dann strafft sich dein Körper, es durchzuckt dich heftig, und du stößt mir deine Möse so kräftig ins Gesicht, dass es mir regelrecht wehtut und ich beinahe ersticke, während deine Hüften wie von Sinnen auf- und niedergehen. Dann lässt du dich auf mich fallen, und mein von deinem Speichel glitschiger Schwanz schiebt sich zwischen deine Brüste und reibt sich an der Spitze deines BHs. Du keuchst verzweifelt und klingst, als ob du jeden Moment in Tränen ausbrächest.

»Oh, mein Gott ... oh, mein Gott«, stöhnst du. »Mike, du bist so gut ... oh, mein Gott, du kannst so gut lecken ... Wo hast du die Kunst gelernt, eine Möse derart zu vernaschen?«

Ich lege meine Hände auf deine Hüften und hebe dich ein wenig an, sodass ich unter dir hervorgleiten kann. Mein harter und glitschiger Schwanz glitzert im Schein der Nachttischlampe und ist für dich bereit.

»Von meiner Freundin«, erwidere ich und gehe hinter dir in Stellung. »Sie ist sehr anspruchsvoll.«

Ohne jedes weitere Vorspiel dringe ich mit einem einzigen Stoß in dich ein, da ich es keine einzige Sekunde länger ertrage, nicht in dir zu sein. Deine Möse ist so nass, dass ich deine Säfte heraustropfen spüre, und sie ist von deinen im Orgasmus kontrahierenden Muskeln so eng, dass ich meinen Schwanz regelrecht hineinzwängen muss. Doch du keuchst, als ich in dich eindringe, und hebst deinen Hintern, drängst dich mir entgegen und schiebst deine enge Möse über meinen Schwanz, bis seine Spitze gegen den vertrauten Gebärmutterhals stößt und deine Schamlippen sich eng um seine Wurzel legen. Oh, mein Gott, es ist unglaublich! Deine Möse brennt so heiß um meinen Schwanz, dass ich das Gefühl habe, jeden Moment Feuer zu fangen, doch das hält mich nicht davon ab, meinen Schwanz fast komplett wieder aus dir herauszuziehen und erneut mit solcher Kraft zuzustoßen, dass dieser eine Stoß deinen ganzen hinreißenden Körper durchzuckt und du deinen Hintern noch höher hebst, dein Gesicht aufs Bett drückst und mit beiden Händen nach hinten langst und deine Schamlippen weit spreizt, um mich noch tiefer in dich eindringen zu lassen.

Ich stoße wieder zu, genauso heftig, deine Beine spreizen sich noch weiter, und deine Füße treten zu und befördern die Kissen in hohem Bogen an die gegenüberliegende Wand des Zimmers. Der nächste Stoß bringt deinen Hintern dazu, sich noch höher zu heben und entlockt deinen Lippen ein bebendes Stöhnen. Du spreizt nach wie vor deine Schamlippen und flehst mich an, noch tiefer in dich einzudringen, dich noch härter zu ficken. Du flüsterst: »Ja ... ja ... ja ... ja ... oh, mein Gott, Mike, dein Schwanz ist so groß, er ist so verdammt riesengroß, dass ich es kaum ertragen kann, Mike ... oh, mein Gott, er fühlt sich so gut an, so gewaltig ... deine Freundin kann sich wirklich glücklich schätzen, Mike, einen Freund mit so einem Riesenschwanz zu haben ... oh, mein Gott, er ist so riesig ... so verdammt riesengroß in meiner engen nassen Möse ...«

Normalerweise würdest du nie mitten im Liebesakt derartige Dinge von dir geben; normalerweise gibst du dich voll und ganz den wonnigen Gefühlen deines Körpers hin, und deine obszönen Äußerungen beschränken sich auf lustvolles Stöhnen und ein Wimmern der Befriedigung, welches mir alles verrät, was ich wissen muss. Doch jetzt gehst du voll und ganz in deiner Rolle auf, und während »Simone« ihren Hintern hebt, um mich anzustacheln, noch tiefer in ihre Möse einzudringen, tut sie mir kund, wie gut bestückt ich bin. Irgendwie erhöht der Klang deiner Stimme beim Hervorkeuchen derartiger Obszönitäten meine Erregung noch, und ich ficke dich noch heftiger und noch schneller, und jedes deiner hervorgebrachten Worte stachelt mich zu noch höheren Leistungen an. Ich weiß, dass ich bald komme, aber ich will, dass meine Hure ebenfalls kommt, auf meinem Schwanz kommt, während ich sie stoße, damit ich spüre, wie die sich zusammenziehenden Muskeln ihrer Möse meinen Liebesknochen eng umschlingen. Ich lange unter dich und ertaste mit den Fingerspitzen deine Klitoris, deren vertraute Konturen mich einladen, sie zu liebkosen. Aber Simone ist eine andere Frau, und so flüsterst du: »Oh, mein Gott ... reib noch kräftiger, Mike, noch kräftiger, reib meine Klitoris noch kräftiger, fick mich härter, fick meine nasse Möse härter mit deinem riesigen dicken Schwanz!« In all der Zeit, die wir zusammen verbracht haben, habe ich dich noch nie Dinge wie »nasse Möse« oder »riesiger dicker Schwanz« sagen hören, und die Schmutzigkeit und Überzogenheit dieser Äußerungen ziehen mich noch tiefer in die Illusion unseres Spiels hinein. Ich beginne deine Klitoris so heftig zu reiben, dass ich fürchte, dir wehzutun, und ich ficke dich so hart, dass ich *weiß*, dass ich dir wehtun werde, wenn ich so weitermache – doch du verlangst nach mehr, drängst dich gegen mich und stachelst mich an, noch leidenschaftlicher zu Werke zu gehen. Deine Hände spreizen schon lange nicht mehr deine Schamlippen, denn es ist ganz offensichtlich, dass ich keiner weiteren Bestärkung bedarf, tief in dich einzudringen. Inzwischen liegen deine Hände flach auf dem Bett, und du stützt dich auf, um dich besser meinem Schwanz entgegendrängen zu können und jedem Einzelnen meiner kraftvollen Stöße mit der gleichen Inbrunst und Heftigkeit zu begegnen. Die Massage deiner Klitoris und das vertraute Reiben meines Schwanzes an deinem G-Punkt haben dich so weit beflügelt, dass du kurz davor bist zu kommen, das weiß ich genau. Und wie vorhin bin ich absolut sicher, dass du es mir nicht vortäuschst.

Du tust mir jedes einzelne Gefühl kund, das deinen Körper durchzuckt. »Ich komme, Mike ... oh, mein Gott ... ich komme auf deinem riesigen Schwanz, ich komme – du berührst meinen G-Punkt, Mike, du bist tief in mir – fick mich kräftiger, fick mich kräftiger!« Und dann gehen diese obszönen Worte in ein unkontrolliertes ekstatisches Stöhnen über, und ich spüre die Muskeln deiner Möse, die in schnellen Kontraktionen meinen Schwanz umfassen, ihn melken und mir bedeuten, ebenfalls zu kommen, während du dich stöhnend auf meinem Schwanz deinem eigenen Orgasmus hingibst.

Ich kann mich nicht länger zurückhalten. Im Einklang mit den Stößen unserer schweißnassen Körper massieren meine Finger nach wie vor deine Klitoris, ich passe den Rhythmus meiner Hüftbewegungen jetzt meinen eigenen Bedürfnissen an, mache in genau dem passenden Tempo weiter, um selber zum Höhepunkt zu kommen – und nach ein paar wenigen weiteren Stößen ist es so weit, und ich komme, explodiere tief in dir, während ich dich flehen höre: »Komm in mir, Mike, komm in mir, Mike, o ja, mach mich voll mit deinem Saft!« Und so lasse ich es geschehen. Mein ganzer Körper strafft und entspannt sich schließlich erlöst auf dir, und ich sinke auf dich herab. Wir glänzen beide vor Schweiß, und ich küsse deinen Nacken.

»Deine Freundin kann sich wirklich glücklich schätzen«, seufzt du. »Wie heißt sie eigentlich?«

»Simone«, erwidere ich.

Du lachst.

»Was für ein merkwürdiger Zufall aber auch. Dann heißt sie ja genauso wie ich.«

»Ja. Witzig, nicht wahr?«

Am nächsten Morgen erhalte ich um Punkt sieben einen Weckanruf – exakt meine Aufstehzeit, wenn ich zur Arbeit muss.

Du bist verschwunden. Übrig ist nur noch ein schwacher Abdruck von dir, direkt neben mir, wo dein nackter Körper völlig erschöpft zur Ruhe gekommen ist, nachdem wir uns – vor gerade drei Stunden – zum dritten Mal geliebt haben. Auf dem Schreibblock des Hotels finde ich eine Notiz. Sie ist in einer Handschrift geschrieben, die ich nicht kenne. Ein guter Trick.

Wann immer du Gesellschaft suchst, wenn du wieder einmal in der Stadt bist, ruf mich an! Ich hatte eine großartige Nacht. Deine Freundin kann sich sehr glücklich schätzen. Ich hoffe, ihr bleibt noch lange zusammen.

Liebe Grüße
Simone
XXXOOOXXX

Darunter gekritzelt stehen eine Telefonnummer und der Code eines Pagers. Es ist keine deiner üblichen Nummern, weder die deines Dienstpagers, noch die deines Telefons zu Hause noch deine Handynummer.

Unter der Notiz liegt dein knapper Tanga, der noch ganz durchnässt ist von den Säften deiner Möse.

Ich widerstehe den ganzen Tag lang dem Bedürfnis, dich anzurufen, allerdings bin ich ein bisschen überrascht, dass du dich auch nicht bei mir meldest. Doch als ich am Abend von der Arbeit nach Hause komme, registriere ich einen verräterischen Duft in der Luft – deinen Duft, nicht den von Simone. Es ist deine ganz persönliche Duftmarke, jener köstliche

Geruch, der immer noch Stunden, nachdem du bereits weggegangen bist, meine Wohnung erfüllt.

Die Tür zu meinem Schlafzimmer ist verschlossen.

Auf dem Couchtisch liegen ausgefächert fünf Hundertdollarscheine. Auf ihnen liegt ein Bündel Zwanziger, und als ich sie zähle, stelle ich fest, dass es vierhundert Dollar sind, also zehn Zwanziger mehr, als ich dir als Trinkgeld hingelegt habe.

Ich lache in mich hinein und betrachte die geschlossene Schlafzimmertür. Dann stecke ich mir das Geld in die Tasche und löse meinen Krawattenknoten.

Offenbar hast du die Spielregeln geändert und den Einsatz erhöht.

Andererseits waren die Einsätze immer höher als siebenhundert Dollar.

Ich ziehe mich aus und gehe nackt ins Schlafzimmer.